rororo

»Dieser Autor muß vom deutschen Lesepublikum unbedingt entdeckt werden.« (»Die Welt«)

»Klug, fesselnd, atemberaubend, läßt seine Erzählung bis zum Thriller-Finale keinen Wunsch offen. Ein literarisches Ereignis.« (»Facts«)

»Unerhört spannend zu lesen, und überraschend bis zur letzten Zeile.« (»Szene Hamburg«)

Gilbert Adair, geboren 1944, wurde bekannt als Romancier, Essayist, Filmpublizist und Kolumnist. Er lebt in Notting Hill, London.

Gilbert Adair

Blindband

Roman Deutsch von
Thomas Schlachter

Rowohlt Taschenbuch Verlag

Veröffentlicht im Rowohlt Taschenbuch Verlag
GmbH, Reinbek bei Hamburg, März 2001

Die Originalausgabe erschien unter dem Titel
»A Closed Book«

Umschlaggestaltung C. Günther / W. Hellmann
(Foto: photonica © Pedro Lobo)
Druck und Bindung Clausen & Bosse, Leck
Printed in Germany
ISBN 3 499 22880 7

Für Thomas, Adrian und Urs

Eine Geschichte ist dann zu Ende gedacht, wenn sie ihre schlimmstmögliche Wendung genommen hat.

Friedrich Dürrenmatt

Schon wieder schlägt die Jalousie gegen das Fenster. Sage man mir, was man will, aber hier zieht es einfach. Vielleicht sollte ich besser aufstehen und für Abhilfe sorgen. Aber nein, das ist ja absurd, was könnte ich schon tun? Und zudem müßte Ryder eigentlich jeden Moment klingeln, das hoffe ich jedenfalls. Verspätet ist er schon. Zwar erst ganz knapp, aber nichtsdestotrotz verspätet. Unpünktlichkeit kann ich nicht leiden. Wie hat doch gleich jemand gesagt? Das Problem mit der Pünktlichkeit sei, daß nie jemand da ist, der sie zu schätzen weiß. Nun, ich wäre hier gewesen und hätte sie zu schätzen gewußt! Aber ich will nicht ungerecht sein, denn falls er mit dem Auto aus London kommt, wäre es denkbar – »Aha, da ist er ja« –, *daß er in den Wochenendstau geraten ist.*
So, Mr. Ryder. Da sind Sie, und da bin ich. Man wird sehen, was man sehen wird.

»Wer ist da?«
»Ich bin's, John Ryder. Sie haben mich doch um drei erwartet?«
»Richtig. Augenblick. Ich will nur schnell diese verfluchte Kette aufmachen.«
»Kein Problem.«
»Mensch, komm schon! Na also! Kommen Sie doch herein, bitte.«
»Ah. Oh, ja, vielen Dank. Ich bin – ich habe wohl leider ein bißchen Verspätung, aber ich …«
»Wie bitte? Aber nicht doch. Fast pünktlich auf die Minute. Und das ist ein rechtes Kunststück, wenn man bedenkt, wie isoliert das Haus liegt. Hatten Sie Schwierigkeiten, es ausfindig zu machen?«
»Eigentlich nicht. Ich habe mich exakt an Ihre Anweisungen gehalten und …«

»Schön. Dann legen Sie doch bitte Ihren Mantel und Ihre anderen Sachen auf einen der Stühle dort hinten an der Wand. Das ist einfacher, als wenn Sie sie aufhängen.«
»Ach so. Gebongt.«
»Gut.«

»Setzen Sie sich doch in den Ledersessel. Das ist bei weitem der bequemste.«
»Danke.«
»Dann setze ich mich hierhin, einverstanden? Aber vielleicht hätten Sie gern etwas zu trinken? Ich kann leider bloß mit Whisky aufwarten, aber Kenner versichern mir, daß er erstklassig ist.«
»Nein danke, lieber nicht. Das ist mir doch etwas zu früh.«
»Entschuldigen Sie, daß ich Ihnen keinen Kaffee anbieten kann. Meine Haushälterin ist heute nicht hier, und ohne ihre Hilfe ist es höllisch kompliziert.«
»Nein, vielen Dank, ich will wirklich nichts. Ich habe auf der Autobahn etwas Lunchähnliches zu mir genommen.«
»Etwas Lunchähnliches? Ach, Sie Ärmster. Doch hoffentlich nicht in einem ›Little Chef‹?«
»Hah! Nein, ein bißchen besser habe ich es schon getroffen. Ein Schlangenfraß war's aber trotzdem.«
»Barbarisch, wirklich barbarisch. Ach, bei mir war es – wissen Sie was, Mr. Ryder, ich wollte eben sagen, bei mir war es schon immer so, doch die betrübliche Wahrheit ist, obwohl Sie vielleicht zu jung sind, um das zu erkennen, daß es nicht immer so war. Sitzen Sie auch bequem?«
»Ja, durchaus.«
»Schön, schön. Bitte rauchen Sie ungeniert, wenn Ihnen danach ist. Hier, nehmen Sie doch eine von meinen. Irgendwo sollte auch ein Aschenbecher stehen.«
»Äh, nein danke. Lieber nicht.«

»Ach, das tut mir leid. Hat Sie etwa abgeschreckt, daß ich so salopp eine Zigarette aus der Tasche meines Morgenrocks genommen habe?«
»Nein, überhaupt nicht.«
»Verzeihen Sie. Das ist eine alte Marotte von mir. Und ich weiß nie so recht, ob sie nun den Gipfel der Eleganz oder den Gipfel der Geschmacklosigkeit darstellt.«
»Das war's überhaupt nicht. Ich habe aufgehört.«
»Sehr vernünftig. Dann können wir also anfangen?«
»Sicher.«
»Na schön, mal sehen. Da unsere Unterhaltung am Telefon eher lakonisch war, würde ich jetzt gern erfahren, wieso Sie bereit waren, für dieses Vorstellungsgespräch hierherzukommen.«

»Na?«
»Äh, wahrscheinlich habe ich …«
»Lag es am Namen?«
»Am Namen? Ich kann Ihnen leider nicht ganz folgen.«
»An meinem Namen. Ihnen ist doch bestimmt aufgefallen, wie ähnlich er dem Ihren ist?«
»Ja, stimmt. Obwohl ich eigentlich nicht behaupten könnte, daß mich das beeinflußt hat.«
»Dann lag es daran, wer ich bin? Hatten Sie von mir schon gehört?«
»Aber natürlich. Ich bin ein großer Bewunderer von Ihnen.«

»Hören Sie, Ryder, vielleicht erzählen Sie mir einfach ein bißchen von sich. Wie alt sind Sie?«
»Ich bin dreiunddreißig.«
»Dreiunddreißig. Und wie steht es mit Ihrer jüngsten Vergangenheit? Ihrer beruflichen Tätigkeit? Am Telefon sprachen Sie von Aktien und Wertpapieren. Arbeiten Sie in der Londoner City?«

»Nein, ich erledige meine Börsengeschäfte von zu Hause aus. Ich habe damit auch schon eine hübsche Stange Geld verdient.«
»Ach, tatsächlich?«
»Das ist ein Kinderspiel, sofern man bereit ist, seine gesamte Zeit und Energie dafür zu opfern.«
»Und weshalb sollten Sie dann dieses Kinderspiel aufgeben wollen zugunsten eines Sprungs ins Ungewisse?«
»Offen gesagt ist es mir langweilig.«
»Langweilig?«
»Ich komme mir langsam wie eine dieser bekloppten alten Damen in Monte Carlo vor, die so lange am Roulettetisch sitzenbleiben, bis sie genau den Betrag gewonnen haben, der ihnen von Anfang an vorgeschwebt hat, worauf sie alles stehen und liegen lassen und nach Hause gehen. Ich sitze am Computer, sehe nie jemanden, gehe nie aus. Und sollte ich doch einmal ausgehen, packt mich das schlechte Gewissen, und ich frage mich, ob in meiner Abwesenheit irgend etwas Spektakuläres passiert ist.«
»Und kommt das vor?«
»Nie. Und deshalb glaube ich auch, ich sollte etwas anfangen mit meinem Leben, etwas, das mich herausfordert und stimuliert. Bevor es zu spät ist.«
»Und Sie haben offenbar keine Ahnung, was diese Stellung bei mir beinhaltet?«
»Nicht die geringste.«
»Und gibt Ihnen das nicht zu denken?«
»Sehen Sie, bis jetzt besteht mein ganzes Engagement darin, daß ich eine Zeitungsannonce beantwortet habe und auf der M40 hierhergefahren bin. Sollte das, was Sie mir anbieten – einmal angenommen, Sie *haben* mir etwas anzubieten –, sollte sich dies als, na ja, uninteressant erweisen, steige ich einfach wieder in mein Auto und fahre zurück, woher ich gekommen bin.«

»Hm. Ich bin froh, daß Sie so freimütig sind. Das gefällt mir. Mir gefällt auch, daß Sie sich ein bißchen lockern. Ich kann mir gut vorstellen, wie einschüchternd das Ganze auf Sie wirken muß.«

»Ein bißchen schon.«

»Tja, dann will ich mir Ihre Freimütigkeit doch gleich zunutze machen und die erste wirklich bedeutende – ich meine die erste wirklich *relevante* – Frage dieses Gesprächs stellen.«

»Nur zu.«

»Wie gut ist Ihre Beobachtungsgabe?«

»Verzeihung, was bitte?«

»Wie gut können Sie Dinge beobachten? Und beschreiben, was Sie beobachtet haben?«

»Ich verstehe leider nicht ganz.«

»Na, na. Die Frage verstehen Sie durchaus, jedoch nicht, weshalb ich sie stelle, stimmt's? Ich versichere Ihnen, ich habe meine Gründe, aber die sollen uns im Moment nicht interessieren. Versuchen Sie einfach zu antworten. Und keine falsche Bescheidenheit, bitte.«

»Nun ja, wie wohl die meisten Menschen bilde ich mir einiges auf meine Beobachtungsgabe ein. Aber wer weiß? Ich kann mich nicht erinnern, daß sie je auf die Probe gestellt worden wäre.«

»Dann wollen wir sie doch gleich jetzt auf die Probe stellen, einverstanden? Beschreiben Sie mir diesen Raum und was sich darin befindet.«

»Bitte sehr. Es handelt sich um einen großen Raum, sehr dunkel, quadratisch – beinahe quadratisch – mit einem prunkvollen Kamin aus schwarzem Marmor – und links und rechts davon stehen zwei Ledersessel – ich sitze im einen, Sie im anderen –, sie sind ebenfalls schwarz. An der gegenüberliegenden Wand stehen nebeneinander drei kleinere Stühle. Sie sind rot und stammen schätzungsweise aus dem achtzehnten Jahrhundert. Rechts vom Kamin steht eine Büste, die augenscheinlich eine junge Mulattin darstellt. Könnte sie vielleicht aus Terrakotta sein?«

»Sie ist von Carpeaux. Und es handelt sich tatsächlich um Terrakotta. Fahren Sie fort.«

»Auf dem Kaminsims stehen sechs blau-weiße Vasen. Oder sind es vielleicht Töpfe? Auf einigen hat es Deckel, aber, Moment mal, auf zweien, jawohl, auf zweien nicht. Sie sind alle von unterschiedlicher Form und Größe. Die Wände sind interessant – ein sehr dunkles gebranntes Ocker, eine Farbe, wie man sie auf vertrockneten und verstaubten alten Fresken findet. Sie sehen tatsächlich so aus, als müßte man sie – äh, als müßte man sie mal tüchtig abwaschen. Aber vermutlich ist das genau der gewünschte Effekt. Ich bin mir sogar sicher, daß das der gewünschte Effekt ist. Aber wenn Sie mir die Bemerkung gestatten, und Sie haben mich ja um Ehrlichkeit gebeten …«

»Genau.«

»Tja, alles in diesem Raum ist sehr staubig und verfärbt.«

»Ach. Fahren Sie fort.«

»Hinter Ihnen steht eine hohe Bücherwand. Neben einem großen Erkerfenster stehen ein Spieltisch und ein goldener Notenständer, und in der Ecke steht ein – wie nennt man das noch gleich? – ein Sekretär? –, auf dem allem Anschein nach handbeschriebene Blätter liegen und aus dessen Schubladen merkwürdige alte Schriftrollen gucken. Und eine Birne? Ja, es *ist* eine Birne. Hergestellt aus so etwas wie Marmor? – oder Jade? –, ich weiß es nicht. Vermutlich hat sie mal als Briefbeschwerer gedient. Im Grunde erinnert hier alles ein bißchen an die Zelle eines mittelalterlichen Gelehrten oder Heiligen.«

»Gut, wirklich sehr gut. Fahren Sie fort.«

»Zwischen uns steht ein niedriger Holztisch. Eigentlich müßte man ihn als Couchtisch bezeichnen, doch das würde nicht ganz zu ihm passen. Er könnte aus einer alten Schenke stammen, einer alten Apfelweinschenke, er ist voller Kerben und Kratzer. Darauf türmt sich ein hoher Bücherstapel. Und jetzt sehe ich auch, daß es sich um lauter Bildbände handelt. Allerdings kann ich bloß den obersten erkennen, und von hier aus steht er auf dem Kopf. Er heißt – er heißt – *Liebe, Tod und Teufel. Die schwarze Romanik* und stammt von – von Mario Praz.«

»Der korrekte Titel lautet ›Romantik‹, und das Wort ›stehen‹ kam zu häufig vor – ›*steht* ein Spieltisch‹, ›*steht* ein Notenständer‹ –, aber ansonsten war das erstklassig. Es war so präzise, daß ich beinahe glaubte, ich sei da, haha! Solche Präzision kann ich brauchen.«

»Danke schön.«

»Versuchen wir's mal mit etwas Kniffligerem. Können Sie mir Ihr Gesicht beschreiben?«

»Mein Gesicht?«

»Ja, ja, Ihr Gesicht. Beschreiben Sie mir ganz genau, wie Sie aussehen. Wie *es* aussieht. Würden Sie sich beispielsweise als gutaussehend bezeichnen?«

»Ja. Ja, wenn ich ehrlich sein soll, muß ich sagen, daß ich wirklich gut aussehe.«

»Und?«

»Ich bin wohl das, was die Leute, äh, gertenschlank nennen. Jedenfalls hat man dieses Wort schon verwendet. Sehen Sie, ich bin schlank und habe ein schmales Gesicht mit hohen Backenknochen, mit markanten Backenknochen, würde man wohl sagen. Wissen Sie, das ist alles ein bißchen peinlich.«

»Fahren Sie ruhig fort.«

»Meine Nase ist knochig – aber vollkommen gerade –, und ich habe irgendwie, äh, wasserklare Augen. Himmelblau. Die Haare fallen mir aus. Freilich erst langsam, noch bin ich nicht ganz soweit, bloß mein Haaransatz weicht zurück. Mein Haar ist dunkel und kraus, man könnte es flaumig nennen. Ach, und

im Winkel meines linken Nasenflügels habe ich ein winziges Muttermal.«
»Glattrasiert? Brillenträger?«
»Ja. Und nein. Hören Sie, wollen Sie mir jetzt bitte sagen, was …«
»Haben Sie noch etwas Geduld, guter Mann, ich bin fast fertig. Ich möchte, daß Sie nun *mein* Gesicht beschreiben.«

»Na los, erzählen Sie mir jetzt bloß nicht, darüber gebe es nichts zu sagen. Das weiß ich besser.«

»Ich will Ihnen gleich sagen, John Ryder, daß Sie mir überhaupt nichts nützen, wenn Sie mein Gesicht nicht beschreiben.«

»Wie Sie wollen. Ihr Gesicht wurde – ich rate mal – bei einem Unfall übel zugerichtet. Die ganze linke Seite sieht aus, als habe jemand versucht, sie runterzureißen. Alles scheint schräg abzusacken, ganz besonders Ihr Mund. Dadurch entsteht der Eindruck, daß Ihre Lippen die Wörter beim Sprechen kauen. Und Ihre Haut – ich spreche noch immer von der linken Seite – die Farbe Ihrer Haut ist wirklich höchst befremdlich – eine Art grünliches Grau – ob man das wohl Grünspan nennt? – und an den Schläfen haben Sie Narben, ein Kreuzmuster an Narben und dazu seltsame Buckel. Beinahe Blasen. Die rechte Seite wirkt halbwegs unversehrt. Es ist schwer zu sagen, aber ich würde Sie auf Anfang sechzig schätzen. Sie haben graue Haare, eine ganze Menge, mancher würde wohl sagen zu viel. Sie sind schlecht geschnitten und im Nacken zu lang. Ihre Augen allerdings kann ich nicht beschreiben, da Sie eine dunkle Brille tragen.«
»Aber natürlich. Wie gedankenlos von mir. Ich nehme sie ab.«

»Na, John Ryder? Haben Sie die Maulsperre?«

»Sie haben keine Augen.«

»Stimmt genau. Ich habe keine Augen. Ich bin nicht nur blind, ich habe nicht nur das Augenlicht, sondern die Augen selbst verloren. Und Glasaugen habe ich auch nicht, weil meines Erachtens *zwei* Glasaugen im ohnehin matschigen und klumpigen Pudding meines Gesichts denn doch des Guten zuviel wären, finden Sie nicht auch?«

»Na schön. Jedenfalls meinen Glückwunsch. Ehrlich gesagt hätte Ihre Beschreibung eine Spur weniger gründlich ausfallen dürfen, aber ich habe Sie ja auch angetrieben, nicht wahr?«

»Verzeihen Sie, wenn ich ...«

»Nein, nein, nein. Sie haben sich ausgezeichnet geschlagen. Sie taten genau, worum ich Sie bat.«

»Vielen Dank. Ich muß schon sagen, für einen Mann mit – für einen Mann ohne Augen scheinen Sie sich hier wirklich gut auszukennen.«

»Sie meinen in diesem Zimmer? Ach, ich habe mir dieses Zimmer eingeprägt. Ich habe es auswendig gelernt wie ein Gedicht von Walter de la Mare. Trotzdem führt kein Weg daran vorbei, daß ich blind bin. Wissen Sie, ein Blinder bewegt sich auf ganz eigene Art. Sagt Ihnen der Name Herbert Marshall etwas?«

»Herbert Marshall? Nein, da muß ich leider passen.«

»Klar, das war ja auch weit, weit vor Ihrer Zeit. Ein Filmstar.«

»Ein blinder Filmstar?«

»Um Himmels willen, nein, blind war er nicht. Hingegen trug er eine Beinprothese. Ich glaube, sein richtiges Bein verlor er im Krieg, das wäre dann also der Erste Weltkrieg gewesen. Jedenfalls hatte Herbert Marshall nur ein Bein, obschon er auf der Leinwand nie einen Einbeinigen spielte. Nicht ein einziges Mal. Dagegen spielte er Blinde, und das recht häufig.

Faszinierend, finden Sie nicht auch? Doch andererseits leuchtet es auch ein, denn wenn Sie einen Blinden beobachten, stellen Sie fest, daß er sich bewegt, als habe er ein lahmes Bein.«

»Das nur so nebenbei. Doch Sie sollen wissen – und wenn alles läuft, wie ich es mir wünsche, müssen Sie es einfach wissen –, daß ich die Augen *und* die linke Seite meines Gesichts in Sri Lanka verlor. Mein Auto geriet im Regen ins Schleudern und sauste über die Hauptstraße hinaus. Oder was in Sri Lanka eben als Hauptstraße gilt. Ich saß neben dem Fahrer, also auf dem sogenannten Selbstmordsitz, und mein Kopf knallte durch die Windschutzscheibe. Dann fing der Wagen Feuer. Und hier sehen Sie das grausige Resultat. Das war vor vier Jahren.«

»Das tut mir leid.«

»Vielen Dank, aber das Haltbarkeitsdatum solcher Anteilnahme ist leider längst abgelaufen. Und dasselbe gilt für sämtliche konventionellen Mitleidsbekundungen. Ich wollte einfach, daß Sie es wissen, denn ich glaube allmählich, Sie könnten für mich der Richtige sein. Ob Sie die Stelle dann auch annehmen, ist eine ganz andere Frage.«

»Wie gesagt, ich bin sehr interessiert.«

»Dann will ich Ihnen erzählen, worum es geht. Was ich von Ihnen möchte, sind Ihre Augen.«

»Wie bitte?«

»Nur keine Panik. Ich will mir Ihre Augen bloß borgen, ich will Sie Ihnen nicht wegnehmen. Was ich suche, John Ryder, ist ein Amanuensis. Jemand, dessen Augen an die Stelle der meinen treten. Jemand, der die Welt nicht nur *für* mich beobachtet, sondern seine Beobachtungen auch *an* mich weitergibt, so daß ich sie in Prosa umgießen kann. In *meine* Prosa.«

»Jetzt habe ich es wohl begriffen. Sie wollen also ein Buch schreiben?«

»Vor vier Jahren widerfuhr mir diese schreckliche Sache. Ich verbrachte sieben Monate in einem Krankenhaus in Sri Lanka, und in diesen sieben Monaten, in diesen endlosen sieben Monaten, wälzte ich, wie man so schön sagt, manche Gedanken. Gedanken wälzen war das einzige, was ich tun konnte, denn ich war von oben bis unten derart einbandagiert, daß ich bestimmt aussah wie das Michelin-Männchen. Ich muß nämlich gestehen, daß das, was Sie sehen, und so grauenvoll es Ihnen vorkommen mag, lediglich die Spitze des Eisbergs ist, um eine etwas schiefe Metapher zu benützen. Ich hatte am ganzen Körper Verbrennungen dritten Grades.«

»Oje.«

»Also. Sie haben vorhin erwähnt, daß Sie mich bewundern, stimmt's?«

»Ja, genau.«

»Was haben Sie denn gelesen?«

»Wohl so ziemlich alles. *Zu Füßen von Gespenstern* natürlich.«

»Natürlich. Typisch. Mein schwächstes Buch, doch genau das haben alle gelesen. Dieses Land ist wahrlich mit Dummheit geschlagen. Sie haben also damit begonnen? Oder vermutlich nicht einmal mit dem Buch, sondern mit der Verfilmung?«

»Ja, stimmt, ich kann es nicht leugnen. Ich fürchte, genau so war es. Ich sah tatsächlich zuerst den Film, mochte diesen und las dann den Roman.«

»Bah!«

»Aber anschließend las ich auch *Die ersten Früchte, Der Löwe von Beltraffio, Der Geist des Ortes.*«

»Ich glaub's ja, ich glaub's ja.«

»Ach, verzeihen Sie, John. Ich darf Sie doch John nennen, oder? Verzeihen Sie, das war grob von mir. Ich glaube es Ihnen wirklich. Aber gestatten Sie mir eine Frage. Haben Sie als erklärter Bewunderer meiner Bücher, als einer meiner treuen

Leser, haben Sie sich da nie gefragt, was aus mir geworden ist?«

»Verzeihung?«

»Sehen Sie, John, fraglos trifft es zu, daß ich nie der geselligste, man könnte auch sagen: nie der salonfähigste Autor war. Und dennoch war ich gut sichtbar, man traf mich häufig an. Ich gewann Preise – den Booker Prize natürlich für *Zu Füßen von Gespenstern* –, und einmal wurde sogar etwas vom Nobelpreis gemunkelt. Nicht, daß ich *das* je für bare Münze genommen hätte. Trotzdem war ich kein Eremit, man lud mich zu literarischen Anlässen ein, ich gab bereitwillig Interviews, sofern man mich höflich darum bat. Haben Sie sich denn in den letzten vier Jahren nie die Frage gestellt, was nur aus dem alten Sowieso geworden ist?«

»Ich weiß nicht, ob ich darauf eine passende Antwort habe. Klar, ich lese viel, ohne daß man mich deswegen als Literaturliebhaber bezeichnen könnte. Ich will damit sagen, daß ich nie bewußt die Karriere eines Autors verfolgt habe, nicht einmal die eines Autors, den ich mag. Falls es mir überhaupt in den Sinn kam, vermutete ich wohl, daß Sie einen Mammutroman in Arbeit hatten, der Sie länger als sonst in Anspruch nahm. Aber im Grunde kam es mir wohl gar nie in den Sinn. Ich suche bloß rückblickend nach einer rationalen Erklärung. Es beschäftigte mich nicht besonders.«

»Gut, wahrscheinlich freut es mich ja, das zu hören. Wahrscheinlich. Es stimmt, selbst wenn man so berühmt ist, wie ich es damals war, vergessen die Leute, kaum verschwindet man von der Bildfläche, daß man je existiert hat. Das ist hart. Doch umgekehrt kann ich nicht bestreiten, daß ich es genau so haben wollte, ich darf mich also überhaupt nicht beklagen.«

»Aber hart ist es trotzdem.«

»Also schön, *à nos oignons,* wie die geistreichen Franzosen sagen. Wo war ich stehengeblieben? In einem Krankenhaus in Sri Lanka, wenn's mir recht ist. Nun, das einzig Gute dabei, gleich beide Augen zu verlieren, ist natürlich, daß man nie zu Gesicht bekommt, wie man ohne sie aussieht. Es ist ein bißchen wie in diesem alten Witz über den Eiffelturm. Als er gebaut wurde, gab jemand, vermutlich einer der Gebrüder Goncourt, den Kommentar ab, er blicke deshalb so gern von der Spitze des Eiffelturms auf Paris, weil dies der einzige Aussichtspunkt in der ganzen Stadt sei, von dem aus ihm der Anblick eben jenes Undings erspart bleibe. Mir blieb Gott sei Dank der Anblick meiner eigenen Blindheit erspart. Meine Finger freilich besaß ich weiterhin, die hatte ich nicht verloren, und ich konnte jenes Kreuzmuster an Narben und jene ›Blasen‹ befühlen, die Sie so plastisch geschildert haben, sowie die beiden symmetrischen Löcher in meinem Gesicht, die beiden leeren Höhlen. Und ich faßte nach meinem Unfall den Vorsatz, nie wieder jemandem mein Gesicht aufzudrängen. Eine Weile zog ich sogar in Erwägung, ganz in Sri Lanka zu bleiben. Wie ein Aussätziger. Doch dies wäre offenbar weitaus schwieriger gewesen als die Rückkehr in die Heimat. Eine Frage von Kreditkarten, Bankkonten, Lastschriften und ähnlichen Bagatellen.«

»Kann ich mir vorstellen.«

»Statt dessen schlich ich also etwa ein Jahr später nach Großbritannien zurück. Ich reiste mit dem Schiff auf der langen Route und traf im tiefsten Winter hier ein. Ich stellte sicher, daß meine Ankunft in den Winter fiel, damit meine einbandagierte und vermummte Erscheinung nicht allzu bizarr wirkte. Ich kam hierher in die Cotswold Hills – dieses Haus kaufte ich mir schon vor Jahren als Refugium für die Wochenenden – ich hatte mich vor allem deshalb dafür entschieden, weil es so isoliert lag, obwohl ich damals noch nicht wußte, wie nützlich mir diese Isolation einmal sein würde – wie gesagt, ich kam hierher und verschwand in der Versenkung. Keine Zeitungen. Kein Radioapparat. Kein Fernseher. Nichts. Die Welt konnte mir gestohlen bleiben.«

»Gehen Sie denn nie hinaus?«

»Würden *Sie* hinausgehen? Würde es *Ihnen* behagen, zu hören, wie die Kinder, an denen Sie vorbeikommen, aufkreischen? Nein, ich lüge ja. Kinder kreischen gar nicht. Dafür sind diese kleinen Bestien viel zu furchtlos. Sie zerren an den Rockschößen ihrer Mütter und brüllen: ›Mama, Mama, schau doch, der lustige Mann da! Schau doch, der Mann ohne Gesicht!‹ Und ihre beschämten Mütter versuchen sie zum Schweigen zu bringen. Versuchen es *meistens*. All diese Dinge habe ich gehört.«

»Haben Sie denn nie an eine Gesichtsoperation gedacht?«

»Ob ich nie an eine Gesichtsoperation gedacht habe? Mein lieber John, was Sie hier sehen, ist das Resultat einer Gesichtsoperation. All das – das, das und das – und selbst das da, schauen Sie sich's ruhig an, ziehen Sie daran, nur zu – all das ist nicht *vorher*, sondern *nachher*. Mein Gesicht mag ja heute wie ein Puzzle aussehen, aber immerhin fehlen bloß zwei Teile.«

»Und Sie sagen also, Sie sind seither die ganze Zeit im Haus geblieben?«

»Nein. Nein, das stimmt, früher ging ich hinaus. Am Abend. Damals hatte ich jedoch einen Freund. Charles. Er war Dozent in Oxford, ehemaliger Dozent natürlich. Er lebte in Chipping Campden. Das ist, wie Sie vielleicht wissen, eine Kleinstadt zirka fünfzig Kilometer von hier.«

»Ich kenne Chipping Campden.«

»Mein Freund Charles lebte also in Chipping Campden und fuhr ein- oder auch zweimal pro Woche hierher und aß mit mir zu Abend. Anschließend, nach Einbruch der Dunkelheit, gingen wir zusammen spazieren. Immer erst nach Einbruch der Dunkelheit. Genau aus diesem Grund warte ich auch stets so sehnsüchtig auf das Ende des Sommers.«

»Verzeihung, aus *welchem* Grund denn?«

»Nun, sehen Sie, um welche Zeit wird es im Winter dunkel? Um vier? Im Sommer mußten wir mindestens bis neun oder zehn warten und liefen selbst dann noch Gefahr, andere Spaziergänger anzutreffen. Zudem konnte ich mein Gesicht natürlich an einem milden Sommerabend nicht ganz so plausibel verhüllen. Ich kann Ihnen sagen, John, einige der schlimmsten Momente in meinem Leben machte ich an lauen Sommerabenden auf Spaziergängen durch. Selbst wenn die Leute nichts sagen, kann ich sie hören. Ich kann hören, wie ihre Konversation ins Stocken gerät und spukhaft verstummt, um dann wieder in Gang zu kommen, wenn sie sich außer Hörweite wähnen, es aber noch gar nicht sind. Es ist stets dieses entscheidende Etwas zu früh. Verstehen Sie, ich habe schon gehört, wie Autos abbremsten – *abbremsten!* –, und dies gewiß allein deshalb, damit mich die glotzenden Insassen besser betrachten konnten. Und Hunde. Es gibt Hunde, die mich tatsächlich anbellen.«

»Sie werden es mir wohl nicht glauben, aber es ist gar nicht so schlimm, ganz ehrlich. Ich werde den Eindruck nicht los, daß Sie überrea…«

»Ich weiß, wie schlimm es ist.«

»Haben Sie nie daran gedacht, sich selbst einen Hund anzuschaffen? Verstehen Sie, einen dieser – wie nennt man sie noch gleich? – Führerhunde? Meist sind es Labradore.«

»Ich kann die widerlichen sabbernden Biester nicht leiden. Das konnte ich noch nie. Ich hasse das Gebelle. Für mich klingt ein bellender Hund wie ein asthmatischer alter Knacker, der sich das Gekröse raushustet. Und zudem arbeiten Hunde für die Polizei.«

»Wie bitte?«
»Sie haben doch noch nie von einer Polizeikatze gehört, oder?«
»Ach so. Nein, da ist was dran.«
»Grundsätzlich bin ich ein Katzenmensch. Ich hatte sogar selber einmal eine, und zwar eine Siamkatze. Aber heute nicht mehr. Mein Gesicht würde selbst eine Katze in Furcht und Schrecken setzen. Aber zurück zu Charles. Der gute Kerl ist mir letztes Jahr weggestorben. Und jetzt habe ich niemanden mehr. Niemanden außer einer analphabetischen Haushälterin, die für mich kocht und das Haus halbwegs sauber hält. Das habe ich jedenfalls geglaubt. Bis Sie erwähnt haben, wie schmuddelig es hier ist.«
»Hören Sie, es tut mir leid, aber das ist nicht ganz fair von Ihnen, weder mir noch Ihrer Haushälterin gegenüber. Ich habe nicht gesagt, das Haus oder das Zimmer sei schmutzig, sondern bloß, daß hier offenkundig seit einigen Jahren nicht mehr gestrichen wurde. Übrigens gefällt es mir so, wie es ist.«
»So gut, daß Sie hier einziehen und mir helfen würden, mein Buch zu schreiben?«

»Nun, ich weiß nicht recht. Was genau würde das denn mit sich bringen?«
»Selbstverständlich müßten Sie hier wohnen. Sieben Tage pro Woche, wenn Ihnen der Sinn danach steht, und fünf, falls Sie zwei von sieben lieber in London verbringen. Und übrigens müßten diese beiden Tage keineswegs Samstag und Sonntag sein. Bestimmt ist Ihnen klar, daß für mich die Wochenenden ohne jede Bedeutung sind.«
»Eigentlich habe ich die Arbeit selbst gemeint. Vorhin haben Sie doch gesagt, Sie wollten sich meine Augen ›borgen‹?«
»Ja. Was ich zu schreiben beabsichtige, ist – in Ermangelung eines besseren Wortes muß ich es wohl meine Autobiographie

nennen. Was es auch genau werden wird, bestimmt wird es mein letztes Buch sein. Mein Testament, wenn Sie so wollen. Und von Ihnen, oder von wem auch immer, erwarte ich nun, daß Sie das verfluchte Ding praktisch, und das heißt physisch, für mich niederschreiben. Mir ist durchaus bewußt, daß Sie mich als mürrisches altes Ekel empfinden müssen. Das war jedenfalls mein Ruf in dem, was sich lachhafterweise Londons literarische Welt nennt. Dabei bin ich gar kein solcher Kauz. In meinem Studierzimmer – gleich hinter der Tür zu Ihrer Rechten – steht zum Beispiel ein Computer mit allen Schikanen, wie man so schön sagt. Ich kaufte ihn zwei Wochen vor meinem Abflug nach Sri Lanka.«

»Ach, tatsächlich? Dabei hätte ich Sie eher als einen Schriftsteller eingeschätzt, der noch mit der Feder schreibt.«

»Tja, mein Lieber, nicht ganz, nicht ganz. Ob Sie's glauben oder nicht, ich nannte tatsächlich eine Schreibmaschine mein eigen. Aber es stimmt, ich hatte schon immer den Eindruck, daß mit einem Computer das Schreiben dem Denken vorauseilt anstatt umgekehrt.«

»Und weshalb haben Sie dann einen gekauft?«

»Man könnte sagen, er sei mir verschrieben worden. Ich hatte Probleme mit meiner Haltung. Vielleicht belastete ich auch eine Sehne meines Fingers zu stark, ich weiß es nicht mehr. Fazit jedenfalls war, daß mir mein Doktor eine Textverarbeitung verschrieb. Leider hatte ich den Dreh noch nicht raus, als das Schicksal zuschlug.«

»Ich muß Ihnen leider mitteilen, daß sich das mit den Schikanen so ziemlich erledigt hat.«

»Wie bitte?«

»Inzwischen ist Ihr Computer garantiert ein ziemlicher Schrotthaufen.«

»Aber das ist doch Unsinn. Er ist erst vier Jahre alt.«

»*Erst* vier Jahre alt? Ihnen ist offensichtlich nicht klar, wie schnell

die Computertechnologie voranschreitet und daß ein neues Modell schon an dem Tag überholt ist, an dem Sie es kaufen.«
»Nicht zu fassen! Eine seltsame Art, Geschäfte zu machen.«
»Ich schwör's.«
»Na schön, Sie müssen es ja wissen. Was einmal mehr beweist, wie die Zeit für mich stillgestanden ist. Aber keine Angst, ich werde mir für diese Arbeit das neueste Modell besorgen. Noch wichtiger als das Schreiben ist freilich die Vorbereitung.«
»Die Vorbereitung?«
»Sagen Sie mal, John, haben Sie jemals einem Kind, das heißt einem Kleinkind, einem Baby, zugeschaut, wie es mit dem Finger auf etwas zeigt?«
»Nein, das könnte ich nicht behaupten.«
»Aha, sehen Sie. Sollten Sie also mit mir zusammenarbeiten, wären es genau solche Beobachtungen, die ich von Ihnen erwarte. Jedenfalls besteht der größte Unterschied zwischen einem Erwachsenen, der mit dem Finger auf etwas zeigt, und einem entsprechenden Kind, darin, daß der Erwachsene zuerst etwas Interessantes sieht und dann darauf zeigt, damit andere, seine Freunde, seine Begleiter, wer auch immer, an seinem Interesse teilhaben. Richtig?«
»Richtig.«
»Bei einem Kind verhält es sich nun genau umgekehrt. Es zeigt mit dem Finger mehr oder weniger willkürlich in die Welt hinaus. Und dann, *immer erst dann,* schaut es hin, um zu sehen, worauf es eben gerade zeigt. Und da für ein Kind die ganze Welt ein Quell der Entdeckungen ist, findet es in seinem Gesichtsfeld unweigerlich und unvermeidbar irgend etwas Interessantes. Interessant zumindest für das Kind.«
»Sie haben bestimmt recht, obwohl ich nicht behaupten kann, daß mir das je aufgefallen wäre.«
»Dann darf ich wohl annehmen, Sie selbst haben keine Kinder?«

»Äh, nein, ich bin nicht verheiratet.«
»Gut. Das heißt, gut ist das insofern, als es für mich gut ist. Vorausgesetzt, Sie nehmen die Stelle auch an.«
»Aber Sie sind mir noch immer eine Erklärung schuldig.«
»Eine Erklärung?«
»Über das Zeigen mit dem Finger.«
»Ich gleiche jenem Kind, John. Ich kann mit dem Finger nicht auf etwas Bestimmtes zeigen. Ich kann damit bloß willkürlich herumzeigen und dann *Sie* – sagen wir der Einfachheit halber mal Sie –, und dann *Sie* losschicken, damit Sie nachsehen, worauf ich genau gezeigt habe. Damit Sie nachsehen und mir Bericht erstatten.«
»Ja, verstanden. Sie würden mich an Orte schicken, die Sie in unterschiedlichen Phasen ihres Lebens kannten, geht es darum? Die Stätten Ihrer Kindheit und ähnliches?«
»Jawohl, vielleicht. Eigentlich bestimmt.«
»Aber?«
»Aber was?«
»Es hat sich angehört, als wollten Sie etwas hinzufügen?«
»Ja, das ist wahr. Sie müssen wissen, John, daß ich kein Interesse daran habe, eine konventionelle Autobiographie zu schreiben. Sie kennen doch bestimmt die Sorte. ›Ich wurde geboren blablabla.‹ ›Ich besuchte die Schule blablabla.‹ ›Als ich nach Oxford kam, ahnte mein Tutor mitnichten blablabla.‹ Im Idealfall sehe ich dieses Buch als Summierung, als *Summa summarum* all meiner Gedanken, meiner Ideen, meiner Grundmotive. Die Autobiographie, wenn man so will, meiner Seele, meines Innenlebens. Oder mindestens zu gleichen Teilen dies wie die meines Außenlebens. Ich verabscheue jene Autobiographien, die dem Leser nicht mehr zu bieten haben als das, was man das Protokoll einer Vita nennen könnte, Sie wissen schon, den protokollartigen Abriß eines Lebens?«
»Ja, das habe ich verstanden.«

»Ach, entschuldigen Sie, John. Ich bin es so gewohnt, daß man mich nicht versteht.«
»Das macht nichts. Darf ich trotzdem fragen, ob Sie bereits einen Titel dafür haben?«
»Einen Arbeitstitel. *Die Wahrheit und ihre Folgen.*«
»O ja, den mag ich. Sehr, sehr gut.«
»Tatsächlich? Ich bin noch nicht ganz überzeugt.«
»Ach, und wieso nicht?«
»Klingt für mich eine Spur zu geschmäcklerisch.«
»Nein, das würde ich nicht sagen. Nein, ganz und gar nicht. Meiner unmaßgeblichen Meinung nach sollten Sie ihn behalten.«
»Eine Weile schwebte mir *Der Tod des Lesers* vor – na, sehen Sie das Wortspiel, *The Death of the Reader?* –, doch den Titel mochte ich noch weniger. Man wird sehen. Wie steht es denn jetzt, John? Reizt es Sie nicht, mit mir an diesem neuen Buch zu arbeiten?«
»Äh, ich ...«
»Ich behaupte nicht, daß ich ein sehr verträglicher Mensch bin. Doch zweifelsohne haben Sie das bereits bemerkt?«

»Na? Ja oder nein? Oder brauchen Sie vielleicht noch ein bißchen Bedenkzeit?«
»Äh, wir sprachen noch gar nicht vom ...«
»Ja?«
»... na ja, vom Geld.«
»Sie meinen von der Besoldung? Da haben Sie ganz recht. John, ich sage Ihnen gleich, daß ich ein reicher Mann bin. Nicht unbedingt schwerreich, aber doch so reich, daß mich alltägliche Geldsorgen nicht drücken. Wir werden die Frage en détail erörtern, sobald Sie grundsätzlich ja gesagt haben, aber pi mal Schnauze, wie man so schön sagt – und soweit von meiner Schnauze überhaupt noch etwas vorhanden ist –, wäre

ich bereit – ja, wäre ich bereit, Ihnen so ungefähr dreitausend pro Monat zu bezahlen. Falls sich das akzeptabel anhört?«

»Das hört sich extrem großzügig an.«

»Also abgemacht, dreitausend Pfund pro Monat. Und dazu natürlich Kost und Logis, so lange das erforderlich sein sollte. Ein Jahr müßte reichen, wenn wir uns richtig dahinterklemmen. Hinzu kommt selbstredend noch eine bescheidene Provision auf sämtliche Einkünfte, die ich mit dem Buch selbst erziele. Ich meine damit Tantiemen, Übersetzungs- und Nebenrechte, Vorabdrucke, Buchclubverkäufe und so weiter. Normalerweise ernährt mich das Schreiben sehr anständig.«

»Dann – ja. Ja.«

»Gut. Das freut mich aber wirklich, John. Und jetzt wollen wir ›du‹ zueinander sagen, ich heiße Paul. Irgendwann kommt es sowieso dazu, warum also noch lange die Förmlichkeiten beibehalten?«

»Also gut – Paul.«

»Da wäre noch etwas. Eine Kleinigkeit, aber du sollst genau wissen, auf was du dich einläßt.«

»Ja?«

»Ich erwarte von dir nicht – und würde das auch gar nicht wollen –, daß du für mich das Kindermädchen spielst. Wie gesagt, meine Haushälterin – eine Mrs. Kilbride nebenbei, sie stammt aus Glasgow, die gute Seele. Mrs. Kilbride also putzt und kocht für mich, und auch an ihren arbeitsfreien Tagen wird für die Mahlzeiten stets vorgesorgt. Du brauchst dir deswegen also nicht den Kopf zu zerbrechen.«

»Eigentlich koche ich ganz gern. Und auch gar nicht so schlecht. Mir würde es Spaß machen, manchmal am Abend für uns beide zu kochen, falls ich darf. Da ich allein lebe, habe ich dazu offen gesagt nur selten Gelegenheit.«

»Na ja, ich muß schon sagen, das wäre ein köstliches Extra. Die gute Mrs. Kilbride gibt sich bestimmt alle Mühe, doch ihr

Spektrum ist, wie ich fürchte, ausgesprochen begrenzt. Aber nur, wenn du Lust hast. Ich werde dir am Tag viel Arbeit aufhalsen.«

»Kochen ist für mich keine Arbeit.«

»Um so besser. Aber eigentlich wollte ich vorhin sagen, daß es ein oder zwei lästige Pflichten gibt, Pflichten häuslicher Natur, die du für mich erledigen mußt. Keine Bange. Nichts besonders Anspruchsvolles.«

»Ich kann mir nicht vorstellen, daß das ein Problem wäre.«

»Ich gehe beispielsweise abends immer noch gern spazieren, doch seit Charles' Tod ist mein Radius frustrierend klein geworden – so klein, daß ich allmählich das Gefühl habe, unter Hausarrest zu stehen. Es würde dir hoffentlich nichts ausmachen, seinen Platz einzunehmen?«

»Ganz und gar nicht. Bestimmt vertrete auch ich mir gern mal die Beine.«

»Es ist auch keine Hexerei. Einen Blinden zu führen, meine ich. Du nimmst mich einfach sanft am Arm und warnst mich, wenn wir den Rand des Gehsteigs erreichen oder ein paar Stufen hinauf- oder hinabsteigen müssen, all das, was mich ins Straucheln bringen könnte.«

»Mhm.«

»Die zweite Pflicht ... Jetzt wird es leicht beschämend.«

»Ich fürchte mich vor der Dunkelheit, John. Ich fürchte mich ganz schrecklich vor der Dunkelheit.«

»Du fürchtest dich vor der Dunkelheit?«

»Ich weiß, ich weiß. Es erscheint vollkommen sinnlos, daß sich ein Blinder vor der Dunkelheit fürchten sollte. Aber so ist es nun mal. Ich leide seit jeher unter Platzangst. *Ich habe Platzangst im Universum.*«

»Mensch, wenn das keine Platzangst ist!«

»Das ist nicht zum Lachen.«

»Entschuldige. Ich wollte nicht …«

»Selbst auf einer gleichsam nicht existentiellen Ebene hat mich meine Platzangst schon verschiedentlich in Schwierigkeiten gebracht. Ich konnte beispielsweise nie die U-Bahn benutzen, und Fahrstühle – nun, Fahrstühle waren mir seit jeher ein Graus. Denn manchmal muß man sie einfach benutzen, nicht wahr? In New York zum Beispiel. Aber weißt du, ich erinnere mich noch, wie ich selbst in New York einmal in einem Hochhaus die zwölf Treppen bis zur Wohnung eines Freundes hinaufstieg, weil der Fahrstuhl – der Lift – für mich wie ein Sarg aussah, den man aufrecht hingestellt hatte. Im Hotel mußte ich stets darauf bestehen, daß man mir ein Zimmer in einem der unteren Stockwerke gab, und wenn ich in einem fremden Bett schlief, ließ ich die Vorhänge immer einen Spalt offen, damit nicht die geringste Gefahr bestand, daß ich nachts in totaler Finsternis aufwachte.«

»Und daran hat sich nichts geändert, seit du das Augenlicht verloren hast?«

»Es ist höchstens noch schlimmer geworden. John, mir geht es um folgendes: Du sollst dich in diesem Haus verhalten, als *könnte* ich sehen. Das ist *enorm* wichtig. Das Licht sollte genau zur gleichen Zeit angeschaltet werden wie in einem normalen Haushalt. Selbst wenn ich zufällig allein hier drin sitze, *muß* das Licht brennen. Ich könnte den Gedanken nicht ertragen, allein in der Dunkelheit zu sitzen. Ich mache das Licht stets an, wenn ich abends in ein Zimmer trete, und du mußt das ebenfalls tun, verstehst du?«

»Ja, natürlich.«

»Ganz besonders das Licht im Badezimmer.«

»Im Badezimmer?«

»Ja, im Badezimmer. Ich werde dich bitten müssen – eine weitere kleine Pflicht, die ich zu erwähnen habe –, aber ich werde dich darum bitten müssen, für mich das Licht im

Badezimmer im Auge zu behalten. Hoffentlich macht es dir nichts aus?«

»Keineswegs, aber …«

»Die Sache ist die, daß ich diesen Tick habe. Ich singe im Bad. Das mache ich tatsächlich. Und nun werde ich dich höchstwahrscheinlich überraschen, denn was ich singe, sind populäre Songs. Keine Popsongs wohlverstanden, da sei Gott vor, aber Songs aus der guten alten Zeit, Jerome Kern, Cole Porter, Rodgers & Hammerstein, diese Schublade eben. Ich trage in meinem Kopf ein gigantisches Repertoire solcher Songs herum. Hier, alles unversehrt in meinem Gedächtnis. Und die Vorstellung wäre mir schlicht unerträglich, mich in der Badewanne einzuseifen und ›You're the Top‹ oder ›Cheek to Cheek‹ oder ›Alexander's Ragtime Band‹ zu trällern – *und dies im Dunkeln*. In der finstersten Dunkelheit, verstehst du? Es wäre mir einfach unerträglich.«

»Ich sorge dafür, daß das Licht brennt.«

»Und die Tür einen Spalt offensteht? Sorgst du bitte dafür, daß die Tür immer einen Spalt offensteht?«

»Ja, auch das.«

»Am Anfang wird dich die angelehnte Badezimmertür leicht irritieren, aber es geht nicht anders. Es hat im Badezimmer zwar ein Fenster, doch dieses ist ganz schmal und sehr weit oben, für mich jedenfalls unmöglich zu erreichen. Und falls jetzt die Tür zu wäre – nicht, daß das wirklich ein Problem darstellte, der Türknauf ist ein ganz gewöhnlicher Türknauf. Trotzdem würde ich einen kurzen Augenblick der Panik durchmachen, während ich nach ihm taste, und solche Augenblicke der Panik kenne ich, und ich würde sie lieber nicht noch einmal erleben. Es ist jämmerlich, ich weiß, aber so bin ich nun mal. Vergewisserst du dich also bitte, daß die Tür einen Spalt offensteht?«

»Ich verspreche es. Du wirst nie allein in der Dunkelheit sein.«

»Gut, gut. Dann wollen wir das Thema wechseln, einverstanden? Wir sollten langsam zum Praktischen übergehen. Wann könntest du denn anfangen?«
»Eigentlich fast sofort.«
»Am Montag?«
»Am Montag? Mal sehen. Heute ist Samstag. Ja. Ja, ich wüßte nicht, was dagegen spricht. Nein, warte. Wollen wir nicht lieber Dienstag sagen? Oder sogar Mittwoch? Mittwoch?«
»Natürlich, falls du ...«
»Weißt du, es geht um das Wochenende. Ich habe noch ein paar Dinge zu erledigen. Und das geht bloß an einem Werktag.«
»Mittwoch würde mir bestens passen.«
»Ja, falls ich heute nachmittag noch nach London zurückfahre, klar, dann könnte ich morgen packen, am Montag und vielleicht noch am Dienstag meine diversen Geschäfte unter Dach und Fach bringen und am Dienstagabend mit dem Auto zurückkommen. Wie hört sich das an?«
»Fabelhaft, John. Der Aufschub könnte am Ende sogar von Vorteil sein. Dadurch bleibt mir genug Zeit, den neuen Computer zu bestellen. Und vielleicht könntest du mich ja mit deinem Fachwissen auf die richtige Fährte bringen? Ehrlich gesagt habe ich keinen Schimmer, wo ich anfangen soll.«
»Paul, vielleicht überläßt du das Ganze lieber mir. Wenn ich noch mal vierundzwanzig Stunden in London anhänge, könnte ich einen neuen Computer besorgen und diesen, hm, am Mittwochabend mit dem Auto hierherbringen. Abrechnen können wir nachher.«
»Wenn das kein netter Vorschlag ist! Aber nicht später als Mittwoch, wenn es dir nichts ausmacht. Ich möchte schrecklich gern anfangen. Zumal jetzt, wo ich meinen Mitarbeiter gefunden habe.«
»Also abgemacht, am Mittwoch. Versprochen.«

»Wunderbar. Was ist, John, möchtest du jetzt vielleicht einen Drink? Wir könnten auf unsere Zusammenarbeit anstoßen.«
»Ja, klar.«
»Wenn du bitte eingießen würdest.«
»Natürlich.«
»Die Flaschen stehen hinter dir auf dem Schränkchen. Wie gesagt, es hat bloß Whisky. Aber der ist gut.«
»Whisky ist wunderbar. Wie nimmst du deinen?«
»Pur, bitte. Und erwarte von mir bloß nicht, daß ich halt rufe!«
»Ich muß schon sagen, Paul, ich bewundere dich wirklich für deine Fähigkeit, über – über dich selbst zu lachen. Na ja, eigentlich gar nicht über dich zu lachen, sondern über dein Los Witze zu reißen. Ganz offensichtlich hast du deinen Humor nicht verloren.«
»Meinen Humor nicht *verloren?* Das ist ja schon selbst wieder ein Witz. Erst als ich mein Augenlicht verlor, legte ich mir überhaupt so etwas wie Humor zu.«
»Das verstehe ich nicht.«
»Ich erkannte sehr schnell, mein Freund, daß ein Blinder das Salz der Erde sein muß. Es geht nicht anders, verstehst du? Mir ist es *zuwider,* das Salz der Erde zu sein. Du kannst dir bestimmt vorstellen, daß mir das noch nie sehr leichtfiel. Aber genau das muß ich jetzt sein, wenn ich überleben will. Die Leute, weißt du, am Anfang interessieren sich die Leute sehr für die Blindheit, sie sind neugierig, sie sind sogar ziemlich fasziniert, doch schon bald büßt diese ihren Reiz ein. Sie ist gruselig. Sie ist makaber. Und das Schlimmste ist, sie ist entsetzlich zeitaufwendig. ›Bitte machen Sie mir dies.‹ ›Bitte bringen Sie mir das.‹ ›Hätten Sie die Güte, mir diese Tür zu öffnen oder jene Tür zu schließen?‹ Die Blinden fallen den Menschen mit Augen fürchterlich zur Last, und es kommt zwangsläufig der Moment, in dem man uns spüren läßt, und zwar mit voller Wucht, was für eine Last wir sind. Hoffentlich

überlegst du dir nach allem, was ich gesagt habe, das Ganze nicht doch noch anders?«
»Mach dir wegen mir keine Sorgen.«
»Die Blinden entdecken nämlich, daß sie nie, *niemals,* winseln dürfen. ›Winseln‹ – das ist das neue Wort, das man permanent hört. Hört und fürchtet. ›Verzeihung, aber ich habe mein Augenlicht verloren.‹ ›Ach, winseln Sie doch nicht!‹ ›Aber Sie verstehen mich nicht, ich habe keine Augen mehr.‹ ›Ach, hören Sie schon auf zu winseln, Herrgott nochmal!‹«
»Na komm, du willst mir doch nicht weismachen, die Leute sagen dir das ins – ins …«
»Ins Gesicht, John? Wenn du mein Gesicht meinst, dann sag es auch. Es mag ja kein hübscher Anblick sein, doch ich *habe* immer noch so etwas wie ein Gesicht. Und um deine Frage zu beantworten, nein. Nicht wörtlich. Aber wenn man seine Blindheit nicht auf die leichte Schulter nimmt, sie nicht mit Würde *trägt* …«
»Bitte schön.«
»Verzeihung?«
»Dein Whisky.«
»Ach so. Vielen Dank. Aber gestatte mir folgende Bemerkung, John. Du mußt immer zuerst meine Hand nehmen und dann das Glas hineinstellen. Sonst kann ich unmöglich wissen, wo es ist.«
»Natürlich. Entschuldige.«
»Du wirst es schon noch lernen. Aber wie ich vorhin sagte, wenn man sein Leiden nicht mit einem Achselzucken abtut, als sei es lediglich eine lästige kleine Behinderung, dann erlebt die durchschnittliche physische und moralische Unterstützung, die einem von anderen zuteil wird, einen dramatischen Kurssturz. Humor ist für den Blinden so unerläßlich wie der weiße Stock.«
»Verstehe.«

»Doch nun Schluß mit Trübsal und Trauer. Ich möchte nämlich wirklich, daß du weißt, John, wie sehr ich mich über unsere künftige Zusammenarbeit freue, ganz im Ernst. Nun denn. Auf *Die Wahrheit und ihre Folgen.*«

»Auf *Die Wahrheit und ihre Folgen.*«

»Prost.«

»Prost.«

★

Die Würfel sind gefallen. Und wie fühle ich mich? Unwohl, unwohl. Wäre ich nicht blind, würde ich es nicht zulassen, daß ein Wildfremder in meinem Haus lebt. Ich schätzte es nie besonders, wenn Gäste bei mir »abstiegen«. Nicht einmal Charles, sofern es sich vermeiden ließ. Nicht mein Stil. Doch die Blindheit hat ja so vieles verändert, meinen Stil genauso wie alles andere. Jedenfalls höre ich aus seiner Stimme mehr als nur einen Anflug von Respekt, was zweifelsohne ein gutes Zeichen ist. Etwas farblos, wenigstens bislang, aber das ist gar nicht schlecht, und vermutlichtaut er ja auf, sobald wir uns näher kennenlernen. Ganz unvermeidlich, wenn er hier wohnt, und da ist Respekt keine schlechte Grundlage. Auch nicht allzu dumm – was mir entgegenkommt. Nein, allesinallem habe ich wohl eine gute und passende Wahl getroffen. Weiß Gott, es hätte schlimmer kommen können.

★

»Ach, John. Dann hast du also schon ausgepackt, wie?«

»Ja, danke. Das Zimmer ist wirklich schön. Mir wird es hier bestimmt gefallen.«

»Das hoffe ich. Und falls du irgendwas brauchst, dann sag es einfach.«

»Gut. Äh, soll ich mich hierhin setzen? Dir gegenüber?«

»Soviel ich weiß, kann man sich sonst nirgendwo hinsetzen. Hast du all deine Geschäfte in London erledigen können?«

»Ja. Und morgen installiere ich den Computer. Es ist ein Mac. Ich benutze selbst auch einen. Ich hoffe, das ist in Ordnung so?«

»Ich sagte bereits, daß ich nichts von diesen Geräten verstehe. Wenn nur du dich damit wohl fühlst.«

»Die Sache ist die, daß es in der heutigen Welt der Computer zwei, na ja, Schulen gibt, die Macs und die PCs. Die PCs gewinnen die Schlacht - eigentlich haben sie sie bereits gewonnen -, doch ich gehöre dem schwindenden Fähnlein der Mac-Treuen an.«

»Falls ein Big Mac das ist, womit du vertraut bist, dann mußt du auch einen solchen haben. Wo nur die gute Mrs. Kilbride bleibt?«

»Als ich die Treppe runtergekommen bin, habe ich sie in der Küche hantieren hören.«

»Ja, aber sie weiß doch, daß ich das Essen gern pünktlich um halb acht auf dem Tisch habe. Wie spät ist es denn jetzt?«

»Fast zwanzig vor.«

»Tsss. Ich könnte mir vorstellen, daß sie sich wegen dir besonders Mühe gibt. Ach, und John, sie stellt die Teller direkt auf den Tisch. Das ist einfacher so. Stört es dich?«

»Aber nein.«

»Und hier, sofern mich mein Gehör nicht täuscht, und das hätte mir nun wirklich noch gefehlt, ist sie ja auch schon. Mrs. Kilbride, meine liebe Mrs. Kilbride, John und ich haben uns schon gefragt, was aus Ihnen nur geworden ist.«

»Tschuldigen S bittschön, Sir, un Sie aa, Mister Ryder, i koch halt sonst imma nur für jemand, da hab i zerscht umdischponiarn müssn in meim Hirnkastl obm, wo i gsehn hab, daß Sie zwoa san heit.«

»Und was für eine kulinarische *bonne bouche* haben Sie uns denn heute abend wieder hingezaubert?«

»Passen S auf, daß S Eana d Finger net vabrenn, s is nämlich verflixt heiß. Weil mir heit an bsondren Abend ham, hab i d Leibspeis vom Sir Paul gmacht. A Fleischpastetn.«

»Aber Mrs. Kilbride, alles, was Sie kochen, ist meine Leibspeise.«

»Bittschön, der Herr. Und ham S koa Angst, Mister Ryder, i waaß scho, daß mi der Sir Paul veräppelt. I waaß aa, wia er hinter meim Rücken über mei Kochkunst lästert. Dafür waaß er aa, daß er schee ogschmiart wär, wanns eam net paßt.«
»Sir Paul hat doch gar nichts gesagt.«
»Oba kloa hat er dös. Mir kutschiarn ja scho so lang mitanand, er und ich. He, stimmts net?«
»Ja, ja. Wenn Sie es unbedingt so formulieren müssen. Und stoßen Sie mir bitte nicht dauernd den Ellbogen in die Rippen. Sie wissen genau, daß ich das nicht mag. Haben wir beide unser Essen bekommen?«
»Steht doch scho alls aufm Tisch.«
»Schön. John wird Sie dann rufen, wenn wir soweit sind.«
»Lassen S Eana von dem net ins Bockshorn jagn, Mister Ryder. Sonst werd er uns no vollends unleidlich.«
»Schhh, Weib! Fort mit Ihnen!«

»John, irgendwo sollte eine Weinflasche stehen. Und ein Korkenzieher. Falls die alte Schachtel es nicht vergessen hat.«
»Da sins doch! Da sins doch grad!«
»Ich habe gedacht, Sie seien gegangen.«
»I bin ja scho gangen!«
»Gut!«

»Also, John, wenn du bitte die Flasche aufmachen könntest.«
»Natürlich.«
»Jetzt ist sie aber fort, oder?«
»Ja.«
»Weißt du, ich habe sie nie gesehen.«
»Mrs. Kilbride?«
»Sie hat erst nach meiner Rückkehr aus Sri Lanka hier angefangen. Ob du sie mir wohl beschreiben könntest?«
»Aber das hat doch bestimmt schon dein Freund Charles getan?«

»Natürlich, aber das ist ja auch ein paar Jährchen her. John, morgen beginnen wir mit der Arbeit, ab morgen will ich mir deine Augen borgen, und da wäre es ganz sinnvoll, wenn du heute abend noch etwas übst. Vollkommen ungezwungen, versteht sich. Laß dir Zeit.«

»Nun – dein Glas ist übrigens voll, Paul – also mal sehen, sie ist Ende fünfzig, ziemlich gut erhalten, eigentlich verblüffend schlank. Ich sage verblüffend, weil jeder, der bloß ihre Stimme hört, vermuten müßte, sie sei dick. Na ja, nicht direkt dick. Doch sie hat eine leicht ›pummelige‹, leicht mütterliche Stimme.«

»Ich bitte dich, John. Findest du es angesichts der Umstände nicht reichlich widersinnig, daß du mir ihre Stimme beschreibst, das einzige, was mir an dieser Frau durch und durch vertraut ist?«

»Ich habe doch nur sagen wollen, daß ihr Äußeres überhaupt nicht zu ihrer Stimme paßt. Also gut, ihre Haare sind wahrscheinlich gefärbt, wenn auch sehr diskret, keine blaue Tönung oder ähnlicher Dreck. Und mehr fällt mir dazu wirklich nicht ein.«

»Denk nach, mein Lieber. Du zermarterst dir doch nicht bereits das Hirn?«

»Na ja, ich weiß nicht, ob dir das bewußt ist *oder* ob ich es dir sagen sollte, aber sie zwinkert ständig.«

»Sie zwinkert? Was meinst du damit?«

»Bitte erzähl ihr nicht, daß ich das gesagt habe. Aber als sie vom Essen sprach und du so getan hast, als würdest du alles, was sie kocht, großartig finden, hat sie mir zugezwinkert, als ob sie …«

»Ach so, ich weiß, was du meinst. Ja, das hat man mir auch schon erzählt. Ja, das kann ich verkraften. In der Tragödie meines Lebens hat sie tapfer die Rolle der Possenreißerin übernommen. Einer meiner Irrenärzte muß ihr ans Herz gelegt haben, jederzeit erbarmungslos aufgedreht zu sein und ab und zu sogar einen Witz über meine Blindheit zu reißen. Vermutlich, damit ich nicht dem larmoyanten Selbstmitleid verfalle. Was hat sie denn angehabt?«

»Was sie angehabt hat? Mal nachdenken. Sie trug eine Plastikschürze mit einem aufgemalten Rezept für Welsh Rabbit – ich glaube, es war eine Reklame für Worcestersoße – und darunter einen blaßroten Pullover, Angora oder Mohair, da bin ich mir jetzt nicht sicher. Ihren Rock habe ich wegen der Schürze überhaupt nicht gesehen. Und wie gesagt, sie ist auch nicht halb so großbusig, wie man annehmen könnte, wenn man sie einfach bloß hört. Oder ist das jetzt unverzeihlich sexistisch von mir?«

»Ob es sexistisch ist, weiß ich nicht, aber bestimmt ist es nicht besonders appetitlich, ein solches Bild heraufzubeschwören, wo ich gerade anfangen will zu essen. Das erinnert mich aber an eine andere kleine häusliche Pflicht, die ich noch nicht erwähnt habe. Es kommen nicht mehr viele dazu, ich verspreche es.«

»Wie gesagt, Paul, kein Problem.«

»Nun, da wir mittags und abends *tête-à-tête* essen werden, muß ich dich noch in die Uhrzeitmethode einweihen.«

»In die Uhrzeitmethode?«

»Ich werde es dir erklären. Vor mir habe ich, wie du auch, einen Teller mit Fleischpastete und als Beilage, ich wage mal die Vermutung, Bratkartoffeln und Rosenkohl. Oder vielleicht Erbsen?«

»Rosenkohl.«

»Also doch Rosenkohl. Gute alte zuverlässige Mrs. Kilbride. John, ich weiß nun also, *was* sich auf meinem Teller befindet, aber ich weiß nicht genau, *wo*. Und hier kommt nun die Uhrzeitmethode ins Spiel. Ich möchte dich also bitten ...«

»Moment. Ich glaube, ich habe verstanden. Probieren wir's gleich mal aus. Äh, Fleischpastete um drei Uhr. Rosenkohl um sechs. Nein, um halb sechs. Kartoffeln um neun. Habe ich es begriffen?«

»Ausgezeichnet. Allerdings wollen wir keinen Uhrenvergleich

anstellen, schenk dir also die halben und die Viertelstunden und beschränk dich aufs Wesentliche.«

»Gut.«

»Und nun, lang kräftig zu, wie Mrs. Kilbride in ihrem pummeligen und mütterlichen Tonfall sagen würde.«

»Darf ich dir Salz oder Pfeffer reichen?«

»Weder noch, danke.«

»Brot?«

»Nein danke.«

»Gebongt.«

»Und auch kein ›gebongt‹. Entschuldige, aber das ist einer dieser flotten Ausdrücke, die ich nicht riechen kann.«

»Entschuldige, ich …«

»Vielleicht hat sich das schroff angehört, John, aber es war wirklich pure Offenheit, eine Offenheit, wie sie zwischen Mitarbeitern schlicht unabdingbar ist. Am besten bügelt man all die kleinen Falten gleich am Anfang aus, findest du nicht auch? Da fällt mir ein, vielleicht mache ja auch ich etwas, von dem du schon jetzt weißt, daß es dir irgendwann auf die Nerven gehen wird. Falls dem so ist, dann sprich es einfach aus. Auf die Länge wird das für uns beide leichter sein.«

»Ehrlich gesagt gibt es da etwas.«

»Ach ja? Tatsächlich? Haha, damit wären wir dann wohl quitt. Ei, ei, ei.«

»Also, was ist es denn?«

»Gut. Das Wort ›gut‹.«

»Gut? Jetzt bin ich es, der dir nicht folgen kann.«

»Gerade vorhin hast du Mrs. Kilbride als die ›gute‹ Mrs. Kilbride bezeichnet.«

»Ja?«

»Und als ich das erste Mal hier war, habe ich gehört, wie du deinen Freund Charles als ›guten‹ Charles tituliert hast.«

»Und?«
»Ich weiß nicht, ob ich es erklären kann.«
»Versuch es einfach.«
»Na ja, ich konnte diesen Tick noch nie ausstehen, jedermann ›gut‹ zu nennen. Es wirkt auf mich so überheblich.«

»Du hast gefragt.«
»Nein, nein, nein, du hast ganz zu Recht deine Meinung gesagt. Es ist nur so, daß mir noch nie – mache ich das wirklich?«
»Ehrlich gesagt weiß ich das gar nicht so genau. Schließlich habe ich dich gerade erst kennengelernt, wann war das doch gleich, am Samstag? Vielleicht stimmt es ja gar nicht. Ich wäre nicht darauf zu sprechen gekommen, wenn du mich nicht ermuntert hättest, offen zu sein. Ich habe dich doch hoffentlich nicht beleidigt?«
»Nein. Nein, du hast mich überhaupt nicht beleidigt. Höchstens ein bißchen vor den Kopf gestoßen. Ich hatte ja keine Ahnung. Ich bin leicht schockiert. Hätte ich noch eine Augenbraue, würde ich sie jetzt hochziehen.«
»Es tut mir wirklich leid, ich hätte nichts sagen sollen.«
»Unsinn. Ich habe dich dazu ermuntert, und du hast es getan. Aber hoffentlich habe ich sonst keine kleinen ›Spleens‹, auf die du mich aufmerksam machen möchtest.«
»Nein, nein.«

»Habe ich etwas Lustiges gesagt, John?«
»Wie bitte?«
»Du lächelst. Warum lächelst du denn?«
»Ich lächle? Du kannst mich lächeln *hören*?«
»Sei gewarnt, John Ryder. Ich kann dich sogar denken hören.«

»Also sag es mir. Warum hast du denn gelächelt?«

»Bloß wegen der Geste, die du gemacht hast.«
»Welche Geste denn?«
»Wie du die Finger in die Höhe gehalten hast. Anführungszeichen. Als du das Wort ›Spleens‹ benutzt hast. Es schien so gar nicht zu dir zu passen.«
»Die Geste oder das Wort?«
»Wahrscheinlich beides.«
»Heutzutage gibt es so vieles, was nicht zu mir paßt.«
»Hm. Ich habe dir übrigens nachgeschenkt.«
»Wie bitte? Ach, vielen Dank. Schmeckt die Fleischpastete?«
»Ja. Sie ist ganz lecker.«
»Sie ist, wie sie ist. Möchtest du später einen Kaffee?«
»Ja, gern.«
»Dann würde ich dir empfehlen, Mrs. Kilbride jetzt davon in Kenntnis zu setzen. Sie läßt sich gern Zeit. Brüll einfach nach ihr.«
»Ich?«
»Warum nicht?«
»Na ja, ich weiß nicht. Das ist mein erster Abend hier.«
»Sie wird in Zukunft für dich ebenso kochen wie für mich, oder?«
»Also … wenn du meinst. Mrs. Kilbride!«
»Großer Gott, da kann sie sich wirklich nicht damit herausreden, sie habe es nicht gehört.«
»Entschuldige, ich wollte dich nicht erschrecken. Ich brauche wohl noch etwas Zeit, bis ich diese Dinge abschätzen kann.«
»Dir bleibt reichlich Zeit. Übrigens könnten wir später einen Spaziergang machen. Sofern du überhaupt noch magst. Damit du die Gegend ein bißchen kennenlernst. Was meinst du?«
»Ich wollte das bereits selber vorschlagen.«
»Gut. Also abgemacht.«

★

»Welches ist deiner?«

»Der zweite von links. Der bauschige.«
»Du meinst den Pelzmantel?«
»Der gehört mir schon seit vielen Jahren. Gekauft habe ich ihn in Chicago, und zwar schon lange vor diesem ganzen politisch korrekten Scheißdreck. Ich sag' dir eins, John, falls mich je eine dieser Aktivistinnen beschimpfen sollte, weil ich Pelz trage, werde ich meine Augen vor ihr entblößen, um es mal so auszudrücken. Auf daß sie die Dinge im rechten Licht sieht. Danke. Halt doch bitte meinen Arm in den Ärmel.«
»Dann haben dir also Pelzgegnerinnen tatsächlich schon Strafpredigten gehalten?«
»Leider nicht. Ich habe nie die Gelegenheit gehabt, meine Butzemann-Nummer darzubieten. Schal, bitte. Eigentlich müßte er am gleichen Haken hängen wie der Mantel.«
»Oh. Genau. Da bitte.«
»Vielen Dank.«
»Kein Stock?«
»Du bist mein Stock. Können wir?«
»Meinetwegen schon.«
»Mach bitte die Tür auf.«

»Wie gesagt, John, es ist wirklich keine Hexerei, einen Blinden zu führen, schon gar nicht in einer einsamen Gegend wie dieser. Häng dich einfach bei mir ein – nein, so – gut – und warn mich, indem du es sagst oder mir den Arm drückst – am Anfang vielleicht beides – warn mich also, wenn irgend etwas kommt, auf das ich achtgeben sollte. Zum Beispiel, wenn wir vom Randstein auf die Straße hinuntertreten. Oder natürlich umgekehrt.«
»Drücken? Meinst du ungefähr so?«
»Ja, so ist es gut, bloß nicht so fest. Einfach so, als würdest du ein Pferd sanft im Zaum halten. Reitest du?«
»Nein.«

»Schade. Dann eben so, als würdest du beim Tanz führen. Du tanzt doch?«

»Tut mir leid. Auch das nicht.«

»Na schön, gebrauch deine Phantasie. Ja, aber laß es bitte bleiben, wenn nicht tatsächlich etwas kommt, vor dem ich mich vorsehen muß. Es kann verwirrend sein.«

»Nein, nein, diesmal habe ich es getan, weil da vorn drei Stufen kommen. Beziehungsweise hinabführen.«

»Ja, ja, *die* kenne ich schon. Du brauchst mich doch nicht schon auf die Stufen am Ende meines eigenen Gartenwegs hinzuweisen.«

»Verzeihung. Es ist nicht so leicht, wie es aussieht.«

»Aber klar ist es das. Und du machst deine Sache sehr gut. Und übrigens, John, darf es dich nicht erstaunen, wenn ich Ausdrücke wie ›schauen‹ und ›sich vorsehen‹ gebrauche. Für dich mag das eine wunderliche Wortwahl sein, doch es ist verblüffend, wie viele Gedanken ein Blinder darauf verwendet, daß er sich vor Dingen vorsehen oder nach solchen Ausschau halten muß.«

»Das verstehe ich. Allerdings habe ich mich gar nicht dazu geäußert.«

»Ich habe gehört, wie du es gedacht hast. Du weißt doch, was ich dir sagte.«

»Ich weiß aber auch, daß Mrs. Kilbride mir sagte, ich solle mich von dir nicht ins Bockshorn jagen lassen.«

»Du kannst auf dich selber aufpassen. Also schön. Nach links oder nach rechts? Ich glaube nach rechts. Ins Dorf hinein.«

»Richtung Kirche?«

»Genau. Was haben wir denn für einen Abend? Es kommt mir frisch vor. Sternklar.«

»Stimmt. Es ist eine wunderschöne Nacht. Gleich hinter der Gemeindewiese erstrecken sich ein paar Felder …«

»Die kenne ich.«

»Ich wollte nur sagen, direkt oberhalb dieser Felder steht der Vollmond, umgeben von einem leicht nebligen gelben Hof. Einem fast schmierigen gelben Hof.«

»›Vollmond, umgeben von nebligem gelbem Hof‹. Ach, John, bei dir klingt das fast wie der Titel eines japanischen Films.«

»Eines japanischen Films? Entschuldigung, aber das verstehe ich nicht. Leider bin ich kein großer Kinogänger.«

»Keine Angst. Es war einfach eine winzige Spur preziös. Preziosität war, um es ganz offen zu sagen, schon immer mein *péché mignon*. Allerdings ... Doch wenn ich es mir genau überlege, ist es eine Beschreibung, die ich vielleicht einmal benutzen könnte. Man weiß ja nie. Nimm doch auf unseren nächsten Spaziergang ein Notizbuch mit, damit du alles hineinschreiben kannst, was sich eventuell für das Buch gebrauchen läßt. Wohlverstanden, ich betrachte nicht jede Bemerkung, die ich fallenlasse, gleich als kostbares Juwel, das für die Nachwelt aufbewahrt werden müßte. Aber ich weiß wie gesagt nie, wo und wann mir die Ideen am ehesten zufliegen. Und da wäre es töricht, würde ich nicht sicherstellen, daß sie sich nicht verflüchtigen, bevor ich in Ruhe entschieden habe, ob sie zu gebrauchen sind oder nicht.«

»Dann *gibt* es also so etwas wie Inspiration? Vorsicht, wir treten jetzt vom Randstein auf die Straße.«

»Danke. Ich will dir eins sagen, John, die Inspiration ist als kritische Kategorie ins Zwielicht geraten. Vollkommen zu Recht. Dennoch *weiß* jeder Künstler, daß sie existiert. Es gibt Momente, in denen du einfach nicht *aufhören* kannst mit dem Schreiben, und genau an diesen Stellen vermag später auch der Leser nicht aufzuhören. Doch ich sage es noch einmal, mein kleiner Einfall mit dem Mond ...«

»Achtung, Randstein!«

»... der war nichts, rein gar nichts. Gib dich bitte nicht der Illusion hin, daß ich ihn ernster nehme, als er es verdient.«

»Ich finde es faszinierend, Zeuge zu sein, wie deine Ideen entstehen.«

»Es ist noch nicht einmal eine richtige Idee. Aber versuch dich bitte daran zu erinnern, wenn wir nach Hause kommen. Ich gebe dir ein Notizbuch, in das du es schreiben kannst. Doch wo sind wir eigentlich? Ich habe nicht aufgepaßt.«

»Wir gehen auf den Kirchhof zu. Links von uns liegt ein Bowlingplatz mit einem großen weißen Klubhaus.«

»Ach ja, der örtliche Bowlingplatz. Falls du je an einem Sonntagnachmittag hier bist, mußt du unbedingt dort hinunterspazieren und den Damen des einheimischen Teams in ihren dicken Wollstrümpfen und patenten weißen Schuhen zuschauen. Das Geräusch, wenn die großen, schwarzen, glatten Bowlingkugeln gegeneinanderprallen, ist Balsam für zerrüttete Nerven. Du solltest es versuchen.«

»Das tue ich vielleicht.«

»Schön. Die Kirche liegt also direkt vor uns?«

»Genau.«

»Kannst du die Epoche ungefähr abschätzen?«

»Romanisch?«

»Romanisch? Das möchte ich bezweifeln. Aber ich verstehe nichts von Architektur. Der Kirchhof ist um diese Zeit meist geschlossen, biegen wir also in die Hauptstraße ein, einverstanden? Und dann will ich auch einen Kommentar hören.«

»Du möchtest mich also tatsächlich auf Trab halten?«

»Für mich, John, geht es nicht darum, daß du mir sämtliche Gangarten vorführst.«

»Randstein.«

»Danke. So widrig die Umstände sind, ich möchte leben. Verdammt, ich möchte immer noch leben! In der Welt leben, in der realen Welt! Und dies fällt mir nicht in den Schoß, das kannst du mir glauben, was immer die Leute über Blindheit und Taubheit daherreden.«

»Über Blindheit und Taubheit?«
»Ich erinnere mich – ich erinnere mich, das war vor meinem Unfall – den möchte ich sehen, der mir heute noch so etwas ins Gesicht sagen würde – aber ich erinnere mich an Tischgespräche über die Vorteile, aber auch über die Nachteile – über die jeweiligen Vor- und Nachteile der Blindheit und Taubheit. Und weißt du was, es herrschte stets große Einigkeit darüber, daß die Tauben es von den beiden Gruppen am schlechtesten – beziehungsweise *schlechter* – getroffen hätten. Die ewig gleichen abgeschmackten Argumente wurden breitgetreten. Die Tauben seien von der Welt abgeschnitten – keine Gespräche, keine Musik, kein Mozart – aus unerfindlichen Gründen wurde von allen Komponisten immer nur Mozart erwähnt – sie seien in einem Ausmaß abgeschnitten, das die Blinden schlicht nicht kennen würden. Was für ein Blödsinn! Was für ein gottverfluchter, grauenhafter Bockmist! Die Welt, John, die Welt wurde dazu bestimmt, die Welt wurde dazu *ersonnen,* daß man sie sieht! Daß man sie *sieht!* Alles andere in ihr, alles, selbst ein Mozart, ist zweitrangig neben dem, was man sehen kann. Heute weiß ich das.«
»Ganz bestimmt hast du recht.«
»Dann verstehst du wohl auch, wie wichtig es ist, daß du mir diese Welt beschreibst, und zwar genau beschreibst. Wenigstens das haben wir Blinden den Tauben voraus. Versuch einmal, einem Tauben ein Klavierkonzert von Mozart zu beschreiben.«
»Na ja ... wenn man bedenkt, daß die Beschreibung bei ihm genausowenig Gehör finden würde wie das Klavierkonzert ...«
»Du weißt schon, was ich meine.«
»Aber du kennst doch dieses Dorf bestimmt wie deine Westentasche, deshalb konnte ich nicht ganz verstehen, was ...«
»Nein? Dann denk doch mal scharf nach. Wenn ich auf einem Spaziergang wäre und noch Augen hätte, würde ich mich doch

auch umschauen, oder etwa nicht? Sogar wenn ich das Dorf kenne wie meine Westentasche. Ich bin ein guter Beobachter, John, das war ich schon immer. Und aus mir ist keineswegs ein schlechterer Beobachter geworden, seit ich nichts mehr sehen kann.«

»Du hast recht. Gut. Schön. Also, soeben sind wir an der Kirche vorbeigekommen, und jetzt gehen wir auf einer Straße, die uns offensichtlich ganz aus dem Dorf führt. Ich habe kein Schild an der Mauer gesehen und kann dir darum den Straßennamen nicht nennen.«

»Es ist die Cumberland Row. Aber das ist egal. Erzähl weiter.«

»Im Moment spazieren wir dem Friedhof entlang. Er wirkt ziemlich gespenstisch im Mondschein, ziemlich surrealistisch, und hier steht auch das Klubhaus der ›British Legion‹ und außerdem der einzige Laden, den ich bisher bemerkt habe. Scheint eine Kombination aus Gemüsehändler, Tabakhändler und Postamt zu sein. Im Schaufenster sind zahlreiche Zettel festgepinnt. Mal sehen. Neugeborene Welpen zu verkaufen. Sealyhamterrier, falls es dich interessiert. Ein gebrauchter Landrover. *Zeugin der Anklage,* aufgeführt von der hiesigen Laienbühne. Putzfrau.«

»Das ist womöglich unsere Mrs. Kilbride. Sie ist ständig auf der Suche nach neuer Kundschaft.«

»Es steht kein Name. Bloß eine Telefonnummer. Ich kann sie nicht lesen, ohne …«

»Ach, schon gut, schon gut. Wenn es ihre ist, habe ich sie zu Hause. Wenn nicht, kann es uns auch egal sein. Sei doch in Zukunft etwas selektiver, lapidarer. Versuch dem Material Form und Gestalt zu geben.«

»Wir gehen nun an einem Tea-Room vorbei. ›Mrs. Effingham's Tea Shop‹. Korrekte Schreibweise, keine ›Oldes‹ oder ›Shoppes‹. Gleich daneben offensichtlich ein Schuhmachergeschäft. Im Schaufenster liegen ein Leisten und etliche Paar

Frauenschuhe. Sehr verstaubt. Stehen wohl schon eine Ewigkeit herum. Vorwiegend grobe Halbschuhe. Und dies scheint auch schon das letzte Geschäftslokal gewesen zu sein. Nein, nein, stimmt ja gar nicht. Weiter vorn auf unserer Straßenseite gibt es noch ein beleuchtetes Gebäude – Achtung, Randstein! – vielleicht ein Pub oder ein Hotel.«

»Beides zusammen. Irgendein Lebenszeichen?«

»Jawohl. Eine kleine Gruppe steht davor. Sie sind wohl vorher dort eingekehrt. Zwei Paare mittleren Alters – na ja, mittleren bis fortgeschrittenen Alters. Gut gekleidet. Eine der Frauen zieht sich jetzt ihre Handschuhe an. Sie lehnen an zwei nebeneinander geparkten Autos. Halb auf der Straße, halb auf dem Gehsteig. Ein Volvo und vermutlich ein Bentley.«

»Dann gehen wir also auf sie zu, nicht wahr?«

»Ja.«

»Hör mal, Paul, wenn es dir lieber ist, gibt es da einen hübschen kleinen Weg – einen schmalen kleinen Pfad unmittelbar vor uns, in den wir links einbiegen können. Ich muß gerade daran denken, was du mir neulich erzählt hast. Du weißt schon, über die schlimmsten Momente in deinem Leben?«

»Nun ja. Aber nein, was soll's? Früher oder später wird es uns, wird es dir ohnehin passieren, da kann es auch gleich jetzt, gleich heute abend, passieren. Und vielleicht passiert es ja auch gar nicht. Es passiert nicht immer. Sollen sie mein Gesicht doch sehen. Wenigstens muß ich mir nicht ihre häßlichen Visagen anschauen.«

»Also schön. Wenn du es so haben willst.«

»Und?«

»Was denn?«

»Gab es irgendeine Reaktion?«

»Du brauchst mich nicht zu schonen. Ich werde es schon überstehen.«
»Ja, es gab eine Reaktion.«
»Und?«
»Kein Wort wurde gesprochen. Sie wurden alle ganz, ganz still. Doch die beiden Frauen haben dich zweifellos gesehen. Ich konnte den Ausdruck auf ihren Mienen erkennen. Dann hat die eine ihren Gatten gestupst.«

»Weißt du was, Paul, ich glaube, sie beobachten uns noch immer. Ich spüre, wie sich vier Augenpaare in meinen Hinterkopf bohren. Du etwa nicht?«
»Arschgesichter.«
»Tut mir leid.«
»Eigentlich müßte ich es ja kennen.«

»Gehen wir weiter, Paul? Oder …?«
»Hm?«
»Möchtest du weitergehen?«
»Oh. O ja. Bis ans Ende der Straße. Was zufällig auch das Ende des Dorfes ist. Und danach machen wir uns auf den Heimweg. Aber wenn es dich nicht stört, John, wollen wir den Kommentar vorläufig einstellen. Spazieren wir doch ein wenig, ohne zu sprechen.«
»Gebongt.«

»Verzeihung.«

★

»Was ist los? Wer *ist* da?«
»O Gott, das tut mir schrecklich leid. Ich habe nicht gewußt, daß du …«
»Herrgott, mach schon die Tür zu!«

»Ist die Tür jetzt zu?«
»Ja, ja, sie ist zu.«
»Denk dran, nicht ganz!«
»Nein, nein. Ich habe dran gedacht. Keine Sorge, ich habe sie einen Spalt offengelassen. Hör zu, Paul, es tut mir sehr, sehr leid. Ich weiß nicht, was ich sagen soll. Die Tür stand offen, da dachte ich …«
»Aber ich habe dir doch gesagt, daß ich die Badezimmertür stets offenlasse. Das war eines der ersten Dinge, die ich dir gesagt habe.«
»Ja, ich weiß, aber …«
»Nichts aber. Ich habe dir erklärt, daß es mit meiner Platzangst zusammenhängt. Es tut nichts zur Sache, ob ich nun bade oder scheiße. Es ist widerwärtig, ich weiß, aber ich habe es dir erklärt.«
»Ich will ja nur sagen, daß ich angenommen habe, das Badezimmer sei frei, weil das Licht nicht brennt.«

»Was hast du gesagt?«
»Ich habe gesagt, daß das Licht nicht brennt.«
»Das Licht brennt nicht? Aber das Licht brennt doch. Natürlich brennt es.«
»Nein, Paul, es brennt nicht. Hör mal. Ich mache die Tür nicht auf, du brauchst also nicht zu erschrecken. Ich lange bloß hinein und ziehe jetzt an der Schnur. So. Nun ist es an. An, aus, an, aus, an …«
»Ja, ja, ja, schon gut.«

»Das verstehe ich nicht. Es steckt mir doch in Fleisch und Blut. Ich schalte das Licht *immer* an, wenn ich ins Badezimmer gehe.«
»Vielleicht hast du es ausnahmsweise vergessen.«
»Ich vergesse es nie. Aber vielleicht hast du es vergessen, John?«

»Ich?«
»Du warst doch vorher drin, nicht wahr? Kurz vor dem Abendessen?«
»Äh, ja. Ja, stimmt.«
»Vielleicht hast du vergessen, das Licht auszuschalten?«
»Ja, möglich wär's. Ja, genau so wird's gewesen sein. Wenn es so war, tut es mir wirklich leid. Ich weiß, wieviel dir daran liegt.«
»Da kann man jetzt wohl nichts mehr machen. Und angesichts meines – meines derangierten Zustands ist es ja vielleicht sogar besser, daß das Licht nicht gebrannt hat.«
»Dennoch möchte …«
»Ja, schon gut, du hast dich bereits entschuldigt. Und weißt du was, das hier, diese Unterhaltung, ist *hochgradig* widerwärtig. Du schleichst vor der Tür rum, und ich hocke hier mit den Hosen um die Füße. Wenn es dir nichts ausmacht, würde ich vorschlagen, wir hören sofort damit auf. Gib mir fünf Minuten, dann kannst du ins Badezimmer.«
»Danke. Aber bitte beeil dich nicht meinetwegen.«
»Bestimmt nicht. Und wir sehen uns dann morgen früh wieder. Gute Nacht, John.«
»Gute Nacht, Paul.«

★

Nach reiflicher Überlegung bin ich zum Schluß gekommen, daß ich ihn mag. Er ist unachtsam, ja schludrig, nicht besonders belesen und alles andere als vollkommen – aber man stößt ja vermutlich nicht auf die Vollkommenheit in Person, indem man in der »Times« eine Kleinanzeige aufgibt. Doch bin ich überzeugt, daß er seiner Aufgabe mehr als gewachsen ist. Diese peinliche Sache mitmir auf dem Klo hat er alles in allem sehr anständig gemeistert. Die Zeichen stehen gut.

★

»Bist du bereit, John?«
»Ja, alles ist bereit. Der Mac summt vor sich hin. Ich habe

einen neuen Ordner erstellt und ihm den Namen *Wahrheit* gegeben.«

»*Wahrheit?*«

»Für *Die Wahrheit und ihre Folgen.* Der komplette Titel wäre zu lang.«

»Ach so. *Wahrheit,* wie? Gar nicht so leicht, dem gerecht zu werden, oder? Aber – vielleicht ist das ja ganz gut so. Dann also *Wahrheit.*«

»Soll ich ihn datieren?«

»Datieren? Ja, warum nicht? Schreib – Augenblick mal – schreib ›Frühjahr 1999‹.«

»›Frühjahr 1999.‹ Gut. Also – wie werden wir denn genau vorgehen?«

»Nun, John, dieses Buch wird sich sehr intensiv mit der Blindheit, und zwar sowohl im wörtlichen wie im übertragenen Sinn, auseinandersetzen, und ich möchte gern mit einer Reihe fragmentarischer Reflexionen zu diesem Thema beginnen. Mit einer Art Vorspiel.«

»Aha.«

»Es ist sonderbar. Die Blindheit gehörte nie zu meinen Hauptmotiven, zu meinen typischen Themen. Aber so ist das Leben. Urplötzlich überrumpelt es dich mit einer Wende, auf die dich nichts, was dir bis anhin passiert ist, vorbereitet hat.«

»Hm.«

»Jedenfalls soll sich die erste dieser Reflexionen nicht nur auf die Blindheit, sondern auch auf die Augenlosigkeit beziehen. Ich habe das Gefühl, daß es bei einem solchen Buch, in dem die Chronologie des Erzählens überhaupt nicht ins Gewicht fällt, keinen stärkeren Ausgangspunkt geben kann. Ach übrigens, John?«

»Ja?«

»Hast du meinen kleinen Gedankenblitz aufgeschrieben, wie ich dich gebeten habe?«

»Gedankenblitz?«
»Die Analogie vom Mond und dem Titel eines japanischen Films.«
»O Gott, nein. Nein, ganz offensichtlich nicht.«
»Nein, ganz offensichtlich nicht. Und nun erinnere ich dich daran, daß du mich erinnern solltest. Bitte schreib es wenigstens jetzt auf und vergiß das Notizbuch nicht, wenn wir heute abend unseren kleinen Bummel machen.«
»In Ordnung. *So* gedankenverloren bin ich jedoch auch wieder nicht. Als ich heute morgen den Mac einrichtete, kam mir die Idee, daß es ganz nützlich sein könnte, ein Dokument namens *Notizen* zu eröffnen. Ich tippe deinen Geistesblitz schnell hinein. Dauert bloß eine Sekunde.«
»Gute Idee. Halte dieses Dokument für alles bereit, was *en route* auftaucht, um es einmal so auszudrücken. John, manchmal leidet ein Schriftsteller unter dem, was man ein verbales Liquiditätsproblem nennen könnte. Das ist identisch mit einem finanziellen, nur eben mit Wörtern. Eigentlich fehlen ihm nicht die Wörter, das heißt, er ist gar nicht *pleite,* sie sprudeln nur nicht so, wie sie sollten. Und manchmal, wenn man Notizen heranzieht, und seien es Notizen aus längst vergangenen Tagen, Ideen, von denen man gar nicht mehr wußte, daß man sie je hatte, werden die Säftc neu angeregt. Ich weiß, wovon ich spreche, das kann ich dir versichern. Ich spreche aus Erfahrung.«
»So. Fertig.«
»Gut. Hör mir jetzt genau zu, John. Ich will nicht so tun, als werde das, was wir vor uns haben, für einen von uns leicht werden. Ganz bestimmt nicht. Ich habe meine Texte noch nie diktiert. Man könnte sagen, ich war einer jener Schriftsteller, denen es am wohlsten ist, wenn sie am Klavier komponieren können.«
»Am Klavier?«

»Metaphorisch, John, metaphorisch.«
»Ach so.«
»Ich meine damit, daß ich früher nur an der Schreibmaschine geschrieben habe. So wie es gewisse Komponisten gab – ich meine mich beispielsweise zu erinnern, daß Strawinsky zu ihnen gehörte –, die ausschließlich am Klavier komponierten, weil sie herausfanden, daß tatsächlich Ideen entstanden, wenn sie einfach die Finger über die Tasten gleiten ließen – und nicht bloß Ideen, sondern ausformulierte Sätze, die anschließend kaum noch der Überarbeitung bedurften. Ich meine damit – selbstverständlich meine ich nicht, daß Strawinsky *Sätze* tippte – ich verstehe darunter Schriftsteller, Schriftsteller *à la* Strawinsky, Schriftsteller wie mich, die es gewohnt waren, auf einer Tastatur zu komponieren. Und im Grunde bietet dies genau betrachtet – ich spreche von dem, was ich gerade gesagt habe, was ich mühevoll zu sagen versuchte –, bietet dies ein perfektes Beispiel für das, wovon ich spreche. Hätte ich diesen Satz kommen sehen, wäre er nicht so gräßlich konfus und unstrukturiert geworden, wie er es nun geworden ist. Und das ist – das ist der Grund – ach, lassen wir's. Wo war ich stehengeblieben?«
»Du hast gesagt, du hättest stets an der Schreibmaschine komponiert.«
»Richtig. Da ich heute also nicht mehr direkten Zugang zu einer Tastatur habe und damit zur Vorstellung von Buchstaben als Gegenständen, Buchstaben als individuellen Gegenständen, Buchstaben als harten, festen, knopfförmigen Gebilden, die ich sehen kann, und nicht bloß sehen, sondern auch fühlen und berühren und drücken, nun brauche ich eben ein Weilchen, um mich umzustellen. Verstehst du?«
»Ja, natürlich.«
»Es ist ein bißchen wie bei einem Raucher, der gerade das Rauchen aufgegeben hat. Das Fehlen des Nikotins ist das eine – das Wesentliche, wie ich mir vorstelle – ich habe es nie

versucht und kann es also nicht beurteilen. Doch da ist auch noch das Fehlen der Zigarette selbst, der Zigarette zwischen den Fingern, der Zigarette als *Requisit,* wenn man so will. Ein Raucher, John, ein Raucher ohne Zigarette zwischen den Fingern gleicht einer Kurtisane ohne bunte Ringe.«

»Ach so, ja. Wirklich sehr geistreich.«

»Ja, nicht wahr? Ich frage mich, ob man es wohl aufschreiben sollte. Es sei denn ...«

»Willst du, daß ich es notiere?«

»Nein, letzten Endes wohl doch nicht. Ich fürchte, ich habe es schon einmal verwendet. In gedruckter Form, meine ich. Im Moment könnte ich nicht genau sagen, wo oder wann, aber ich glaube mich zu – ich bin sicher – nein, nein, laß es weg. Spar dir die Mühe.«

»Wie du meinst.«

»Jedenfalls, wenn ich anfange zu diktieren, und obwohl ich genug Zeit hatte, über diesen ersten Teil nachzudenken, geht wahrscheinlich alles drunter und drüber. Auch wenn dir das nicht auffallen mag, merke ich doch allzuoft, daß ich, wie soll ich es ausdrücken, beim Denken ins Stottern gerate, und obwohl dieses Stottern immer nur von kurzer Dauer ist, wird es mir schwerfallen, damit zurechtzukommen. Doch da ich nichts dagegen tun kann, hat Klagen keinen Sinn. Mir scheint es allerdings das Beste zu sein, wenn du einfach tippst, was ich sage, einschließlich aller kleineren Korrekturen oder Verbesserungen, die ich laufend anbringe – und die übrigens gar nicht immer so klein sein werden. Und wenn wir dann das Ende eines Abschnitts erreichen, kann ich immer noch versuchen, dem Ganzen eine ansprechende Form zu geben.«

»Das klingt vernünftig.«

»Aber glaub bitte nicht, daß es damit schon getan ist. Ich habe vor, jeden einzelnen Abschnitt immer wieder zu überarbeiten, bis kein einziger Strichpunkt mehr dasteht, den ich nicht auf Herz und Nieren geprüft habe. Das verstehst du doch? Es ist nicht einfach, ein blinder Perfektionist zu sein, doch genau dies will ich sein.«

»Äh, Paul, da du schon davon sprichst ...«

»Ja, was ist?«

»Hör mal, vielleicht ist es ja nicht wichtig, aber mir ist aufgefallen, na ja – ich habe einfach gedacht ...«

»Sagst du mir jetzt bitte, was los ist.«

»Ich habe gedacht, vielleicht interessiert es dich, daß du auf der Krawatte einen Fleck hast.«

»Was?«

»Einen Kaffeefleck. Du hast heute beim Frühstück deine Krawatte mit Kaffee bekleckert.«

»Nein? O Gott, ich hasse Flecken, ich hasse sie! Selbst blind hasse ich sie! Oje, oje. Also gut – gut, selbstverständlich muß ich sie ablegen. Danke, daß du es mir gesagt hast.«

»Ich war nicht sicher, ob ...«

»Und dabei habe ich dir nicht einmal von den Flecken erzählt – weißt du, bei unserer früheren Unterhaltung – normalerweise bin ich – normalerweise bin ich nämlich sehr auf mein Äußeres bedacht. Ich darf mich wohl rühmen – oje. Also schön, da kann man nichts machen. Hier bitte.«

»Oh. Gut. Danke.«

»Leg sie in die Wäsche. Später, wenn du uns einen Kaffee machst. Läßt sie sich waschen, was glaubst du?«

»O ja, vermutlich schon.«

»Ich bin wirklich außer mir wegen dieser Krawatte. Es ist eine Cerruti. Soviel ich weiß, gab es nur ganz wenige davon. Mit diesen samtenen bunten Quadraten.«

»Was?«

»Was?«

»Hast du von bunten Quadraten gesprochen?«

»Ja.«
»Aber nein.«
»Wie meinst du das, nein?«
»Ich meine, daß sich darauf keine Quadrate befinden. Sie ist braun, ein beiges Braun mit dunkelbraunen Streifen. Schrägstreifen.«

»Es ist nicht die Cerruti?«
»Auf dem Etikett steht ›Stripes‹.«
»›Stripes‹? Einfach nur ›Stripes‹?«
»Ja.«
»Aber das ist unerhört. Ich habe keine solche Krawatte.«
»Es ist die Krawatte, die du getragen hast.«
»Aber ich sage dir doch, das kann nicht sein.«
»Hör mal, Paul, es ist doch nicht so wichtig, oder? Denk doch mal darüber nach. Das heißt nur, daß du die Cerruti nicht vollgekleckert hast, nicht wahr? Die Krawatte, die dir wirklich gefällt?«
»Du hörst mir ja gar nicht zu. Ich besitze keine gestreifte braune Krawatte. Ich wiederhole: Ich besitze keine gestreifte braune Krawatte. Ich habe sämtliche Krawatten gekauft, bevor ich erblindet bin, und sie hängen allesamt sauber geordnet in meinem Kleiderschrank an einem Spezialbügel. Es müßte mir in der Zwischenzeit wohl möglich sein, sie auseinanderzuhalten. Eine solche Krawatte vermag ich schlicht nicht zu erkennen.«
»Darauf weiß ich auch keine Antwort, aber bestimmt sollte man sich deshalb nicht so aufregen. Wenn du willst, können wir nachher zusammen deine Krawatten durchgehen, und ich garantiere dir, daß du alles an seinem Platz vorfinden wirst. Aber sollten wir jetzt nicht besser anfangen?«
»Wie? Oh. Ja, ja, selbstverständlich. Entschuldige. Ich bin es wirklich nicht gewohnt – Ja, entschuldige.«

»Also schön. Also schön, mal sehen. Also: ›Ich bin blind.‹«
»Ja?«
»Nein, nein, du verstehst nicht. Das soll der erste Satz des Buches sein.«
»Ach so, alles klar. Na, dann wollen wir mal. ›Ich bin blind …‹ Punkt?«
»Ich habe doch gesagt, daß es ein Satz ist. Achte vorläufig nicht auf die Interpunktion. Verlaß dich einfach auf dein Gefühl.«
»Gut.«

»Ich bin soweit, Paul.«
»Und hör auf, mich anzutreiben. Das ist kontraproduktiv. Wenn ich beisammen habe, was ich sagen will, erfährst du es als erster.«
»Verzeihung.«
»Und hör gefälligst auf, mich um Verzeihung zu bitten, verdammt! Das macht mich noch wahnsinnig!«

»Hm. Tja. Jetzt ist es wohl an mir, dich um Verzeihung zu bitten. Entschuldige, John. Ich bin heute morgen einfach leicht gereizt. Die Sache mit der Krawatte. Ich weiß auch nicht, weshalb mich das so aufgeregt hat.«

»Ich wiederhole, bitte entschuldige.«
»In Ordnung.«
»Ich habe dir doch gesagt, daß es nicht einfach sein würde. Ich bin kein einfacher Mensch, das ist mir bewußt.«
»Schon gut, schon gut. Keine Sorge!«
»Schön. Dann wollen wir also fortfahren. ›Ich bin blind. Ich habe das Augenlicht verloren. Ebenfalls verloren habe ich meine Augen.‹ Sag es mir, wenn ich zu schnell diktiere.«
»So geht es schon.«

»›Ebenfalls verloren habe ich meine Augen. Somit bin ich ein Monstrum. Blindheit nämlich ist monströs, ist surreal.‹«
»Verzeihung. Möchtest du beides, ›ist monströs‹ *und* ›ist surreal‹?«
»Jawohl: ›ist monströs‹, Komma, ›ist surreal‹, Punkt. ›Blindheit nämlich ist monströs, ist surreal.‹ Nein, das ist gräßlich – das ist – o Gott, so geht es nicht.«

»Hör zu, John, vergiß, was ich eben gesagt habe. Mach einfach weiter, ob es nun gräßlich ist oder nicht. Achte nicht auf mein Gejammer. Tipp einfach alles, was ich dir sage. Verlaß dich auf dein eigenes Urteil.«
»Gut.«
»›Noch surrealer‹ – ich diktiere übrigens weiter – ›noch surrealer als meine Blindheit selbst ist freilich die Tatsache, daß ich auch ohne Augen‹ – nein, ›ist freilich die Tatsache, daß ich, nachdem ich nicht bloß meines Augenlichts, sondern auch meiner Augen beraubt wurde, trotzdem noch immer sehe‹ – Anführungszeichen um ›sehe‹ – ›trotzdem noch immer „sehe". Was ich genau sehe‹ – diesmal natürlich ohne Anführungszeichen – ›was ich genau sehe, mag zwar nichts sein‹ – wieder Anführungszeichen.«
»Um ›nichts‹?«
»Ja. ›Was ich genau sehe, mag zwar „nichts" sein‹ – Gedankenstrich – ›schließlich bin ich blind‹ – Gedankenstrich – ›doch dieses Nichts‹ – wieder in Anführungszeichen, aber diesmal groß geschrieben – ›ist, so paradox das klingen mag, keineswegs unbeschreibbar‹ – nein, ›entzieht sich, so paradox das klingen mag, keineswegs meiner Beschreibungskraft. Ich sehe nichts und bin verblüffenderweise trotzdem in der Lage, dieses Nichts zu beschreiben. Für mich hat sich die Welt, die Welt der Blindheit, in ein düsteres und grobkörniges Karomuster verwandelt, das so bar jeden Lichts ist, wie ich mir den

Weltraum vorstelle, und dennoch, auch dies dem Weltraum verwandt, irgendwie durchdringbar. Und ich wiederhole, ich sehe es wahrhaftig. Offensichtlich existiert in jenem Teil meines Gesichts, wo einst meine Augen waren, ein tiefer Impuls‹ – nein, ›ein unauslöschlicher Impuls‹ – nein, Moment, ›ein tiefer und unauslöschlicher Impuls‹ – jawohl, ›ein tiefer und unauslöschlicher Impuls, in die Welt hinauszuschauen‹ – Anführungszeichen um ›hinauszuschauen‹. Übrigens verwende ich ab jetzt ›AZ‹ für Anführungszeichen. Ich brauche sie in meinen Texten ziemlich häufig. Wo war ich stehengeblieben?«

»›Offensichtlich gibt es in jenem Teil meines Gesichts ...‹«

»Du wirst bestimmt feststellen, daß ich gesagt habe: ›Offensichtlich *existiert* in jenem Teil meines Gesichts ...‹«

»›Offensichtlich existiert in jenem Teil meines Gesichts, wo einst meine Augen waren, ein tiefer und unauslöschlicher Impuls, in die Welt „hinauszuschauen" ...‹«

»Komma – ›ein Impuls, der sich selbst jetzt, da ich keine Augen mehr habe‹ – hier wird es wohl ein bißchen repetitiv, aber das können wir später ausbügeln – ›selbst jetzt, da ich keine Augen mehr habe, nicht wahllos auf den Rest meines Gesichts verteilt. Noch immer sind es meine fehlenden Augen, und allein sie, mit denen ich nichts sehe‹ – AZ um ›nichts sehe‹. Noch immer wende ich den Kopf, um jemanden zu begrüßen, und dies nicht bloß in buchstäblich blindem Gehorsam gegenüber den matten Konventionen des oberflächlichen gesellschaftlichen Verkehrs.‹ Nein, sagen wir doch lieber ›gegenüber den matten Konventionen des ennuyierenden‹ – e-n-n-u-y-i-e-r-e-n-d-e-n – ›gesellschaftlichen Verkehrs‹. Ich möchte nicht, daß ›oberflächlich‹ neben ›gesellschaftlich‹ steht.«

»Warum denn nicht?«

»Das lichtelt zu sehr.«

»Wie bitte?

»Zu viele lichs. ›Oberfläch*lich*‹, ›gesellschaft*lich*‹. Es reimt sich beinahe. Das brauche ich nicht. Also weiter. ›Blablabla, und dies nicht bloß in buchstäblich blindem Gehorsam gegenüber den matten Konventionen des ennuyierenden gesellschaftlichen Verkehrs, sondern auch so, als sei ich, selbst ohne Augen, weiterhin einem instinktiven und atavistischen Sehreflex verhaftet.‹«

»Entschuldigung. Wie schreibt sich atavistisch?«

»A-t-a-v-i-s-t-i-s-c-h.«

»Ehrlich gesagt habe ich nie genau gewußt, was dieses Wort bedeutet.«

»*Du* brauchst das ja auch nicht zu wissen. Ich fahre fort. ›Kurzum: Ich sehe‹ – AZ, bitte – ›auch weiterhin jenes Karomuster, jenen Weltraum, weil ich dies als Mensch nicht nicht sehen kann‹ – Strichpunkt – ›weil das Sehen eine Funktion des Organismus ist, auch wenn die Organe selbst entfernt wurden. Ich muß sehen‹ – unterstreich ›muß‹ doch bitte.«

»Du meinst, ich soll es kursiv schreiben?«

»Kannst du das denn?«

»Aber natürlich.«

»Auf dem Computerbildschirm?«

»Klar. Ich habe es schon getan.«

»Großer Gott. Was muß das für eine Traummaschine sein! Ich wünschte mir fast, ich könnte sie sehen. Aber egal. Lies mir doch dieses letzte Stück nochmal vor, bitte.«

»Das letzte Stück. ›Ich „sehe“ auch weiterhin jenes Karomuster, jenen Weltraum, weil ich dies als Mensch nicht nicht sehen kann; weil das Sehen eine Funktion des Organismus ist, auch wenn die Organe selbst entfernt wurden. Ich *muß* sehen ...‹«

»›Ich *muß* sehen, ob dies nun mein bewußter Wille ist oder nicht. Es handelt sich um einen Juckreiz, der sich selbst kratzt, einen Juckreiz, den man vergleichen könnte mit jenem, den

Amputierte an ihren fehlenden Gliedern leidvoll‹ – nein, ›qualvoll‹ – ›qualvoll empfinden. Allem Anschein nach existiert nämlich so etwas wie eine Etikette gegenüber Amputierten, eine Art Knigge‹ – K-n-i-g-g-e – ›eine Art Knigge dessen, was sich im Umgang mit körperlich Versehrten ziemt oder, wie natürlich in den meisten Fällen, nicht ziemt. So sollte man etwa auf dem Bett eines Amputierten nicht genau dort Platz nehmen, wo sich unter normalen Umständen dessen Bein befinden würde, man sollte nicht in den – in den Luftraum seines fehlenden Arms eindringen usw.‹«

»Soll ich ›usw.‹ ebenfalls schreiben?«

»Einfach die gängige Abkürzung, bitte. Hast du auch alles mitgekriegt?«

»Ich glaube schon. Aber sag mal, wir sind doch immer noch im gleichen Absatz, oder?«

»Ja. Das heißt, eigentlich nein. Wenn ich es mir genau überlege, nein. Nun folgt ein neuer Absatz. Ich werde es dir in Zukunft sagen.«

»Gut. Neuer Absatz. Mach weiter.«

»Mach weiter! Mach weiter! Das sagt sich so leicht.«

»Oder mach eben nicht weiter, je nachdem.«

»›Die Frage‹ – ich fahre fort – ›spielt jedoch auch in Bereiche hinein, die über die Blindheit hinausgehen. In meiner eigenen Vergangenheit, immer dann, wenn ein Augenarzt oder Optiker sein Lämpchen‹ – nein, sein äh, äh, äh – wie nennen sich die Dinger noch mal, diese schmalen Instrumente, die die Optiker benutzen?«

»Augenspiegel?«

»Augenspiegel, genau. ›In der Vergangenheit …‹«

»›In *meiner eigenen* Vergangenheit …‹«

»›In meiner eigenen Vergangenheit, immer dann, wenn ein Augenarzt oder Optiker seinen Augenspiegel auf mein Auge richtete oder wenn ich auch einmal zu heftig und zu lange am

Augapfel rieb, glaubte ich etwas zu erkennen‹ – Gedankenstrich – ›doch was genau war es?‹ Vergiß das Fragezeichen nicht. ›Doch was genau war es? Die Retina? Die innere Schicht? Die äußere Schicht? Was es auch war‹ – Doppelpunkt – ›Sein Anblick‹ – Gedankenstrich ›kraterübersät, vernarbt, lunar‹ – Komma – ›rot und rauh‹ – nein, warte, unterstreich ›lunar‹ doch bitte.«

»Gut. Hoffentlich habe ich das alles auch korrekt geschrieben.«

»Das ist doch jetzt egal. Diese Dinge können wir später immer noch bereinigen. ›Was es auch war: Sein Anblick – kraterübersät, vernarbt, *lunar,* rot und rauh strukturiert wie die Haut eines knochigen eintägigen Nestlings, gallenfarben trüb wie ein – wie ein protziger gläserner Briefbeschwerer‹ – Gedankenstrich – ›hatte etwas zutiefst Verstörendes. Er erinnerte mich an die ersten Zuckungen des Erdballs in der grauenhaft vulgären *Sacre-du-Printemps*-Szene im Walt-Disney-Film *Fantasia*‹ – Augenblick, nimm ›grauenhaft vulgären‹ wieder raus, das soll schließlich keine Filmkritik werden – ›in der *Sacre-du-Printemps*-Szene im Walt-Disney-Film *Fantasia.* Er erinnerte mich in erster Linie daran, daß die Augen zwei Teile des Körpers sind, Dinge mithin‹ – ›Dinge‹ kursiv – ›Elemente, die man verlieren, zerbrechen, anschlagen kann …‹«

»Sollte es nicht ›verlieren, anschlagen, zerbrechen‹ heißen?«

»Ach. Und wieso?«

»Weil die aufgezählten Wörter anscheinend immer gravierender werden, und ›anschlagen‹ ist doch bestimmt weniger gravierend als ›zerbrechen‹, oder?«

»Ganz recht, ganz recht. Gut beobachtet, John. Weiter so!«

»Stets zu Diensten.«

»Ich fahre fort: ›Die man verlieren, anschlagen, zerbrechen kann, die man, wie mir wohl bewußt ist, aus dem Kopf lösen und sogar in der Hand halten, ja auf dieser herumrollen lassen kann. Aus dem Inneren meines Kopfes‹ – AZ um ›Inneren‹ – ›Aus dem „Inneren“ meines Kopfes kam es mir nie in den Sinn‹ – Klammer auf – ›(sofern ich nicht daran dachte)‹ – AZ um ›daran dachte‹, Klammer zu – ›daß ich in Wirklichkeit zwei Augen besaß und nicht nur eines. Aus dem Inneren gesehen war ich ein menschlicher Zyklop‹ – Z-y-k-l-o-p, Strichpunkt – ›mein Zyklopenauge stellte in meiner Wahrnehmung sowohl den Zuschauer wie die Leinwand der Welt dar. Jene Welt, mit der ich konfrontiert und die von mir kontrolliert wurde – ich meine, die ich zu kontrollieren versuchte‹ – dieses ›ich meine‹ gehört übrigens in den Text, nach einem Gedankenstrich – ›befand sich auf spürbare Weise innerhalb des Auges‹ – Klammer auf – ›(entfernte man das Auge, entfernte man auch die Welt)‹ – Klammer zu. Punkt. ›Demnach entsprach das Auge schließlich genau dem gläsernen Briefbeschwerer, von dem ich weiter oben gesprochen habe …‹ Aber warte mal, habe ich das denn getan?«

»Was denn?«

»Von einem gläsernen Briefbeschwerer gesprochen?«

»Babababababababa. Doch, das hast du: ›gallenfarben trüb wie ein protziger gläserner Briefbeschwerer‹.«

»Aber natürlich. Ich fahre fort. ›Demnach entsprach das Auge schließlich genau dem protzigen gläsernen Briefbeschwerer, von dem ich weiter oben gesprochen habe, wobei jenes Auge statt einer nostalgischen kleinen Weihnachtslandschaft‹ – Klammer auf – ›(weicher Schnee fällt, wenn sie auf den Kopf gestellt wird)‹ – Klammer zu – ›die Welt selbst beinhaltete.‹ Neuer Absatz. ›Doch sah ich es tatsächlich‹ – AZ um ›sah‹, Komma nach ›tatsächlich‹ – ›sah ich tatsächlich mein eigenes Auge? Wie bringt es ein Auge zustande, sich selbst zu sehen? Sich von innen, sozusagen selbstbezüglich, zu sehen? Schon damals war ich kurzsichtig, schon damals sah ich die Außenwelt nur mit einer Brille. Und doch konnte ich wie durch ein Wunder diese Mondoberfläche genau so scharf sehen wie jemand, dessen Sehvermögen normal ist. Doch womit nur sah ich sie‹ – unterstreiche ›womit‹ und setz ein Fragezeichen. ›Doch *womit* nur sah ich sie? Zweifellos mit jenem instinktiven und atavistischen Sehreflex, den ich weiter oben erwähnt habe und der letztlich den Besitz der Sehorgane selbst transzendiert.‹«

»Paul, möchtest du kurz unterbrechen?«
»Wieso fragst du?«
»Du wirkst leicht aufgewühlt.«
»Ich habe dir doch gesagt, wie schwer es für mich sein würde, ein Buch zu diktieren. Und so ist es auch. Schwerer, als ich dachte. Ich schwitze wie ein Schwein. Mein Hemdkragen ist ganz naß. Warum schwitze ich nur so?«
»Sollen wir eine kurze Pause einlegen? Ein zweites Frühstück?«
»Ja. Ja, John, vielleicht ist es gar keine schlechte Idee, eine Pause zu machen. Wenn wir allerdings innerhalb eines Jahres fertig werden wollen, können wir uns davon nicht allzu viele leisten.«
»Stimmt. Aber soll ich uns jetzt einen Kaffee machen?«
»Hat sich das Ganze einigermaßen vernünftig angehört?«
»Paul, ich war ehrlich gesagt zu sehr damit beschäftigt mitzuschreiben, um mithören zu können.«
»Tja, tut mir leid, aber ich muß auch das Schlimmste wissen. Lies es mir doch bitte vor.«
»Du meinst das Ganze?«
»Da capo, wie Barpianisten zu sagen pflegen. Langsam und flüssig. Und egal, was ich davon halte, egal, welche Qualen ich beim Zuhören durchstehe, ich werde dich nicht unterbrechen, ich verspreche es. Und danach machen wir unsere Pause. Abgemacht?«
»Abgemacht. Dann also los. ›Ich bin blind. Ich habe das Augenlicht verloren. Ebenfalls …‹«

»Nicht so schnell.«
»Entschuldige. Gut. ›Ich bin blind. Ich habe das Augenlicht verloren. Ebenfalls verloren habe ich meine Augen. Somit bin ich ein Monstrum. Blindheit nämlich ist monströs, ist surreal.‹«
»O Gott, es ist so abgehackt. So viele kurze Sätze. Das könnte ja ein Leitartikel im *Daily Express* sein.«
»Paul, du hast versprochen, mich nicht zu unterbrechen.«
»Tut mir leid, es ist einfach so simplistisch.«
»Du hast noch genügend Zeit, es zu verkomplizieren.«
»Hmh. Ich nehme das mal so, wie es hoffentlich gemeint war. Also schön, lies weiter. Ich sage kein Wort mehr.«
»›Ich bin blind. Ich habe das Augenlicht verloren. Ebenfalls verloren habe ich meine Augen. Somit bin ich ein Monstrum. Blindheit nämlich ist monströs, ist surreal. Noch surrealer als meine Blindheit selbst ist freilich die Tatsache, daß ich, nachdem ich nicht bloß meines Augenlichts, sondern auch meiner Augen beraubt wurde, trotzdem noch immer „sehe". Was ich genau sehe, mag zwar „nichts" sein – schließlich bin ich blind –, doch dieses „Nichts" entzieht sich, so paradox das klingen mag, keineswegs meiner Beschreibungskraft. Ich sehe nichts und bin verblüffenderweise trotzdem in der Lage, dieses Nichts zu beschreiben. Für mich hat sich die Welt, die Welt der Blindheit, in ein düsteres und grobkörniges Karomuster verwandelt, das so bar jeden Lichts ist, wie ich mir den Weltraum vorstelle, und dennoch, auch dies dem Weltraum verwandt, irgendwie durchdringbar. Und ich wiederhole, ich sehe es wahrhaftig. Offensichtlich existiert in jenem Teil meines Gesichts, wo einst meine Augen waren, ein tiefer und unauslöschlicher Impuls, in die Welt „hinauszuschauen", ein Impuls, der sich selbst jetzt, da ich keine Augen mehr habe, nicht wahllos auf den Rest meines Gesichts verteilt. Noch immer sind es meine fehlenden Augen, und allein sie, mit denen ich „nichts sehe". Noch immer wende ich den Kopf, um jeman-

den zu begrüßen, und dies nicht bloß in buchstäblich blindem Gehorsam gegenüber den matten Konventionen des ennuyierenden gesellschaftlichen Verkehrs, sondern auch so, als sei ich, selbst ohne Augen, weiterhin einem instinktiven und atavistischen Sehreflex verhaftet. Kurzum: Ich „sehe" auch weiterhin jenes Karomuster, jenen Weltraum, weil ich dies als Mensch nicht nicht sehen kann; weil das Sehen eine Funktion des Organismus ist, auch wenn die Organe selbst entfernt wurden. Ich *muß* sehen, ob dies nun mein bewußter Wille ist oder nicht. Es handelt sich um einen Juckreiz, der sich selbst kratzt, einen Juckreiz, den man vergleichen könnte mit jenem, den Amputierte an ihren fehlenden Gliedern qualvoll empfinden. Allem Anschein nach existiert nämlich so etwas wie eine Etikette gegenüber Amputierten, eine Art Knigge dessen, was sich im Umgang mit körperlich Versehrten ziemt oder, wie natürlich in den meisten Fällen, nicht ziemt. So sollte man etwa auf dem Bett eines Amputierten nicht genau dort Platz nehmen, wo sich unter normalen Umständen dessen Bein befinden würde, man sollte nicht in den Luftraum seines fehlenden Arms eindringen usw.

Die Frage spielt jedoch auch in Bereiche hinein, die über die Blindheit hinausgehen. In meiner eigenen Vergangenheit, immer dann, wenn ein Augenarzt oder Optiker seinen Augenspiegel auf mein Auge richtete oder wenn ich auch einmal zu heftig und zu lange am Augapfel rieb, glaubte ich etwas zu erkennen – doch was genau war es? Die Retina? Die innere Schicht? Die äußere Schicht? Was es auch war: Sein Anblick – kraterübersät, vernarbt, *lunar,* rot und rauh strukturiert wie die Haut eines knochigen eintägigen Nestlings, gallenfarben trüb wie ein protziger gläserner Briefbeschwerer – hatte etwas zutiefst Verstörendes. Er erinnerte mich an die ersten Zuckungen des Erdballs in der *Sacre-du-Printemps*-Szene im Walt-Disney-Film *Fantasia.* Er erinnerte mich in erster Linie daran, daß die

Augen zwei Teile des Körpers sind, *Dinge* mithin, Elemente, die man verlieren, anschlagen, zerbrechen kann, die man, wie mir wohl bewußt ist, aus dem Kopf lösen und sogar in der Hand halten, ja auf dieser herumrollen lassen kann. Aus dem „Inneren" meines Kopfes kam es mir nie in den Sinn (sofern ich nicht „daran dachte"), daß ich in Wirklichkeit zwei Augen besaß und nicht nur eines. Aus dem Inneren gesehen war ich ein menschlicher Zyklop; mein Zyklopenauge stellte in meiner Wahrnehmung sowohl den Zuschauer wie die Leinwand der Welt dar. Jene Welt, mit der ich konfrontiert und die von mir kontrolliert wurde – ich meine, die ich zu kontrollieren versuchte –, befand sich auf spürbare Weise innerhalb des Auges (entfernte man das Auge, entfernte man auch die Welt). Demnach entsprach das Auge schließlich genau dem protzigen gläsernen Briefbeschwerer, von dem ich weiter oben gesprochen habe, wobei jenes Auge statt einer nostalgischen kleinen Weihnachtslandschaft (weicher Schnee fällt, wenn sie auf den Kopf gestellt wird) die Welt selbst beinhaltete.
Doch „sah" ich es tatsächlich, sah ich tatsächlich mein eigenes Auge? Wie bringt es ein Auge zustande, sich selbst zu sehen? Sich von innen, sozusagen selbstbezüglich, zu sehen? Schon damals war ich kurzsichtig, schon damals sah ich die Außenwelt nur mit einer Brille. Und doch konnte ich wie durch ein Wunder diese Mondoberfläche genau so scharf sehen wie jemand, dessen Sehvermögen normal ist. Doch *womit* nur sah ich sie? Zweifellos mit jenem instinktiven und atavistischen Sehreflex, den ich weiter oben erwähnt habe und der letztlich den Besitz der Sehorgane selbst transzendiert.‹«

»Tut mir leid, daß ich so mühsam bin, John, aber ich möchte etwas hinzufügen. Direkt im Anschluß an ›ich *muß* sehen, ob dies nun mein bewußter Wille ist oder nicht‹ möchte ich – in Klammern – etwa folgendes einfügen: ›Der Leser schließe nun die Augen und überzeuge sich, daß er selbst jetzt, selbst mit zugekniffenen Augen, immer noch sieht‹ – Anführungszeichen um ›sieht‹ – ›selbst wenn das, was er sieht, überhaupt nichts ist‹ – Klammer geschlossen.«

»Möchtest du, daß ich das jetzt einfüge?«

»Ja.«

»Also gut. Kannst du es nochmals diktieren? Aber diesmal bitte langsamer.«

»›Der Leser schließe nun die Augen …‹«

»Moment noch, ich muß zuerst die Stelle finden.«

»Gut. Schieß los.«

»›Der Leser schließe nun die Augen …‹«

»Verzeihung.«

»Was ist nun schon wieder?«

»Möchtest du nicht sagen: ›Der Leser oder die Leserin schließe nun die Augen‹?«

»Um Himmels willen, nein! Ich habe dir schon einmal gesagt, daß ich mich von diesem politisch korrekten Pippifax nicht tyrannisieren lasse. Das wird sonst satanisch umständlich. ›Der Leser *oder die Leserin* schließe nun die Augen und überzeuge sich, daß er *oder sie* selbst jetzt …‹«

»Schon gut, schon gut. ›Und überzeuge sich, daß *er* …‹ Mach weiter.«

»›Und überzeuge sich, daß er selbst jetzt, selbst mit fest zugekniffenen Augen, noch immer sieht‹ – AZ – ›selbst wenn das, was er sieht, überhaupt nichts ist.‹«

»Klammer geschlossen?«

»Klammer geschlossen. Scheiße, jetzt fällt es mir erst auf. Dreimal ›selbst‹ im gleichen Satz. Und mir graut beim Gedanken daran, wie du *Sacre du Printemps* geschrieben hast. Was soll's, wir schauen es uns nach der Pause nochmals an. Bin gespannt, wie lang es ist. Über den Daumen gepeilt würde ich sagen, etwas über fünftausend Zeichen. Oder auch ein bißchen darunter.«

»Gib mir eine Sekunde, dann kann ich es dir genau sagen.«

»Wie bitte? Du willst doch nicht behaupten, daß du eins von diesen mathematischen Wunderkindern bist? Wie nennt man sie noch gleich? *Idiots savants*?«

»Nein, natürlich nicht. Ich lasse den Mac die Zeichen zählen.«

»Es wird immer kurioser. Gibt es auch Dinge, die er nicht tun kann?«

»Nur wenige. Da haben wir's ja schon. 5108 Zeichen. Und wenn ich Titel und Datum weglasse, sind es 5067.«

»5067, wie?«

»Ich muß sagen, deine Schätzung war wirklich sehr beeindruckend.«

»Wer sich schon so lange mit Buchstaben herumschlägt wie ich, entwickelt ein Gefühl für diese Dinge.«

»Was ist, Paul? Zufrieden?«

»Ich weiß nicht, was ich davon halten soll. Heute nachmittag komme ich vielleicht zum Schluß, daß ich die ganze Passage wieder streiche.«

»Wie bitte?«

»War nur Spaß, John. Aber sei trotzdem gewarnt. Im Lauf der Zeit, und mehr als einmal, wird genau das geschehen. Wenn der Leser in einem Buch eine bestimmte Seite überspringt, bedeutet das fast immer, daß der Autor sie selbst hätte überspringen sollen. Jenes bekannte Bonmot – von wem stammt es schon wieder? Von Oscar Wilde? Von Flaubert? –, in dem jemand klagt, er habe einen ganzen Vormittag damit zugebracht, ein Komma einzusetzen, und einen ganzen Nachmittag, es wieder zu entfernen, dieses Bonmot ist kein Witz. Du mußt dich einfach daran gewöhnen, wie auch ich es getan habe.«

»Das wird mir sicher nicht schwerfallen. Doch wie wär's jetzt mit einem Kaffee? Es sei denn, du möchtest etwas Stärkeres. Vielleicht ein Glas Wein?«

»Nein, nein, nein. Kaffee und sonst nichts. Ein Schriftsteller trinkt nie, während er schreibt. Das ist so gefährlich wie Trinken und Autofahren.«

»Tatsächlich? Und wie steht es mit Hemingway? Und mit Charles Bukowski?«

»Bukowski ist Schrott.«

»Und Hemingway?«

»Gehöre ich in deinen Augen zur gleichen Sorte Schriftsteller wie er, John? Verwegen? Kaltschnäuzig? Whiskykippend?«

»Ich mache Kaffee.«

★

»Und?«

»Mensch, ist das ein geräumiger Schrank! Da könnte man direkt hineinsteigen.«

»Das ist mir bewußt. Was ist denn nun mit den Krawatten?«

»Eine stattliche Auswahl.«

»Ja, schon gut. Aber befindet sich die Cerruti darunter?«

»Entschuldige. Beschreib sie mir noch einmal.«

»Samt. Mit farbigen Quadraten gemustert. Und auf dem Etikett steht Cerruti. Oder Cerruti 1880. Oder 1885. Irgend so etwas, ich weiß es nicht mehr genau. Also C-e-r-r-u-t-i.«

»Ich geh' sie jetzt Stück für Stück durch, einverstanden? Nein. Nein. Nein. Nein. Nein. Nein. Ach, hier ist ja eine Cerruti! Nein, die hat ein Spiralmuster. Trotzdem, hübsche Krawatte.«

»John, ich würde es wirklich begrüßen, wenn du dich auf deine Aufgabe konzentrieren könntest.«

»Ich konzentriere mich ja auf meine Aufgabe.«

»Nein, tust du nicht. Und das kann ich auch verstehen. Aber andererseits mußt du verstehen, daß die Krawatte letztlich nicht das Entscheidende ist. Seit dem Unfall – das heißt, seit ich angefangen habe, mein Leben wieder in den Griff zu bekommen, wie man so schön sagt – habe ich gelernt, mich ohne meine beiden Augen im Labyrinth der Welt zurechtzufinden, denn für mich *ist* die Welt ein Labyrinth. Doch falls aus irgendeinem Grund an dieser Welt herumgedoktert wird, bin ich vollkommen aufgeschmissen. Vollkommen. So ist sich etwa die alte Mutter Kilbride bewußt, daß sie beim Putzen jeden Stuhl, jede Lampe, jeden bescheuerten Zahnstocher wieder exakt dorthin stellen muß, wo sie diese Dinge vorgefunden hat. Nicht einen Zentimeter links oder rechts davon. Ansonsten bin ich nämlich *wirklich* blind.«

»Nun, Paul, ich sage es nur ungern, aber während du am Reden warst, bin ich sämtliche Krawatten im Schrank durchgegangen, und die einzige Cerruti, die es gibt, habe ich bereits erwähnt. Tut mir leid.«

»Na, das ist – das ist doch wirklich unerhört! Ich weiß nicht, was ich glauben soll.«

»Könnte Mrs. Kilbride sie nicht in die Wäsche gelegt haben, ohne es dir mitzuteilen?«

»Red keinen Blödsinn. Ich habe es dir doch gerade gesagt. Sie rührt nichts, überhaupt nichts an, ohne vorher meine Erlaubnis einzuholen.«

»Könnte sie dann gestohlen worden sein?«

»Gestohlen? Eine Cerruti-Krawatte? Grotesk. Wer hätte sie denn stehlen sollen? Niemand kommt je hierher außer Mrs. Kilbride und – *ihn* hast du noch gar nicht kennengelernt, ich weiß – aber es ist ja wirklich nicht auszudenken, daß Joe Kilbride seinen Kuhstall mit einer Cerruti-Krawatte ausmisten könnte. Natürlich wurde sie nicht gestohlen. Auf dem Schrankboden liegt sie auch nicht?«

»Da habe ich bereits nachgeschaut.«

»Oder ist sie vielleicht hinter den, äh – na ja, ist sie hinten hinabgerutscht?«

»Nee.«

»Unerhört, wirklich unerhört. Wirklich ziemlich beängstigend. Ich komme mir vor, als hätte ich einen Scheck Gottes einlösen wollen, und er ist geplatzt.«

»Ach, und John, den brauchst du nicht aufzuschreiben. Ich habe ihn schon einmal verwendet. Ich habe ihn schon so oft verwendet.«

⋆

Wo ist diese Krawatte? Wo ist sie? Es ist absurd, daß eine derartige Bagatelle einen so enervieren kann, aber auch wenn nur ein einziger Backstein entfernt wird, habe ich das Gefühl, das ganze Gebäude müsse im nächsten Moment über mir einstürzen. Ich kann es einfach nicht ertragen, ahnungslos zu sein. Das zwingt mich zur Einsicht, daß ich trotz all meines Prahlens und Protzens mitnichten ein guter Beobachter war. Es zwingt mich zur Einsicht, wie wenig ich mich tatsächlich umschaute, wie herzzerreißend wenig von der Welt ich je wirklich sah. Ich brauchte die Dinge nicht anzuschauen, ich brauchte sie nicht zu sehen, sie waren da. Nun ist überhaupt nichts mehr da, bevor ich nicht weiß, daß es da ist, und dieses eine banale Geheimnis läßt mich nun darüber rätseln, von wie vielen Dingen ich annehme, sie seien da, obwohl sie es nicht mehr sind. O Gott.

⋆

»Bitte schön, Paul.«
»Pur?«
»Natürlich.«
»Prost.«
»Prost.«
»Weißt du was, John?«
»Hm?«
»Deine Anwesenheit ist so ziemlich das Beste, was mir hat passieren können.«
»Das ist nett von dir.«
»Ich meine es ernst. Selbst von der Arbeit abgesehen.«

»Danke schön. Das freut mich.«
»Und wie steht es mit dir? Gefällt es dir hier? Sei bitte ehrlich.«
»Ja. Es ist genauso stimulierend, wie ich es mir erhofft habe.«
»Es läuft doch gut, findest du nicht auch?«
»Ich glaube schon. Aber ich kann bloß für mich sprechen. Ich weiß ja nicht, wieviel Arbeit du jeweils sonst in neun Tagen erledigt hast.«
»Ach, hm, so betrachtet natürlich mehr, als du und ich erledigt haben. Aber du mußt bedenken, daß ich Angst hatte, unter den gegebenen Umständen überhaupt nicht arbeiten zu können. Und doch haben wir miteinander gute Arbeit geleistet, nicht wahr?«
»Ja.«
»Erstaunlich gute Arbeit, oder?«
»Absolut.«
»Ich habe dich doch nicht allzusehr wie ein – äh, Rigorist behandelt?«
»Wie was?«
»Allzu rigoros.«
»Du hast mich gewarnt, Paul.«
»Verdammt, das heißt also, es ist so?«
»Nein. Nein, das heißt es eigentlich gar nicht. Du bist nicht unbedingt die pflegeleichteste Person auf der Welt, und ich würde lügen, wollte ich etwas anderes behaupten. Aber erstens hast du mich wie gesagt gewarnt.«
»Und zweitens?«
»Tja, eigentlich gibt es gar kein zweitens.«
»Ach. Und ich habe schon gehofft, du würdest jetzt sagen, zweitens sei es dir eine Ehre, mit mir an diesem Buch arbeiten zu dürfen. Meinem letzten und, wie ich glaube, besten Buch.«
»Paul, das versteht sich doch von selbst.«
»Ach. Vielen Dank. Nun denn. Welchen Tag haben wir heute?«

»Freitag.«
»Freitag. Ach so. Das heißt wohl, daß du morgen wegfährst?«
»Ja, ich muß wirklich in die Stadt zurück.«

»Das ist doch nicht etwa ein Problem, Paul, oder? Ich meine, wir waren uns einig, daß ich an den Wochenenden nach Hause gehen würde?«
»Oh, durchaus.«
»Ich fahre wahrscheinlich direkt nach dem ...«
»Ich habe mich allerdings gefragt ...«
»Ja?«
»Ich weiß natürlich nicht, was du alles vorhast.«
»Wahrscheinlich eine ganze Menge. Ich bin seit mehr als einer Woche nicht mehr zu Hause gewesen. Es gibt Post zu bearbeiten, E-Mails, Faxe, das Übliche. Was hast du denn von mir wissen wollen?«
»Nun, falls du zwei Stunden erübrigen könntest – aber wirklich nur, falls du diese zwei Stunden auch tatsächlich ...«
»Wahrscheinlich schon.«
»Ich hätte gern, daß du für den nächsten Teil des Buches etwas recherchierst. Und falls du das am Wochenende erledigen könntest, müßtest du am Montag oder Dienstag nicht nochmals nach London fahren.«
»Worum geht es denn genau?«
»Es geht um zwei Aufgaben, doch sie liegen beide in derselben Gegend. Sozusagen Tür an Tür.«
»Warum sagst du mir nicht einfach, was du von mir willst?«
»In der ›National Gallery‹ hängt ein Selbstbildnis von Rembrandt. Eigentlich sind es zwei, doch jenes, um das es mir hier geht, ist mein allerliebstes Gemälde auf der Welt. Ich habe vor, in diesem neuen Abschnitt, den wir als nächstes in Angriff nehmen, darüber zu schreiben. Kurz gesagt geht es mir um das gesamte Konzept der Selbstdarstellung, insbesondere für den

Fall, daß man blind ist. Ich möchte ihm den Titel ›Die Melancholie der Anatomie‹ geben.«

»Mhm.«

»Na, das sackte ja runter wie ein Ballon aus Blei.«

»Wie bitte?«

»Ach, nichts. Jedenfalls lautet meine These, die ich hier stark verkürzt wiedergebe, daß alle großen Selbstbildnisse gleichsam von Blinden gemalt wurden – Gott, in dieser Form hört es sich entsetzlich phrasenhaft an, aber vielleicht verstehst du es ja trotzdem?«

»Ich glaube schon. Und ich soll nun also …?«

»Was ich brauche, ist eine ins kleinste Detail gehende Beschreibung dieses bestimmten Selbstbildnisses. Es ist das ältere der beiden in der ›National Gallery‹. De facto ist es natürlich das jüngere, nur Rembrandt ist älter, sichtlich älter. Wenn mich nicht alles täuscht, wurde es wenige Tage vor seinem Tod gemalt. Im Souvenirladen müßte es eigentlich Postkarten davon geben. Wenn dem so ist, kauf bitte eine und bring sie mit. Andernfalls möchte ich, daß du das Gemälde studierst und dir zu jeder Einzelheit Notizen machst. Verstehst du? Damit ich es kopieren kann. Sozusagen wie ein Kunststudent, der sich vor das Porträt setzt und eine Kopie anfertigt. In meinem Fall jedoch mit Wörtern.«

»Ja, das kann ich machen.«

»Wenn ich es mir recht überlege, wäre es besser, du würdest das Gemälde sogar dann eingehend studieren, wenn du eine Postkarte findest. Verschaff dir einen Eindruck von der Pinselführung. Das sollte dir nicht mehr als eine halbe Stunde vom Wochenende rauben.«

»Kein Problem.«

»Ich möchte auch – frag nicht, weshalb –, aber ich möchte auch, daß du, ebenfalls im Souvenirladen, nachschaust, ob es ein Puzzlespiel des Rembrandts zu kaufen gibt.«

»Ein Puzzlespiel?«

»Ich weiß, daß von einigen Gemälden in der Sammlung der ›National Gallery‹ Puzzlespiele verkauft werden. Holbeins ›Gesandte‹ sind auf alle Fälle darunter. Vermutlich auch Seurats ›Badeplatz in Asnières‹. Ach, und Crivellis ›Verkündigung an Maria‹. Ich habe so meine Zweifel, ob es auch eines vom Rembrandt gibt. Wer würde schon ein Puzzle von einem knollennasigen alten Knickstiefel im Kittel zusammensetzen wollen? Aber schaust du bitte trotzdem nach?«

»War das schon der zweite Gefallen?«

»Nein, das ist immer noch der erste. Der zweite – nun, direkt vor der ›National Gallery‹ liegt natürlich der Trafalgar Square. Und wie dir vielleicht bekannt ist, stehen an drei der vier Ecken Statuen. Abgesehen von der Nelson-Säule, versteht sich. An den Ecken, nicht in der Mitte.«

»Ja, selbstverständlich. Ich kenne diese Statuen. Es gibt nur drei davon, nicht vier, stimmt's?«

»Genau. Nun – und frag auch diesmal nicht, weshalb –, ich möchte, daß du mir zwei Sachinformationen zu diesen Statuen lieferst. Erstens: Welcher der vier Sockel steht frei? Ist es jener oben rechts oder aber jener unten lin…«

»Ich glaube, das kann ich bereits jetzt beantworten. Ist es nicht jener oben links?«

»Ich würde dich nicht fragen, wenn ich mich selbst erinnern könnte. Überprüf es einfach. Es ist für ein Buch gedacht und nicht für ein geselliges Tischgespräch. Es muß hieb- und stichfest sein.«

»Klar.«

»Zweitens: Von wem sind die anderen Statuen? Die drei Namen. Ich bin ziemlich sicher, daß einer davon George IV. ist. Falls ich je wußte, wer die anderen sind, habe ich es inzwischen wieder vergessen. Und natürlich auch hier: Wer steht auf welchem Sockel?«

»Ist das alles?«
»Ja. Du müßtest also bloß einmal zum Trafalgar Square fahren. Aber wie gesagt: nur, wenn es dir nicht das Wochenende verdirbt.«
»Nein, nein. Ich werde ohnehin unterwegs sein. Und außerdem tut mir das ganz gut. Ich war schon jahrelang nicht mehr in der ›National Gallery‹.«
»Und wann sehen wir uns wieder?«
»Ich breche morgen wohl gleich nach dem Frühstück auf und komme am Sonntagabend oder am frühen Montagmorgen wieder zurück. Ist das recht so?«
»Perfekt. Ich möchte nämlich, daß du mir am Montagvormittag hilfst, ein Telefonat zu machen. Ich würde gern meinen Agenten anrufen.«
»Kein Problem. Vermutlich komme ich ohnehin am Sonntagabend zurück. Allerdings sehr spät. Du brauchst nicht aufzubleiben, ich schließe mir schon selbst auf.«
»Ja, gut.«
»Da wäre noch was, Paul.«
»Ja?«
»Ob ich wohl einen Scheck haben könnte, bevor ich gehe?«
»Einen Scheck?«
»Äh, ja.«
»Aber wir sind doch so verblieben, daß du zumindest am Anfang nicht im voraus bezahlt wirst? Bevor wir uns gegenseitig ganz sicher sind?«
»Für den Computer. Du hast mir den Computer noch nicht bezahlt.«
»Den Computer? Tatsächlich? Du lieber Himmel, stimmt ja. Mich hat das Buch so gefangengenommen, daß ich den Computer ganz vergessen habe. Meine Güte, wie schrecklich unachtsam von mir. Selbstverständlich stelle ich dir einen Scheck aus, ich kann ihn dir gleich jetzt ausstellen, wenn du

willst. Aber wirst du ihn denn einlösen können? Ich meine, an einem Samstag?«

»Äh, nein.«

»Tja, und was nun?«

»Falls ich am Montagmorgen zurückkomme, könnte ich ihn gleich als erstes in einer Bank in Chipping Campden einlösen.«

»Aber du hast doch gesagt, daß du vermutlich am Sonntag zurückkommst?«

»Wenn es so ist, schicke ich ihn am Wochenende einfach an meine Barclay-Filiale.«

»Geht das denn?«

»O ja.«

»Aber natürlich stelle ich dir einen Scheck aus. Mein Scheckbuch liegt in der Schublade des Sekretärs. In der obersten Schublade. Wenn du es bitte ...«

»Hier ist es.«

»Danke, John.«

★

Neun Tage. Schon neun Tage. Kann ich mich noch an mein Leben, an meinen Alltag vor Johns Ankunft erinnern? Herrgott, natürlich kann ich das! Und dennoch wird es mir schwerfallen, wieder an jenes Leben anzuknüpfen, wenn er nicht mehr dazugehört. Ich war schon immer ein Einzelgänger, gewiß, aber ein Einzelgänger ist ein Mensch, der sich fürs Alleinsein entscheidet – und der sich nicht so sehr dafür entscheidet, allein zu sein, als allein gelassen zu werden. Da liegt der wesentliche Unterschied: Entweder ist man allein, oder aber man wünscht sich, allein gelassen zu werden; den gleichen Unterschied mag ein Masochist empfinden, je nachdem, ob ihm genau jener einzigartige Schmerz, jene einzigartige Spezialität, die er begehrt, zuteil wird, oder ob man ihm schlicht und einfach weh tut. Nun ja, es ist noch viel zu früh.

★

»JAZZ! JAZZ! JAZZ!«

»OH, GIVE ME NO CREOLE COOKERY,
NO DINNER AT ANTOINE'S, NO VIEUX CARRÉ!
WHAT I WANT IS A HOSANNA,
A BLAST OF ARMSTRONGIANA
FROM OLD LOUISIANAAAA
'S FAVORITE SON LOUIS!«

»JAZZ! JAZZ! JAZZ!«

»NOW THE MUSIC SOUNDS SCARLATTIAN
ON THE ISLAND OF MANHATTIAN
WHERE THE RHYTHMS ARE BLASÉ
AND BLUESY AND JAZZY
AND RAZZAMATAZZY
LIKE THE ›RHAPSODY IN BLU-É‹!«

»JAZZ! JA…«

»Hallo?«

»Wer ist da?«

»Wer ist das? Ist da jemand?«

»Bist das du, Ryder?«

»John? Bist das du? Bist du da? Steht da jemand?«

★

»Guten Morgen, Paul. Gut geschlafen?«
»Nein.«
»Das tut mir aber leid. Hoffentlich habe ich dich nicht geweckt,

als ich heimgekommen bin? Ich habe mich bemüht, möglichst leise zu sein.«

»Sag mal, wann genau bist du denn heimgekommen?«

»Spät. Nach Mitternacht. Es ging schon auf eins zu. Ich aß mit einem Freund in Notting Hill zu Abend und fuhr dann direkt hierher.«

»Dann warst du also um elf noch nicht zurück?«

»Um elf? Um elf gestern abend?«

»Ja, natürlich um elf gestern abend! Welches Elf könnte ich wohl sonst meinen?«

»Reiß mir nicht gleich den Kopf ab. Ich habe dir doch gesagt, du sollst nicht aufbleiben.«

»Ich bin auch nicht aufgeblieben. Hör mal, es – es tut mir leid, John. Ich bin heute morgen furchtbar gereizt. Ich hatte ein ziemlich gruseliges Erlebnis.«

»Warum, was ist denn passiert?«

»Nichts. Es ist zu albern, um darüber zu sprechen.«

»Erzähl mir, was passiert ist.«

»Kein Wort mehr darüber, klar? Wahrscheinlich habe ich es mir bloß eingebildet. Das passiert mir ab und zu. Konntest du die gewünschten Auskünfte einholen?«

»Ich habe die Postkarte. Vorsichtshalber habe ich gleich drei gekauft. Und das Puzzle.«

»Das Puzzle? Von Rembrandts Selbstbildnis?«

»Ja.«

»Tatsächlich? Du erstaunst mich.«

»Es war zusammen mit den anderen, die du erwähnt hast, im Angebot.«

»Schwein muß der Mensch haben! Ich habe schon fest damit gerechnet, daß ich dich bitten muß, ein bißchen zu improvisieren und ein puzzleförmiges Teilchen aus einer der Postkarten auszuschneiden.«

»Verzeihung, aber da komme ich jetzt nicht mit. Wie du weißt, hast du mir nie erklärt, wozu das Puzzle dienen wird? Soll ich dir übrigens die Tasse nachfüllen?«

»Gern. Diesmal mit einer Idee Zucker, wenn du so gut sein willst.«

»Klar doch.«

»Hier, bitte. Also, das Puzzle?«

»Ach, es ist eines dieser Dinge, die klappen mögen oder auch nicht. Aber ich wollte – das heißt, ich *will,* denn du hast ja ganz unverhofft das große Los gezogen –, ich will also, daß du das Puzzle zusammensetzt und lediglich jene Teile mit den Augen aussparst. Verstehst du, ein Selbstbildnis ohne Augen? Etwas in dieser Art.«

»Ach so.«

»Wie gesagt, vielleicht klappt es. Wie steht es denn mit dem Trafalgar Square?«

»Ah, das war *echt* spannend.«

»Ja?«

»Ich hatte keine Schwierigkeiten, die Identität der drei Statuen zu ermitteln. Einen Moment. Irgendwo habe ich meine Notizen. Oder möchtest du lieber bis nach dem Frühstück warten?«

»Bitte. Wenn du die Notizen bei dir hast, dann lies sie mir jetzt vor.«

»Da hab' ich sie ja. Sie sind zwar ein bißchen zerknittert, aber durchaus lesbar. Also schön. An der oberen rechten Ecke des Trafalgar Square befindet sich, wie du vermutet hast, die Statue von George IV.«

»Mhm.«

»An der unteren rechten Ecke steht ein gewisser Generalmajor Sir Henry Havelock, K.C.B., wofür das auch immer stehen mag. Wahrscheinlich ›King's‹ irgendwas. ›King's Cross‹?«

»Keine Ahnung. Mach weiter.«

»Auf dem Sockel findet sich ein Zitat von ihm, das auf den

indischen Feldzug des Jahres 1857 zurückgeht. Möchtest du es hören?«

»Warum nicht?«

»›Soldaten!‹«

»Bitte, John, ich habe es dir schon früher gesagt. Du kennst die Kraft deiner Stimme nicht.«

»Entschuldige. ›Soldaten. Eure Qualen Eure Entbehrungen Eure Leiden und Eure Tapferkeit werden von einem dankbaren Land niemals vergessen werden.‹«

»Bah! Schau nur, wie er Entbehrungen und Leiden höher veranschlagt als Tapferkeit. Typischer militärischer Kotzbrocken. Wahrscheinlich ein blutrünstiger Schlächter.«

»An der unteren linken Ecke steht Charles James Napier. Der Name sagt mir irgendwas.«

»Noch ein General.«

»Tatsächlich? Ich hätte auf einen Naturwissenschaftler getippt. Seine Jahreszahlen lauten MDCCLXXXII bis MDCCCLIII. Ich kann sie dir umrechnen, wenn du willst.«

»Bemüh dich nicht. Dann stimmt deine Vermutung also, daß sich der freie Sockel in der oberen linken Ecke befindet?«

»Ach, Paul, das ist ja genau das Spannende. Es zeigt nur wieder einmal, wie man den Kontakt zur Realität verlieren kann, selbst wenn man nicht ...«

»Was ist denn so spannend daran?«

»Er ist nicht mehr unbesetzt.«

»Was?«

»Gerüchteweise hatte ich schon von solchen Plänen gehört, aber ich habe ja keine Ahnung gehabt, daß man sie bereits in die Tat umgesetzt hat.«

»Wovon redest du denn?«

»Sie haben eine neue Statue aufgestellt.«

»Eine Statue? Von wem?«

»Na, was glaubst du?«

»John, ich bin weder in der Stimmung noch in der Verfassung für Ratespiele.«
»Diana!«
»Wer?«
»Diana. Prinzessin Diana? Sie kam doch in Paris bei einem Autounfall ums Leben? Ungefähr vor eineinhalb Jahren?«
»Ja, vielen Dank, John, Dianas Tod ist mir nicht entgangen. Ich bin zwar blind, aber nicht taub. Selbst ich habe es zur Kenntnis zu nehmen, wenn der gesamte Kosmos Tränen vergießt. Aber was erzählst du mir da? Daß nun eine Statue von Diana auf dem Trafalgar Square steht?«
»Genau.«
»Aber das ist ja unglaublich! Wie hat man eine solche Ungeheuerlichkeit zulassen können?«
»Ich glaube, es wurde landesweit eine Art Umfrage durchgeführt – wie sagt man dem doch gleich? – ein Referendum – und Diana hat das Feld um Längen geschlagen.«
»Tja!«

»Weißt du, John, ich bin echt schockiert. Allmählich frage ich mich, ob ich wirklich das Zeug zum Eremiten habe.«
»Es muß sehr schnell geschehen sein. Nicht einmal ich wußte davon.«
»Wie sieht sie denn aus?«
»Die Statue? Ich fürchte, die ist tatsächlich eine ziemliche Ungeheuerlichkeit. Der Kopf ist in die Höhe gereckt, das Haar weht im Wind, und der Rock bauscht sich um die Beine. Und in den Armen hält sie ein Baby.«
»Eins ihrer eigenen?«
»Ihrer eigenen was?«
»Babys, Mann, Babys! Ist es einer ihrer eigenen Sprößlinge? Oder irgend so ein afrikanisches Baby?«
»Ach so, vermutlich ein afrikanisches. Oder ein indisches. Die

Botschaft ist unmißverständlich: Diana, der Engel der Barmherzigkeit. Mutter Diana von Kalkutta.«

»Ei, ei, ei! Das macht meinem kleinen Einfall so ziemlich den Garaus.«

»Welchem Einfall denn?«

»Ach, ich dachte, aus dem leeren Sockel lasse sich ein symbolischer Mehrwert herausschlagen. Vielleicht ist es ja auch besser, daß man ihn gefüllt hat. Vermutlich wäre es sowieso unerträglich prätentiös geworden.«

»Hör mal, Paul ...«

»Ja?«

»Äh ... Schmettere diese Idee einfach ab, wenn sie dir albern vorkommt.«

»Mach ich.«

»Aber, äh, könntest du statt dessen nicht etwas mit der Symbolik von Dianas Statue anstellen?«

»Wie meinst du das?«

»Das Unglück ... der Autounfall ... die Tatsache, daß du genauso wie sie ...«

»Ach, John, da bist du vielleicht auf etwas gestoßen.«

»Vielen Dank. Ich habe schon befürchtet, du findest es vielleicht zu ...«

»Es wäre doch nicht zu drastisch, was glaubst du? Nein, ich wüßte nicht, weshalb. Nicht so, wie ich es handhaben würde. Eigentlich könnte es sogar recht packend sein. Und dann – aber klar, natürlich! – kann ich auch endlich diesen Artikel verwerten, den sie nie gebracht haben.«

»Verzeihung, welchen Artikel denn?«

»Einen Text über den ganzen Dianakult, den ich vor ein paar Jahren schrieb. Der Redakteur der *Sunday Times,* dieses Arschloch, lehnte ihn mit der Begründung ab, er sei zu ›literarisch‹. Selbstverständlich war er literarisch! Warum fragt man mich überhaupt an, wenn man keine Literatur erwartet!«

»John?«
»Verzeihung. Ich habe gerade an etwas denken müssen.«
»Weißt du, John, in Gegenwart eines Blinden mußt du aufpassen, daß du nicht allzuhäufig schweigst. Blinde nehmen ein Schweigen ausgesprochen ernst. Sie interpretieren jedes davon – ich meine jedes einzelne Schweigen – genau so, wie du zum Beispiel eine beiläufige Bemerkung in einer Tafelrunde interpretieren würdest. ›Was hat er damit nur gemeint?‹ überlegst du. Und es geht dir den ganzen Abend nicht mehr aus dem Kopf. Und danach liegst du wach im Bett und zermarterst dir das Hirn. Und für einen Blinden ist das Schweigen genau dasselbe. Manchmal – im Grunde verflucht oft – verstummte Charles, mein lieber Freund Charles, ganz abrupt, wenn wir einen Spaziergang machten, und wir bekamen Streit, regelrechten Streit, wenn ich ihn aufforderte, mir zu sagen, woran er gerade dachte.«
»Es macht mir nichts aus, dir zu sagen, woran ich denke.«
»Ich bin ganz Ohr.«
»Ich war einfach schockiert über deine Aussage, du würdest dir überlegen, ob du einen bereits geschriebenen Artikel verwenden könntest.«
»Schockiert? Du meine Güte, warum warst du denn schokkiert?«
»Na ja, ich halte das, woran wir arbeiten, mittlerweile für dein persönlichstes Buch, ein Buch, das aus deinem Schmerz heraus geschrieben ist, aus deiner Einsamkeit, deiner …«
»Ja, ja. Komm zum Punkt, Mensch.«
»Und jetzt hast du also beschlossen, etwas einzubauen, das du bereits früher geschrieben hast. Mit Verlaub, das erscheint mir nun doch ein bißchen zynisch.«

»Ich muß sagen, John, deine Naivität rührt mich.«
»Du findest mich naiv?«
»Ich finde es reizend von dir, daß du ein so romantisches, hochherziges Bild vom Beruf des Literaten hast. So ungern ich deine Illusionen zerstöre, muß ich dir doch sagen, daß wir Schriftsteller die umweltfreundlichsten Geschöpfe sind, die man sich überhaupt denken kann. Ständig suchen wir nach Wegen, um unser Werk zu rezyklieren.«
»Und etwas als funkelnagelneu aufzutischen, das vor Jahren geschrieben wurde? Führt man so nicht das Publikum an der Nase herum?«
»Das Publikum? Was sind das denn für Menschen? Was wissen sie schon? Die Vorstellung, die sich das Publikum von der Geburt eines literarischen Werks macht, entspricht haargenau, *haargenau* jener, die sich kleine Kinder von der Geburt eines Babys machen. Die meisten glauben, Bücher bringe der Storch.«
»Du mußt schon entschuldigen, Paul. Aber warum habe ich nur das Gefühl, daß du das schon einmal gesagt hast?«

»Also ehrlich, John, das geht zu weit. Soviel ich weiß, war in meiner Annonce nicht davon die Rede, daß mir der passende Kandidat Ratschläge erteilen müsse, wie ich mein eigenes Buch zu schreiben habe.«
»Entschuldige, ich wollte nicht unhöflich sein. Aber einige meiner früheren Vorschläge erschienen dir doch nützlich.«
»Geht es dir um Anerkennung? Möchtest du, daß ich dir in einer Fußnote meinen Dank für den Diana-Einfall ausspreche? Von dem ich ehrlich gesagt inzwischen nicht mehr glaube, daß er den Aufwand lohnt.«
»Wie du meinst, Paul, ich sage kein Wort mehr. Ich nehme einfach das Diktat auf wie der Sekretär, als den du mich angestellt hast.«
»Jetzt schmoll doch nicht rum, bitte! Wie gesagt, wie *mehrfach*

gesagt, John, bin ich sehr glücklich über unsere Zusammenarbeit, überglücklich. In diesem Fall jedoch kann ich mich des Eindrucks nicht erwehren, daß du die Grenzen dessen überschritten hast, was du dir an Kommentaren herausnehmen solltest.«

»Es wird nicht wieder vorkommen, ich verspreche es.«

»Ach, bitte. *Bitte.* Spiel jetzt nicht die beleidigte Leberwurst. Das kann ich nicht ausstehen. Vergessen wir den Vorfall doch einfach. Und wenn ich es mir genau überlege, John, muß ich sagen, daß du eigentlich recht hast. Schön. Ich habe es zugegeben.«

»Inwiefern denn recht?«

»Es stimmt, für ein Buch wie dieses sollte ich nichts aus zweiter Hand verwenden. Es ist tatsächlich zynisch. Nicht bloß zynisch, sondern feige. Und der Tonfall des Artikels wäre völlig unangemessen. Zu journalistisch, zu ›aktuell‹. Du hast ganz recht. Wenn ich nichts Neues zu sagen habe, sollte ich ein solches Buch gar nicht schreiben. Nimmst du also meine Entschuldigung an? Noch einmal?«

»Aber natürlich.«

»Gut. Nun denn. Ich glaube, neulich habe ich dir erzählt, daß du mir helfen sollst, meinen Agenten anzurufen. Ich habe schon ewig nicht mehr mit Andrew gesprochen. Vom neuen Buch habe ich ihm natürlich noch nichts erzählt. Und auch nicht von dir. Der Kontakt zwischen ihm und mir ist ein bißchen eingeschlafen.«

»Ach, dann kannst du also nicht selbständig Telefongespräche führen?«

»Mrs. Kilbride übernimmt das meistens für mich. Nicht, daß das heute noch oft vorkäme. Würde es dir etwas ausmachen, die Nummer für mich einzustellen?«

»Aber keineswegs.«

»Sie lautet 631 33 41. Sein Name ist Andrew Boles. Und, John, bevor du wählst ...«

»Ja?«
»Ich spreche bloß mit Andrew persönlich. Keine Sekretärinnen, bitte. Wenn er nicht da ist, hängst du einfach auf.«
»Gut.«
»Und noch etwas. Sag ihm nicht, daß ich es bin.«
»Ich soll ihm nicht sagen, daß du es bist? Wen soll ich dann anmelden?«
»Es ist schon so lange her, seit wir das letzte Mal miteinander gesprochen haben, daß er mich wohl völlig vergessen, ja regelrecht abgeschrieben hat. Der Anruf soll eine Überraschung sein. Ob es auch eine freudige Überraschung sein wird, steht auf einem anderen Blatt.«
»Oh, ich verstehe. Also gut. Verzeihung, wie lautete die Nummer noch mal?«
»6-3-1.«
»Ja?«
»3-3-4-1.«

»Es läutet.«

»Guten Tag. Könnte ich bitte mit Andrew Boles sprechen?«

»Ja, guten Tag. Ob ich wohl mit Andrew Boles sprechen könnte, bitte?«

»Ach, tatsächlich? Können Sie mir sagen, wie lange?«

»Ach so.«

»Nein, nein, ich melde mich wieder, wenn er zurück ist. Danke schön.«

»Auf Wiederhören.«

»Er ist nicht da?«
»Verreist.«
»Verreist? Wohin denn?«
»In den Fernen Osten. Hongkong, Australien und dann über San Francisco und New York wieder hierher. Er ist noch mindestens vierzehn Tage unterwegs.«
»Ach. Na schön. Das bedeutet immerhin, daß das Buch schon etwas festere Form angenommen hat, wenn wir schließlich miteinander sprechen. Trotzdem schade. Wär' schön gewesen, all die verlorenen Jahre aufzuholen. Ja, es ist wirklich schon fast vier Jahre her. Großer Gott, tatsächlich.«

»Äh, Paul, sollen wir anfangen?«
»Ich muß dir etwas gestehen, John. Ich bin müde, ich bin sehr, sehr müde. Ganz ehrlich, je mehr ich an die Arbeit denke, die uns heute bevorsteht, desto weniger fühle ich mich ihr gewachsen. Ich habe letzte Nacht miserabel geschlafen. Dir werden wohl nur wenige der üblichen Anzeichen von Erschöpfung aufgefallen sein. Blutunterlaufene Augen, um nur das offensichtlichste Beispiel zu nennen. Aber irgendwie habe ich das Gefühl, ich muß mich heute vormittag ein bißchen hinlegen. Hinlegen und nachdenken. Macht es dir was aus?«
»Natürlich nicht. Kann ich in der Zwischenzeit etwas für dich tun?«
»Ja. Erzähl mir doch etwas vom Rembrandt. Genau darüber werde ich mir Gedanken machen. Ich kann mich nicht einfach in den Text stürzen, ohne vorher ein paar Überlegungen angestellt zu haben.«
»Gut.«
»Und wenn ich mich dann hinlege, könntest du dich vielleicht am Puzzle versuchen. Wie hört sich das an?«
»Sehr gut. Solange du von mir nicht erwartest, daß ich damit

fertig bin, wenn du wieder aufstehst. Ich habe schon lange kein Puzzle mehr zusammengesetzt.«

»Nein, das erwarte ich nicht. Aber je früher du damit anfängst, desto schneller bist du auch fertig.«

»Stimmt.«

»Also. Der Rembrandt?«

»Mal sehen, ich habe alles aufgeschrieben. Hier. Gut. Titel: ›Selbstbildnis im Alter von ...‹«

»Dreiundsechzig?«

»Richtig. Und gemalt wurde es im Jahre ...?«

»1669?«

»Schon wieder richtig.«

»Nur wenige Tage vor seinem Tod, stimmt's?«

»Nein, tut mir leid. Monate. Vier Monate.«

»Vier Monate? Bist du ganz sicher?«

»All diese Angaben habe ich vom Schildchen an der Wand abgeschrieben.«

»Vier Monate? Ich war sicher, daß es Tage sind.«

»Nein, Monate. Soll ich weitermachen?«

»Ja, bitte.«

»Du hast natürlich recht gehabt. Seine Nase ist sehr knollig. Direkt auf der Spitze liegt ein lustiges kleines Licht.«

»Und wenn's mir recht ist, hat er ein graues Haarbüschel direkt unter der Unterlippe.«

»Nein.«

»Nein?«

»Er ist schlecht rasiert. Der ganze untere Teil seines Gesichts ist stoppelig. Doch ein einzelnes Haarbüschel, nein, so was gibt's nicht. Jedenfalls nicht so, wie du es dir wohl vorstellst.«

»Gott, mein Gedächtnis. Erzähl weiter.«

»Seine Hände sind gespreizt.«

»Gespreizt?«

»Es ist schwer zu sagen, denn das Gemälde ist derart dunkel,

daß es schon fast unscharf wirkt, aber er scheint seine Hände flach auf die Knie gelegt zu haben. Eine auf jedem Knie.«
»Die Hände sind nicht gefaltet?«
»Nein. Warum, hast du das geglaubt?«
»Ja. Ja, wahrscheinlich schon, aber ich – ich weiß es einfach nicht mehr. Schaut er denn dem Betrachter wenigstens direkt in die Augen? Mit einem traurigen, gelassenen, irgendwie ungebundenen Blick?«
»Das ist richtig. Ziemlich hypnotisierend. Man hat das Gefühl, es wäre unschicklich, ihm zu nahe zu treten. Als stehe ein lebendiger Mensch vor einem.«
»Gut formuliert. Schade.«
»Was denn?«
»Schade, daß ausgerechnet die Augen verschwinden werden, wenn du das Puzzle zusammensetzt.«
»Stimmt.«
»Die Augen, verstehst du, John – die Augen des Künstlers, welche die Augen seines Modells prüfend ansehen, wenn Künstler und Modell in einer Person zusammenfallen –, die Augen sind das A und O der Selbstdarstellung. Man könnte ein gutes und ergreifendes und lebensechtes Selbstbildnis malen, das auf sämtliche Gesichtszüge verzichtete *außer* auf die Augen.«
»Ich fahre fort, einverstanden? Sein Haar, das grau ist, bauscht sich beidseits des Kopfes. Er trägt eine Art Baskenmütze aus weichem Wildleder.«
»Gott sei Dank, immerhin das.«
»Wie meinst du das? Warum dankst du denn Gott?«
»Weil ich wenigstens *das* noch richtig im Kopf habe.«

»Du lächelst schon wieder, John. Bitte lächle hinter meinem Rücken nicht über mich.«
»Du bist wirklich gut. Ich *habe* gelächelt, das stimmt. Ich habe über die Vorstellung gelächelt, daß du Gott dafür dankst, weil

er eine Baskenmütze aus Wildleder trägt. Es war nicht bös gemeint.«

»Ich weiß. Ich gebe ja auch bloß ein bißchen an. Mal sehen, ob ich den Rest des Puzzles noch selbst herausbekomme. Er trägt eine beige Jacke, vermutlich ebenfalls aus Wildleder und bis oben zugeknöpft. Und diese hat einen pelzbesetzten Kragen. Stimmt's oder hab' ich recht?«

»Fast.«

»Fast?«

»Der Kragen ist nicht pelzbesetzt, sondern aus demselben Material wie die Jacke. Allerdings scheint es sich tatsächlich um Wildleder zu handeln.«

»O Gott, o großer Gott.«

»Aber was ist denn, Paul?«

»Ist es denkbar, daß ich jetzt auch noch mein Gedächtnis verliere?«

»Paul, das waren doch bloß Details. Banale kleine Fehler. Nichts Ernstes.«

»Für mich *ist* dieser pelzbesetzte Scheißkragen ernst! Er ist todernst! Wenn ich mich nicht einmal mehr an mein Lieblingsbild erinnern kann!«

»Du hast selbst gesagt, daß du es seit Jahren nicht mehr gesehen hast.«

»John, als ich mein Augenlicht verlor, verlor ich die Gegenwart. Vollkommen. Schön und gut, ich habe gelernt, mit diesem Verlust zu leben. Mehr schlecht als recht. Doch wenn ich jetzt auch noch mein Gedächtnis verliere, bedeutet dies, daß ich die Vergangenheit ebenso verliere wie die Gegenwart. Womit mir bloß noch die Zukunft bleibt. Und bei Gott, bei Gott, was für eine Zukunft!«

»Von der Seite habe ich es noch gar nie betrachtet.«

»Ich habe in einem Traumland gelebt. Oder vielmehr in einem Albtraumland.«

»Aber Paul, solange ich hier bin, hast du die Gegenwart nicht verloren. Ich will von nun an deine Gegenwart sein. *Und* deine Vergangenheit.«

»Das hört sich ja wie ein netter Vorschlag an, John, doch nachdem uns beiden klar ist, daß du nicht ewig hierbleiben wirst, warum solltest du ihn da überhaupt machen? Wenn ich auf dieser Welt etwas nicht ausstehen kann, dann ist es eine Großzügigkeit, die bloß Angebote macht, von denen beide Seiten wissen, daß sie nie beansprucht werden.«

»Ach, das tut mir leid, ich wollte ja nur …«

»Ich lege mich jetzt wohl besser aufs Ohr.«

»Oh. In Ordnung.«

»Wenn du das Rembrandt-Puzzle einmal anschauen könntest, wäre ich dir sehr verbunden.«

»Natürlich. Und zerbrich dir nicht den Kopf. Versuch dich ein bißchen auszuruhen.«

»Bis später.«

★

Jetzt weiß ich, daß ich mir nichts beigebracht, mir nichts eingeprägt habe. All die Jahre waren für die Katz. Ich bin hilflos, hilflos – und abgesehen von John mutterseelenallein auf dieser Welt. Blind, ohne Augen oder Antlitz undallein, autistisch, visuell autistisch, ausgestoßen aus dem eintönigen Vibrieren der Welt. Ach, ist schon jemals ein Mensch in größerer Not gewesen? Was ist für mich heute die Welt außer einem leeren Blatt, einem leeren schwarzen Blatt, auf dem sich jede Textspur in Windeseile verwischt. Was würde ich nur geben – meinen rechten Arm, meinen linken Arm, meine Beine, meine Nase, meine Finger, meinen Schwanz, alles! –, um diese Welt noch einmal kurz zu sehen!

★

»Ja, und stopfen Sie ihn tüchtig mit Medikamenten voll. Ich empfehle viel Aspirin und Panadol.«

»Das ist ebenfalls gut. Damit schwitzt er's raus.«

»Mhm.«

»Nein, nein, überhaupt nicht.«

»Machen Sie sich bloß keine Sorgen, wir kommen schon klar. Ich bin ein ziemlich guter Koch, das müßte ich schaffen. Ich habe lange genug für mich selbst sorgen müssen.«

»Seine kleinen Macken? O ja, an die habe ich mich schon gewöhnt.«

»Also schön. Warum nehmen Sie nicht einfach die ganze Woche frei?«

»Ich meine es ernst. Ich bestehe sogar darauf.«

»Keine Sorge. Ich bespreche es selbst mit Sir Paul, aber er ist bestimmt einverstanden. Und selbstverständlich bekommen Sie weiter den vollen Lohn, lassen Sie sich also deswegen keine grauen Haare wachsen.«

»Nein, Sie brauchen nicht vorbeizukommen. Falls ich etwas wissen muß, rufe ich an.«

»Ganz genau.«

»Das ist … ja, ja, natürlich.«

»Schön. Also …«

»Also, passen Sie gut auf sich auf. Und lassen Sie Joe herzlich grüßen.«

»Jawohl. Tschüs.«

»Klar.«

»Mach ich. Also tschüs.«

»Tschüs.«

»Ach, Paul, du bist es. Ich habe gar nicht bemerkt, daß du dastehst.«

»Ich vermute, du hast da eben mit Mrs. Kilbride gesprochen?«

»Stimmt. Sie hat angerufen, weil Joe krank ist. Er hat sich eine Grippe geholt.«

»Wenn ich dich recht verstanden habe, hast du ihr die ganze Woche frei gegeben?«

»Ja, das habe ich. Offensichtlich geht es ihm schlecht, und …«

»Das ist ja schön und gut, John, aber ist es dir nicht in den Sinn gekommen, mich zuerst zu fragen? Bevor du ihr Urlaub gibst?«

»Hör mal, Paul, du hast mir gesagt – und zwar verschiedentlich –, ich solle mit Mrs. Kilbride nicht allzu förmlich umspringen, sie sei für mich genauso da wie für dich. Hast du das nicht gesagt?«

»Durchaus. Solange es darum geht, daß sie Kaffee macht oder das Apfeldessert auftischt. Wenn es sich aber darum handelt, daß sie eine Woche lang wegbleibt, na ja, schließlich bekommt sie ihren Lohn immer noch von mir – versteh mich nicht falsch, ich bin dir nicht böse, wirklich nicht, aber ich finde in der Tat, daß ich, was ihr Kommen und Gehen anlangt, gefragt werden sollte.«

»Du hast geschlafen. Ich wollte dich nicht wecken.«

»Ich habe nicht geschlafen. Und hätte es nicht auch warten können, bis ich wach gewesen wäre?«
»Was meinst du denn damit? Daß es falsch von mir war, ihr zu sagen, sie brauche nicht vorbeizukommen?«
»Eigentlich gar nicht falsch. Ich hätte ihr wohl ohne weiteres das gleiche gesagt. Ich glaube einfach, daß *ich* es bin, der es ihr sagen sollte.«
»Entschuldige.«
»Ich hätte mich auf alle Fälle nach einer gangbaren Alternative umgeschaut, bevor ich kaltlächelnd alle Brücken hinter mir abgebrochen hätte. Was wird denn jetzt mit unseren Mahlzeiten? Wir müssen wohl im Aushang des Postamts nach einer Köchin suchen. Weiß der Himmel, was uns da erwartet.«
»Ich habe dir schon einmal gesagt, daß es mir Spaß machen würde, für uns beide zu kochen. Heute abend, wenn du möchtest.«
»Wenn ich möchte? Heute abend geht es gar nicht anders. Sofern wir etwas in den Magen bekommen wollen.«
»Hör zu, Paul. Ich könnte in Chipping Campden ein paar Besorgungen machen und uns heute abend mal etwas Besonderes auftischen. Was meinst du?«
»Na ja … also schön, ich kann nicht leugnen, daß mir eine Abwechslung zu Mrs. Kilbrides permanenter Pampe durchaus willkommen wäre. Aber bist du auch fähig und willens, nächste Woche jeden Tag zu kochen?«
»Ich koche gern für zwei. Es ist mir keine Pflicht, sondern ein Vergnügen.«
»Dann wäre das also geklärt. Alles in Butter und so weiter. Hast du dir das Puzzle angeschaut?«
»Natürlich.«
»Und?«
»Mit den geraden Teilen bin ich durch. Mit dem Rahmen.«
»Tatsächlich? Das ist ja großartig, John. Aus eigener Erfahrung

weiß ich, daß damit bei Puzzlespielen das Gröbste bereits geschafft ist. Genau wie bei Gedichten. Vermutlich weißt du gar nicht, daß ich einmal einen Gedichtband veröffentlicht habe?«

»Nein, das habe ich nicht gewußt. Ich bin kein sehr emsiger Gedichteleser.«

»Juvenilia, reine Juvenilia. Das schmalste aller schmalen Bändchen.«

»Aha.«

»Wie Cyril Connolly beinahe sagte: Aus jedem hohlköpfigen Mann versucht sich ein schmales Bändchen herauszukämpfen. Na?«

»Verzeihung, das begreife ich nicht.«

»Oh, mach dir nichts draus. Viele andere begreifen es durchaus. Jedenfalls handelte es sich um gereimte Verse, ziemlich gräßliches Zeug, wie ich befürchte, ich habe seit Jahren keinen Blick mehr hineingeworfen. Gott sei Dank hat es das Zeitliche gesegnet. Für Talent gibt es keinen schlimmeren Feind als den Erfolg, wie der nämliche Cyril Connolly beinahe sagte. Allerdings weiß ich noch genau, daß ich stets mit den Reimwörtern begann, wie ja auch du das Puzzle mit den geraden Teilen begonnen hast. Darauf wollte ich hinaus. Auf mehr nicht.«

»Ich würde sie gern lesen. Deine Gedichte, meine ich.«

»Nein, würdest du nicht und wirst du nicht. Wir können mit deiner Zeit Besseres anfangen. Die Abschrift meines Buches zum Beispiel. Sollen wir uns daran machen? Der Vormittag ist schon fast vorüber.«

⋆

»Ich schwitze schon wieder. Wie lange haben wir gearbeitet?«

»Augenblick. Jetzt ist es fast halb sechs, und um zwölf haben wir angefangen, genau beim Schlag der Kirchenglocke.

Abzüglich einer Stunde für das Mittagessen und ungefähr einer halben für die Kaffeepause. Macht insgesamt vier Stunden.«

»Bloß vier Stunden? Das reicht nicht, das reicht auch nicht annähernd. Na ja. Lies es mir bitte vor. Und anschließend gönnen wir uns einen Whisky.«

»Soll ich vorlesen, was wir heute geschrieben haben?«

»Nur das, was wir heute geschrieben haben.«

»Sitzt du auch bequem?«

»Lies einfach vor, bitte.«

»›Wir wenden uns nun dem Fall von Rembrandt van Rijn zu. Dieser Mann – dieser Künstler am Ende seiner Erdentage (alt und abstoßend, aber auch gelassen und ungebunden), dessen letztes Selbstbildnis in der „National Gallery" hängt und der die Hände gespreizt vor sich auf den Knien liegen hat, als wollten sie dem Betrachter sagen, nimm mich an, wie ich bin, wie ich im Alter geworden bin –, dieser Mann also sieht uns von der Leinwand herab mit eben jenen beiden Augen an, mit denen er, der Künstler, vor dreihundert Jahren auf eben diese Leinwand sah. Nur noch vier Monate trennen ihn vom Tod – oder vielmehr von der Unsterblichkeit. Seine Augen jedoch, jene Augen, die uns spüren lassen, daß es unschicklich wäre, ihnen zu nahe zu treten, so unschicklich, als stehe ein lebendiger Mensch vor uns, seine Augen sind das, wovon das Gemälde handelt, das, was das Gemälde *ist*. Denn wir haben es hier nicht so sehr mit einem Selbstbildnis als mit einer Augenstudie zu tun, der Studie jener Augen, die als erste sahen, was wir heute sehen, und die uns offenbar dabei betrachten, wie wir sie betrachten, die mit uns Blickkontakt aufnehmen über den Abgrund von drei Jahrhunderten.

Mit *uns*, sage ich. Aber ich, *ich* habe keine Augen, um Rembrandts Augen zu betrachten. Ich kann weder mit ihm noch mit einem anderen Menschen auf dieser Welt Blickkontakt aufnehmen. Und doch „sehe" ich immer noch diese

seine Augen, auch wenn ich das Porträt seit Jahren nicht mehr sehen kann. Ich sehe sie mit jenem sogenannten inneren Auge, das von all der Drangsal und Not meiner jüngeren Vergangenheit nicht beschädigt worden ist. Rembrandts Augen sind weg, und auch die meinen sind weg. Doch jene vier gespenstischen Augen, seine und meine, nehmen immer noch Blickkontakt miteinander auf, seine kraft der Darstellung, meine kraft der Erinnerung.
Stellen wir uns nun sein „Selbstbildnis im Alter von 63" als Puzzlespiel auf einer Tischplatte vor. Aber nein, weshalb sollen wir es uns auch vorstellen? Es existiert ja. Die „National Gallery" bietet genau ein solches Puzzle im Souvenirladen zum Kauf an. Nun stelle man es sich jedoch fertig zusammengesetzt vor, unter Aussparung jener wenigen Teilchen, höchstens drei oder vier werden es sein, die Rembrandts Augen ausfüllen würden. Was bekämen wir zu sehen? Die Landschaft eines menschlichen Kopfs und Rumpfs. Oder aber, geradkantig und rechteckig, wie sie eben wäre, die Karte einer solchen Landschaft und in deren Mitte eine tischplattenfarbene und puzzleteilförmige Fläche, so gestaltlos geschwungen wie der Swimmingpool eines Hollywoodstars, dort, wo normalerweise die Augen wären.‹«

»Na? Worauf wartest du?«
»Fertig.«
»Fertig? Mehr haben wir nicht geschrieben?«
»Leider nein. Eigentlich ist es gar nicht so übel. Ich habe gerade die Zeichen zählen lassen. 2608.«
»Hmh.«
»Wir können immer noch weitermachen.«
»Nein. Nein, lassen wir es dabei bewenden. Aber ich frage mich, ob es überhaupt etwas bedeutet.«
»Wenn du mich fragst, bedeutet es allerhand.«
»Herzlichen Dank für deine freundliche Ansicht, John, aber

ich muß mich einfach fragen, ob das nicht alles ein Riesenhumbug ist. Wenn ich es nur *sehen* könnte, dann könnte ich es auch beurteilen.«

»Das Gemälde?«

»Das Geschriebene!«

»Ach so.«

»Die Sache mit dem inneren Auge. Das innere Auge? Also wirklich, was für ein Scheißdreck!«

»Na schön. Nun denn. Morgen ist schließlich auch noch ein Tag, wie mal jemand bemerkt hat.«

★

»Der Teller ist sehr heiß.«

»John, was immer es ist, ich kann schon jetzt sagen, daß es bestimmt nicht aus dem Kochtopf der guten alten Mutter Kilbride kommt.«

»Fasan um zwölf, Röstkartoffeln um drei, grüne Bohnen um sieben.«

»Mmmmh. Wie köstlich das alles riecht! Obwohl ›Fasan um zwölf‹ ja beinahe der Titel eines dieser furchtbaren routinierten Stücke von Rattigan oder N.C. Hunter sein könnte. Hat es zufällig auch Brottunke?«

»Jawohl. Brottunke um, Moment mal, ich weiß, du schätzt es nicht besonders, wenn ich in diesen Dingen allzu haarspalterisch bin, aber ich würde sagen, ungefähr um zehn nach zehn.«

»Zehn nach zehn, wie? Weißt du denn, was das für eine Uhr - zeit ist?«

»Verzeihung? Ich schenke dir übrigens gerade ein. Chambolle-Musigny 1990.«

»Wie bitte?«

»Der Wein. Du wolltest etwas sagen?«

»Wollte ich das? Was denn?«

»Zehn nach zehn?«
»Ach ja. Ja, das ist die Uhrzeit, die in der Werbung für Armbanduhren ständig auftaucht. Ständig.«
»Tatsächlich?«
»Verstehst du, dadurch erzielt man die Wirkung eines ›lächelnden‹ Zifferblatts. Was die Uhr für einen potentiellen Käufer verlockender macht. Das wird jedenfalls behauptet.«
»Tatsächlich? Wie hast du das denn herausgefunden?«

»Paul? Ist etwas ...«
»Liegt dein Notizbuch auf dem Tisch?«
»Selbstverständlich. Wieso? Ist dir etwas eingefallen?«
»Das Zifferblatt. Zehn nach zehn. Wie das Gesicht eines Blinden, begreifst du denn nicht? Was ich dir früher gesagt habe? Daß sich ein Blinder in das Salz der Erde verwandeln müsse? Immer lächeln – immer lächeln – sein Gesicht zeigt immer zehn nach zehn, genau wie jenes Zifferblatt – dadurch kann er sich leichter bei – bei den Bekannten, äh, einschmeicheln, auf deren Hilfe er vielleicht noch einmal angewiesen ist. Schreib das doch bitte auf.«

»Fertig.«
»Danke. Dieser Einfall ist doch nicht schlecht, oder? Und ich weiß wohl auch schon, wohin ich ihn stecken kann.«

»Du lächelst, John.«
»Verzeihung, das lag einfach an der Art, wie du gesagt hast: ›Ich weiß wohl auch schon, wohin ich ihn stecken kann.‹ Das hat sich schon beinahe anstößig angehört.«
»Ja, ja, ich hab's begriffen.«
»Du bist aber wirklich ganz erstaunlich, schon fast ein Sherlock Holmes. Jedesmal kommst du mir auf die Schliche.«
»Weißt du, John, obwohl ich meine Zaubertricks nicht

ausplaudern sollte, muß ich dir gestehen, daß nichts Übernatürliches dabei ist. Wenn du lächelst, kräuselst du die Lippen und schnalzt mit der Zunge – ganz schwach bloß, ganz schwach, und doch tust du es –, und dabei stößt du auch einen lustigen nasalen Seufzer aus. Für einen Blinden ist es gut vernehmlich. Ich kann dich wirklich lächeln *hören.*«

»Eine ziemlich beängstigende Vorstellung.«

»Das hängt davon ab, worüber du lächelst, nicht wahr? Aber entschuldige, unser berauschtes Geplauder hat mich so in den Bann gezogen, daß du mir nochmals sagen mußt, was die Stunde auf meinem Teller geschlagen hat.«

»Fasan um zwölf. Kartoffeln um drei. Grüne Bohnen um sieben. Und Brottunke um zehn nach zehn.«

»Danke schön. Das ist übrigens ein recht opulentes Rasierwasser.«

»*Jazz.* Saint-Laurent. Nicht zu aufdringlich, hoffe ich.«

»Aber nein. Von diskreter Herbheit, so würde ich es charakterisieren. Es hätte vielleicht eine von Mrs. Kilbrides faden Kreationen übertönt, aber das – mein Kompliment, John, dieser Fasan ist köstlich, ja, wirklich ganz köstlich.«

»War mir ein Vergnügen. Buchstäblich. Ich habe schon so lange nicht mehr für zwei gekocht.«

»Das hast du bereits gesagt. Aber ...«

»Ja?«

»Warum, John?«

»Warum was?«

»Warum hast du schon so lange nicht mehr für zwei gekocht?«

»Das weißt du doch. Ich lebe allein.«

»Aber davon spreche ich ja gerade. Wieso lebst du allein?«

»Du bist noch jung. Du scheinst recht wohlhabend zu sein. Und du bist von angenehmer Erscheinung, ja, mehr als das. Bei unserem ersten Treffen hast du mir selbst gesagt, du könnest nicht leugnen, daß du gut aussiehst. Ich will ja nicht in dich dringen, aber gleichzeitig kann ich nicht verhehlen, wie neugierig ich bin, und inzwischen hast du ja auch dies und das über mich erfahren. Wie kommt es also, daß du nie geheiratet hast?«

»Da bin ich selbst überfragt.«

»Magst du Frauen nicht?«

»Wie bitte?«

»Magst du Frauen nicht?«

»Meinst du, ob ich andersrum bin?«

»›Schwul‹ nennt man das wohl heute. Ob ich *das* gemeint habe? Wahrscheinlich schon. Wohlverstanden, auf unsere Zusammenarbeit hätte es keinerlei Einfluß.«

»Nein, ich bin nicht schwul.«

»Und wieso bist du dann allein? Verzeih mir, John, aber du wohnst hier in meinem Haus, und ich weiß fast nichts über dein Leben bis zu jenem Augenblick, als du hier angekommen bist. Ich mag ja ein Monstrum sein, doch für meine Mitmenschen interessiere ich mich genauso brennend wie jedes normale Wesen.«

»Sagen wir doch einfach, ich war schon immer eher ein Einzelgänger.«

»Na komm schon, John, du lieferst mir gar keine Antwort auf meine Frage, sondern bloß ein Stichwort, damit ich diese neu formuliere. Warum warst du schon immer eher ein Einzelgänger? Erzähl mir von dir.«

»Lieber nicht, Paul, wenn du nichts dagegen hast.«

»Ach.«

»Schließlich gehört es zum Einzelgängertum, daß man über sein Leben nicht sprechen will, oder? Denk doch mal darüber nach. Falls ich tatsächlich Lust hätte, mein Herz auszuschütten, wäre ich nicht länger der Einzelgänger, der ich bin. Siehst du, worauf ich hinauswill?«

»Ich sehe nichts als eine raffinierte Spitzfindigkeit, um der

Frage ganz aus dem Weg zu gehen. Sei's drum. Wenn du lieber nicht über dich sprichst, respektiere ich deine Zurückhaltung. Solltest du dich aber je bereit fühlen, dein Herz auszuschütten, wie du es nennst, dann denk bitte daran, daß du hier einen Freund hast, der sich sehr gern anhört, was du erzählen willst.«
»Das ist nett von dir, Paul.«

»Ja, John, dieses Essen ist wirklich köstlich. Oder habe ich das bereits gesagt? Der Fasan ist genau richtig. Zart, nicht zu faserig. Und die Kartoffeln – die Kartoffeln zergehen auf der Zunge.«
»Wie findest du die Brottunke?«
»Die Brottunke? Ja, die ist ebenfalls äußerst delikat. Sie hat ein eigenartiges, feines Aroma. Ein Aroma, das ich nicht ganz durchschauen kann. Eigenartig, aber, nein, wirklich sehr, sehr delikat.«

★

»WHOOOO
LET ME KNOW SHE'S MINE?
WHOOOO
MADE ME FEEL SO FINE?
FEEL ABSOLUTELY FABULOUS,
FEEL FABSOLUTELY ABULOUS!
WHOOOO
DA DA DA DA DUM?
WHOOOO
DA DA DEE DEE DUM
TOOOO?
YES, YOU GUESSED IT RIGHT!
NO ONE BUT YOU.«

»WHOOOO ...«

»Wer *ist* da?«

»Ist da jemand?«

»John, bist du das?«

»Sag schon etwas, Herrgott nochmal!«

»John! John! John!«

»Ich bin ja da! Was ist los? Stimmt was nicht?«
»Komm sofort rein!«
»Du meinst ins ...«
»Ja, ja! Komm schnell rein! Was macht das schon aus?«

»Was ist denn passiert?«
»Gib mir eine ehrliche Antwort, John. Hast du vor etwa einer Minute hier im Badezimmer gestanden?«
»Was? Natürlich nicht.«
»Der Grund ist mir egal – ob du nun einen Fehler gemacht hast – ob du dir irgendwas eingebildet hast oder – das alles ist mir egal. Ich will einfach nur wissen, ob du hier warst. Neben der Tür.«
»Nein, Paul, ich war nicht hier, ganz ehrlich.«
»Wo warst du denn?«
»Als du gerufen hast? Ich habe am Tisch gesessen und das Puzzle zusammengesetzt. Ich bin schon fast fertig.«
»Es ist wohl müßig, dich zu fragen, ob du jemanden gesehen hast? Ich meine im Flur oder ...«
»Nein, natürlich nicht. Außer uns ist niemand im Haus. Ich habe die Haustür eigenhändig verriegelt.«
»Und die Hintertür?«
»Die war heute gar nie offen. Was ist passiert? Du hast ge-

glaubt, jemand stehe vor dir, als du in der Badewanne lagst, stimmt's?«

»Ich weiß es nicht, ich weiß es einfach nicht mehr. Das Licht brennt doch, oder?«

»Ja, es brennt. Paul, es ist niemand im Haus. Das mußt du mir glauben.«

»Ja. Ja, selbstverständlich hast du recht. Aber ich bin so erschrocken, du machst dir ja keine Vorstellung. Mein Herz pocht noch immer. Ich hätte wirklich schwören können ...«

»Hör zu, ich weiß, daß ihr Blinden besonders empfindlich auf – na ja, daß eure anderen Sinne hypertroph werden – nennt man das nicht so?«

»Ja.«

»Wäre es dann nicht denkbar, daß du *allzu* empfindlich geworden bist? Ist es nicht denkbar, daß du anfängst, Stimmen zu hören – ich meine ein Knarren oder ähnliche Geräusche, die wirklich nichts anderes sind als die ganz gewöhnliche Abnutzung eines alten Hauses – und daß du davon am Ende ganz überreizt bist? Ist das nicht denkbar?«

»Ja, ich – ja, bestimmt ist es so. Ja, du könntest wirklich recht haben. O Gott, ich bin schrecklich durcheinander. Wie peinlich für uns beide. Aber ich will dir eins sagen, John, ich hätte schwören können, ich hätte *schwören* können, daß irgendwer im Badezimmer stand.«

»Soll ich hierbleiben?«

»Wie bitte? Nein, nein, das ist sehr nett von dir, aber ich – ich muß sowieso langsam raus. Das Wasser ist schon ganz lauwarm. Vielen Dank, John. Und entschuldige, daß du dich mit einem solchen Schafskopf hast herumschlagen müssen. Das wird für dich nicht besonders angenehm sein. Ich fürchte, das steht nicht in deinem Pflichtenheft.«

»Mach dir deswegen keine Gedanken. Du mußt einfach mal richtig ausschlafen.«

»Ja. Das muß ich tatsächlich.«

★

Höre ich Stimmen? Ja? Ob ich wohl, wie John vermutet, überempfindlich geworden bin? Es ist mir zwar nicht bekannt, daß das je mit einem Blinden geschehen wäre, aber es klingt einleuchtend, es klingt durchaus einleuchtend. Ich vernehme ein leises Knarren im Badezimmerboden und nehme automatisch an, es müsse »bewirkt« worden sein – und das heißt: bewirkt von einem Menschen. Ja, es stimmt, esgibt tatsächlich Wirkungen ohne Ursachen. Gewisse Dinge knarren von allein. Sie bewegen sich aus eigenem Antrieb. Dinge passieren, ohne daß ein Grund dafür vorläge, weshalb sie genau im einen Moment passieren und nicht in einem völlig anderen, nicht eine Minute davor oder dreißig Sekunden danach. Das Leben ist kein Roman, es hat nicht die Pflicht, auch noch das minimste Ereignis zu rechtfertigen. Könnte es dann sein, daß mich, nach so vielen Jahren der totalen Einsamkeit, schon die bloße Anwesenheit eines anderen Menschen im Haus auf hypertrophe Weise hellhörig gemacht hat gegenüber den Geräuschen und Stimmungen, welche jene, die schon immer mit anderen Menschen zusammengewohnt haben, als selbstverständlich betrachten und schließlich kaum mehr wahrnehmen? Auch das wäre einleuchtend. Ich habe vielleicht schlicht vergessen, wie sich »Gesellschaft« anhört. Oder werde ich wahnsinnig? Denn auch das wäre einleuchtend.

★

»Bist du das, John?«
»Oba gehns, Sir Paul, i bins doch nur, d Missus Kilbride.«
»Mrs. Kilbride? Was suchen Sie denn hier? Sie haben doch die ganze Woche frei?«
»Dös waaß i aa. Oba i hab dös Nähzeig in da Küche vageßn – un mei Illustrierte – und i hab mal schaun wolln, ob alls beim Rechtn is. Gehst mal rüber und schleichst di nei, hab i mir denkt, bevor einer von eich Buaschn auf den Beinen is.«
»Burschen!«

»Sie kenn mi doch. I mach ja bloß an Jux.«
»Ja, lassen Sie's lieber bleiben. Wie spät ist es überhaupt?«
»Grad siebn is gwesen. Ham S denn d Kirchglockn net ghert?«
»Wenn ich die Glocke gehört hätte, würde ich Sie dann fragen?«
»Hoppla, mir san heit mitm falschn Bein zerscht aufgschtandn. Was ham S um die Zeit überhaupt scho hier herunten valorn? Seit i Sie kenn, ham S doch immer gern ausgschlaafn.«
»Ich habe schon wieder eine schlimme Nacht hinter mir.«
»*Scho wieder* a schlimme Nacht? Ham S net guat gschlaafn?«
»Nein. Gibt's Kaffee?«
»Grad ebn hab i an Kessel aufgsetzt. Sie Ärmster, gar net guat schauns aus, und dös is wahr. Was Sie brauchn tätn, dös san Vitamine.«
»Bitte, Mrs. Kilbride. Ich bin nicht in Stimmung.«
»I mecht ja bloß a bisserl a Konfersazion machn.«
»Genau darüber beklage ich mich ja. Warum glauben denn alle Leute, sie müssen ständig schwatzen? Wir benutzen unseren Mund doch auch zum Essen, und trotzdem essen wir nicht ständig, oder?«
»Dös sagn Sie. Sie müßtn mal mein Joe sehn, dann würden S nimmer so daherredn. Essen? würdn S denkn …«
»Wie geht es Joe überhaupt?«
»Jesses, Sir Paul, i steh ja teiflische Ängst aus. So hab i ean no nie net gsehn, bleich is er wia a Wand.«
»Na, na, Mrs. Kilbride, Kopf hoch!«
»Oba Sir Paul, wann S ean sehn könntn, da würdn S Augn machn …«
»Aber, aber. Ich bin ganz sicher, daß Sie sich völlig zu Unrecht sorgen. Bloß eine schlimme Grippe, nicht wahr? Äh, ist der Kaffee fertig?«
»A bisserl a Geduld, bittschön. Dös Wasser kocht no net.«

»Nein … Nein, das Wasser kocht.«
»Was ham S gsagt?«

»Oba s kocht doch überhaupts net, Sir Paul. Was redn S denn da für an Schmarrn? Sehn können S as eh net.«
»Verzeihung, Mrs. Kilbride, ich war weit weg.«
»Dös sieht man. Wolln S was Warms zum Frühstück? A Rührei vielleicht?«
»Nein, danke. Bloß Toast.«

»Nein, Mrs. Kilbride, ich habe an einen kleinen Jungen denken müssen, den ich einst kannte. Vor langer, langer Zeit. Wir gingen miteinander schwimmen. An der Küste von Suffolk. Eigentlich schwamm nur er. Er war bereits hineingesprungen, während ich noch am Ufer stand und zaghaft die Zehen ins Meer hielt. Und als ich ihn fragte, ob das Wasser denn nicht eiskalt sei, rief er: ›Nein, es kocht! Das Wasser kocht!‹ War das nicht entzückend? Ich rief zurück: ›Wenn das Wasser kocht, wieso hat es dann keine Blasen?‹ Aber da war er schon so weit draußen, daß er mich nicht mehr hören konnte.«
»*Sie* san schwimmen gangen? Dös is ja fast net zum glaubn.«
»Ich war nicht immer das Schreckgespenst, das Sie heute sehen.«
»Wollen S aufm Toast an Butter?«
»Gerne.«
»Und a Marmelad?«
»Auf das zweite Stück, aber nicht aufs erste. Das heißt, sofern Sie zwei machen.«
»Mach i. Is der John no net auf?«
»Nein. John schläft ebenfalls gern aus.«
»S is nur so, daß i nebenan a bisserl rumgschtöbert hab, und da is mir aufgfalln, daß aufm Tisch a zsammgsetzts Putzle liegt.«

»Es ist also fertig? Schön, dann können wir ja heute damit anfangen.«
»Dann hat dös am End was mit Ihrm Buch zu schaffn?«
»Aber natürlich. Ich habe John speziell beauftragt, es mir aus London mitzubringen. Aus der ›National Gallery‹. Ist der Kaffee noch nicht soweit?«
»Da. Da isser ja. Und da is aa Ihr Toast. Der linke is gebuttert.«
»Danke.«

»Was soll denn dös darstelln?«
»Wie bitte?«
»Dös Putzle.«
»Sie stellen *mir* diese Frage? Sie haben doch Augen, oder?«
»Freilich, i mein ja nur, was is dös für a komisch Ding zwischn die beidn?«
»Das komische Ding zwischen den Augen? Ich wage mal die Vermutung, das ist Ihre Nase.«
»Ja so, hahaha, doch net dös. I mein doch im Putzle. Dös komisch Ding im Putzle?«
»Was für ein komisches Ding denn?«
»Am Bodn untn. Dös, was so flach daliegt zwischn die beidn. I habs scho von überall her ogschaut un bin und bin net schlau draus wordn.«
»Und ich werde nicht schlau aus dem, was Sie mir da erzählen. Ein Stück Küchenpapier, bitte.«
»Bittschön, der Herr. Dös Ding – dös – dös isses ja grad, i waaß net, wasses is. Irgendwie aufgstützt zwischn die zwoa Männer.«
»Herrgott nochmal, welche zwei Männer denn?«
»Die zwoa Männer im Putzle.«

»Was haben Sie gesagt?«
»Jetz schaun S her, Sie ham an Toast runtergschmissn! Und der

fällt aa glatt auf d Marmelad, s is zum Davonlaufn. I hol gleich an …«

»Ach, vergessen Sie doch den verfluchten Toast! Was haben Sie vorhin gesagt?«

»Sie brauchn mi net oschrein, Sir Paul. I waß scho, daß Sie net guat gschlaafn ham, aber a bisserl an Reschpekt mecht i mir ausbittn.«

»Bitte sehr, Mrs. Kilbride, das könnte jetzt von großer Wichtigkeit sein. Was genau haben Sie über das Puzzle gesagt?«

»Nix, nur daß i net hab rausfindn könn, was dös für a Ding is am Bodn untn.«

»Sie sagten doch, zwischen den *zwei* Männern, nicht wahr?«

»Freilich, genau da liegts.«

»Aber welche zwei Männer denn? Da ist doch nur einer auf dem Gemälde.«

»Auf was für am Gmelde denn?«

»Das Puzzle! Es ist ein Puzzle von einem berühmten Gemälde!«

»I kann Eana sagn, da san zwoa Männer drauf. Und dös Ding.«

»Kommen Sie mit mir ins Wohnzimmer.«

»Was? Jetz gleich?«

»Ja. Jetzt gleich. Es ist sehr, sehr wichtig.«

»O Jesses, was hab i denn jetz wieder Kreizfalsches gsagt? Oje, also. So warten S doch.«

»Bitte beeilen Sie sich.«

»I komm ja scho.«

»Also gut. Sagen Sie mir, ist die Schachtel hier?«

»Die Schachtel? Was für a Schachtel denn?«

»Die Puzzleschachtel. Ich meine die Schachtel, in der das Puzzle verpackt war.«

»Naa … Naa, i seh nix. Aufm Tisch liegt s net.«

»Na schön. Gut. Betrachten Sie – betrachten Sie einfach das Puzzle selbst und beschreiben Sie, was Sie sehen.«
»Wann S Eana a Freid macht. Da stehn zwoa Männer.«
»Wie sind sie denn gekleidet?«
»Halt wia in die altn Zeitn. Der eine schaut aus wia der achte Heinrich, bloß schmechtiger isser. Der andre könnt a Pastor sei. Oder eher noch a katholischer Pfarrer.«
»Und was ist das für ein Ding, von dem Sie die ganze Zeit reden? Am Boden?«
»Dös isses ja grad. I sag doch, dös waß i net. Ausschaun tuts überhaupt net wia irgndwas. Nix, wo ma sagn könnt, dös is es. Ganz zsammkwetscht und gschtreckt schauts aus.«
»Ganz zusammengequetscht und gestreckt?«

»Sagen Sie, Mrs. Kilbride, könnte es wohl ein gemalter Totenkopf sein?«
»An Totenkopf? Nie un nimmer!«
»Sind Sie ganz sicher? Legen Sie doch mal meinen Finger darauf!«
»Ihrn Finger?«
»Ja, diesen Finger!«
»Also schee. Und was soll i jetz machn?«
»Ich möchte, daß Sie damit hinunterzeigen auf das, was Sie das Ding nennen.«

»Jetz isser drauf.«
»Und nun schauen Sie von der Seite hin. Ich meine nicht auf meinen Finger, sondern auf das Ding. Schauen Sie aus dieser Richtung.«
»Ja, ja, wegen dem brauchn S mi doch net schubsn!«
»Verzeihung. Folgen Sie einfach meinem Finger hierher. Folgen Sie ihm auch?«
»Freilich.«

»Und was sagen Sie jetzt? Könnte das nicht einen Totenkopf darstellen?«

»Äh – äh, ja, möglich is. Dös könnt scho an Totnkopf sei. Oba wann dös einer is, dann isser net schee gmalt, wann S mi fragn.«

»Darum geht's hier nicht. Und steht direkt oberhalb dieses Dings ein Tisch?«

»Freilich.«

»Und liegt auf dem Tisch eine Laute?«

»Was?«

»Eine Art Mandoline. So etwas wie eine Gitarre.«

»Genau.«

»Und ein Globus mit der Erde?«

»Freilich.«

»Gut. Eine allerletzte Frage. Soviel ich weiß, stehen die beiden Männer vor einem Vorhang. Habe ich recht?«

»Freilich.«

»Was für eine Farbe hat der Vorhang?«

»Grün isser.«

»Grün, jawohl. Natürlich ist er grün. Vielen Dank, Mrs. Kilbride, vielen herzlichen Dank. Ich brauche Sie nicht mehr. Ich bin im Bild. Ha, jawohl, ich bin im Bild.«

★

»Guten Morgen, Paul.«

»Ach, John, du bist es. Auch dir einen schönen guten Morgen. Gut geschlafen?«

»Nicht schlecht. Und du?«

»Ich? Oh, ordentlich, ganz ordentlich.«

»Das kenne ich ja gar nicht, daß du vor mir hier unten bist.«

»Ach nein?«

»Nein. Schon lange auf?«

»Etwa eine Stunde. Der Morgen war so prächtig, da habe ich es nicht länger unter der Bettdecke ausgehalten.«

»Prächtig? Eigentlich ist es bewölkt.«

»Na, auf mich hat es zumindest prächtig gewirkt. Was macht es schon für einen Unterschied, wenn man blind ist? Ich bin auf den Beinen. Und könnte, wie man so schön sagt, Bäume ausreißen.«
»Ich setze Wasser auf. Bestimmt kannst du kaum warten, bis es Kaffee gibt.«

»Oh.«
»Was ist denn, John?«
»Da steht ja schon ein Krug Kaffee.«

»Hast *du* den gemacht, Paul?«
»Ich? Aber natürlich nicht. Du weißt genau, daß ich das nie könnte. Nein, wenn du unbedingt jemandem danken möchtest, dank Mrs. Kilbride.«
»Mrs. Kilbride?«
»Ja, Mrs. Kilbride hat den Kaffee gemacht. Bedien dich doch.«
»Dann war Mrs. Kilbride also hier?«
»Mhm. Sie hat etwas hier vergessen. Ihren Nähkorb, wenn's mir recht ist. Ich habe den Verdacht, sie wollte bloß ein bißchen in der Küche *und* im Wohnzimmer rumschnüffeln – um nach dem Rechten zu sehen. Das hat sie sogar offen zugegeben.«
»Hat sie an irgend etwas Anstoß genommen?«
»Das weiß ich wirklich nicht. Wir haben bloß ein bißchen geplaudert. Willst du denn gar keinen Kaffee?«
»Doch, natürlich. Es ist nur so, daß …«
»Ja?«
»Paul, mir liegt etwas auf der Seele.«
»Dir liegt etwas auf der Seele?«
»Ja, ich wollte es dir – ich wollte es dir schon …«
»Wenn dir etwas auf der Seele liegt, dann kratz nicht daran, Mensch. Sonst wird es nur schorfig.«

»Ich kenne dich inzwischen ziemlich gut, Paul, und das Zusammenleben mit dir hat meine eigenen – meine eigenen Sinne auf merkwürdige Weise geschärft. Wie bei einem Blinden. Eigentlich wie bei dir. Immer häufiger wittere ich – wie nennst du die doch gleich? – Nuancen? Ich wittere heute Nuancen besser und schneller als früher. Der Klang deiner Stimme zum Beispiel. Mittlerweile reagiere ich empfindlich auf die leiseste Färbung in deiner Stimme. Manchmal ist dein Sarkasmus ja überdeutlich, doch dann auch wieder recht subtil. Aber ich kann ihn augenblicklich aus deiner Stimme heraushören und meistens voraussagen, was gleich kommt. Als ob mir Antennen gewachsen seien, als ob ich Dinge hören könne, die ich nie zuvor gehört habe. Ich weiß nicht, ob ich mich verständlich ausdrücke?«
»Was du sagst, klingt durchaus vernünftig. Sprich weiter.«
»Na ja, heute morgen. Heute morgen liegt ein schneidender Ton in deiner Stimme, und ich schließe daraus, daß offenbar etwas nicht stimmt.«
»Ach. Und das bedeutet?«
»Was das bedeutet? Das bedeutet wahrscheinlich, daß du etwas weißt, was ich nicht weiß.«
»Ich weiß so manches, was du nicht weißt.«
»Man braucht doch bloß ein bißchen zu kombinieren, Paul, der Ton deiner Stimme und die Tatsache, daß Mrs. Kilbride hier war, und wir wissen doch beide, was für eine Plaudertasche sie manchmal ist, nun, vielleicht hänge ich mich ja zu weit aus dem Fenster, aber ich gehe jede Wette ein, daß dir – daß dir die Sache mit dem Puzzle bereits bekannt ist.«
»Ja.«
»Ich wollte es dir sowieso sagen, ganz ehrlich.«
»Ach ja? Was wolltest du mir denn sagen, John? Was für eine Entschuldigung könntest du denn dafür vorbringen, daß du einen Blinden betrogen hast?«

»Du mußt mir glauben, wenn ich sage …«
»Warum sollte ich dir glauben? Warum sollte ich irgend etwas von dem glauben, was du sagst? Du widerst mich an, John, du widerst mich ganz furchtbar an. Ich will nicht so tun, als sei meine Kränkung größer als meine Wut, denn das stimmt nicht. Ich bin nämlich wirklich sehr wütend.«
»Und ganz zu Recht.«
»Einen Blinden betrügen? Ich fasse es einfach nicht. Das ist *böse,* John, das ist böse. Wie hältst du es nur mit dir aus?«
»Ich weiß.«
»Ach, du und dein Ich, ihr verdient einander!«
»Wenn ich es dir doch nur erklären dürfte …«
»Erklären? Was gibt es da schon zu erklären? Was hast du denn mit einer derart jämmerlichen List erreichen wollen?«
»Laß mich doch bitte ausreden. Als ich in der ›National Gallery‹ war, als ich das Puzzle kaufte …«
»Es sind doch Holbeins ›Gesandte‹, stimmt's?«
»Hat Mrs. Kilbride dir das erzählt?«
»Mrs. Kilbride? Die könnte Holbeins ›Gesandte‹ noch nicht einmal von Schildkrötenscheiße unterscheiden.«
»Aber wie hast du es dann herausgefunden?«
»Ich fühlte es mit meinen sensiblen kleinen Fingerspitzen. Ein Puzzle ist schließlich in Blindenschrift.«
»Ach, tatsächlich? Das ist ja ganz …«
»Mensch, sei doch kein Esel! Ich habe es mir selbst zusammengereimt. Und mehr brauchst du gar nicht zu wissen.«

»Na, John? Du wolltest etwas sagen?«
»Vom Rembrandt gab es tatsächlich kein Puzzle, wie du ja auch vermutet hast. Doch ich beschloß, und frag mich bitte nicht, weshalb, statt dessen den Holbein zu kaufen. Es geschah aus einem reinen Impuls heraus, es war nichts als eine Laune.

Zu diesem Zeitpunkt, und das schwöre ich, Paul, das *schwöre* ich, hatte ich keineswegs vor, ihn als Rembrandt auszugeben. Ich fand es einfach – ich weiß auch nicht, ich fand es lustig, dieses Puzzle zu kaufen. Als ich dann nach Hause kam, das heißt, als ich hierherkam und du dich nach meinem Ausflug erkundigtest, ich weiß auch nicht, welcher Teufel mich da ritt. Du wirktest so bedrückt, so deprimiert, und da erzählte ich dir plötzlich, ich hätte das richtige Puzzle nun doch beschaffen können. Paul, ich wollte dir bloß eine Freude machen. Ich dachte, da du es sowieso nicht sehen könnest, spiele es überhaupt keine Rolle.«

»Ach so. Es war bloß ein Impuls. Bloß eine grillenhafte Laune. Und dennoch hast du dich hinter den Holbein geklemmt. Du hast ihn fertig zusammengesetzt. Du hast beschlossen, die Illusion aufrechtzuerhalten. Du hast dir von mir sogar einen Abschnitt meines Buches diktieren lassen, in dem steht, man brauche sich ein solches Puzzle gar nicht vorzustellen, da es tatsächlich existiere. Warum nur, John? Um Himmels willen, warum?«

»Gott, ich kam mir mies vor deswegen. Ich kam mir so mies vor – ich kam mir so mies vor, daß ich felsenfest glaubte, du könnest die Panik in meiner Stimme hören. Ich wußte nicht mehr ein noch aus. Versteh doch, ich glaubte, das Puzzle sei bloß als – sei bloß als Metapher gedacht. Mir war nicht bewußt, daß du ernsthaft vorhattest, darüber zu schreiben. Ich sage es noch einmal, es war töricht von mir, aber ich wollte dir damit eine Freude machen.«

»Nun, John, ich gestehe, daß ich nicht mehr weiß, was ich denken soll.«

»Wenn du möchtest, daß ich gehe, kann ich das verstehen. Ich werde auf der Stelle meine Koffer packen, wenn es wirklich so sein soll.«

»Eigentlich müßte es so sein.«
»Dann wär's das also? Du möchtest, daß ich gehe?«
»Mein Gott, wenn ich das nur wüßte!«

»Falls du tatsächlich gehst, womit läßt du mich zurück? Mit einer Handvoll Seiten und einem teuren und unnützen Computer. Andererseits ...«

»Also gut. Also gut. Jetzt hör mir zu, John. Ich möchte, daß du dir die Frage genau anhörst, die ich dir jetzt stelle.«
»Ich höre.«
»Die Frage lautet: Kann ich dir vertrauen?«
»Paul, ich ...«
»Vielleicht bin ich wahnsinnig, vielleicht verstricke ich mich tiefer denn je, aber kann ich darauf vertrauen, daß du mir nie wieder einen so dummen Streich spielst? Daß du mich nie wieder so demütigst, wie du es getan hast?«
»Ich versichere dir, Paul, das war überhaupt nicht meine Absicht.«
»Beantworte meine Frage. Kann ich dir vertrauen?«
»Ja.«
»Also gut, John. Ich will akzeptieren, daß das, was vorgefallen ist, ein Lapsus war. Und damit Schluß! Wir schenken uns jede weitere Entschuldigung, jede weitere Erklärung. Wir wollen nie wieder davon sprechen.«
»Du möchtest also, daß ich bleibe?«
»Das scheine ich jedenfalls zu sagen.«
»Ich weiß das wirklich zu schätzen, Paul.«
»Und John?«
»Ja?«
»Schaff mir den Holbein weg. Nicht nur vom Tisch, sondern aus dem Haus.«
»Wird sofort erledigt.«

»Und noch etwas Letztes.«
»Ja?«
»Ich habe ein paar Bemerkungen über dich gemacht, die nicht gerade schmeichelhaft waren.«
»Paul, die habe ich verdient. Du brauchst dich nicht zu entschuldigen.«
»Ich weiß, daß du sie verdient hast, und ich habe auch gar nicht vor, mich zu entschuldigen. Das war überhaupt nicht meine Absicht.«
»Verzeihung.«
»Und ich habe dir schon einmal gesagt, du sollst nicht ständig ›Verzeihung‹ sagen. Das mag ich nicht.«
»Es ist bloß ein Tick. Ich versuche ihn abzustellen.«
»Eigentlich wollte ich folgendes sagen: Ich habe ein paar ausgesprochen unschmeichelhafte Bemerkungen gemacht, und eine davon lautete in etwa: ›Wie hältst du es nur mit dir aus?‹ Erinnerst du dich?«
»Ja, selbstverständlich.«
»Dann kannst du dich vielleicht auch erinnern, daß ich hinzufügte: ›Du und dein Ich, ihr verdient einander!‹«
»Ja.«
»Schreib es auf, bitte.«
»Jawohl.«

★

»Brrr. Es ist frischer, als ich gedacht habe.«
»Willst du nicht deinen Schal zusammenbinden?«
»Vielleicht hast du recht. Augenblick, bitte.«

»Ja, so ist es viel angenehmer. Na, John, sollen wir heute abend in die andere Richtung gehen?«
»Wie denn, und ganz aus dem Dorf hinausspazieren?«
»Nein. Nicht, wenn wir an der Ecke vorne rechts abbiegen und gegen den Uhrzeigersinn ums Dorf gehen.«

»In Ordnung.«

»Weißt du was, Paul, wenn du davon sprichst, gegen den Uhrzeigersinn ums Dorf zu gehen, tönt das fast wie deine Uhrzeitmethode. Kirche um elf, Pub um drei, Schafherde um neun.«
»Eine Schafherde? Sind um diese Zeit noch Schafe draußen?«
»Hm, ja, ja. Sie weiden auf dem Feld hinter der Gemeindewiese.«
»Du meine Güte. Wie spät ist es denn?«
»Wir sind früher dran als sonst, vergiß das nicht. Erst kurz nach sieben.«
»Trotzdem. Und was ist mit der Gemeindewiese selbst?«
»Randstein. Was soll denn damit sein?«
»Es sind doch bestimmt keine Kinder mehr auf dem Spielplatz, oder?«
»Doch, schon. Drei.«
»Kannst du sie genau sehen?«
»Gerade noch knapp. Achtung, Randstein!«
»Beschreib sie mir.«
»Zwei junge Mädchen sitzen auf dem Karussell. Zwölf, vielleicht auch dreizehn Jahre alt. Womöglich sind es sogar Zwillinge. Es scheint so, als hätten sie beide marineblaue Mäntel an, obwohl ich mich in der Farbe täuschen kann, es ist schon dunkel. Auf alle Fälle tragen sie Mantel und Schal und haben auch diese Kappen auf dem Kopf, wenn ich mich nicht täusche, nennt man sie Bommelmützen.«
»Ich kann aber gar kein mädchenhaftes Gekreische oder Gekicher hören.«
»Sie drehen sich einfach lautlos im Kreis.«
»Und das andere Kind, das dritte?«
»Ich glaube, es ist ein kleiner Junge. Aus der Distanz ist das schwer auszumachen. Er ist bestimmt nicht älter als fünf oder sechs.«

»Eine Schande. Der gehört doch ins Bett! Wahrscheinlich sind seine Eltern Einfaltspinsel und selbst noch halbe Teenager. Denen ist es doch schnurzegal, wo sich ihre Brut rumtreibt. Sie sollten eine Prüfung ablegen müssen, bevor sie sich fortpflanzen. Was macht er denn?«

»Er steht da. Schaut den beiden Mädchen zu. Er ist ein einsames kleines Geschöpf.«

»Da möchte ich drauf wetten. Wie ist er denn gekleidet? Bestimmt mollig warm, wie?«

»Sieht ganz so aus. Auch er trägt eine Bommelmütze.«

»Und Fäustlinge? Hat er Fäustlinge an?«

»Fäustlinge? Ach, das kann ich von hier unmöglich erkennen. Randstein.«

»Schade. Ich habe eine große Schwäche für Kinderfäustlinge.«

»Tatsächlich?«

»Hmh.«

»Darf ich fragen, weshalb?«

»Ich liebe diese kleinen Fäustlinge, die sie anhaben. Du kennst doch die Art, die mit einer Kordel am Jackenärmel angemacht ist und von den kleinen Handgelenken baumelt, wenn die Knirpse herumwackeln. Ich könnte nicht einmal genau sagen, weshalb ich sie so liebe. Es ist einfach so.«

»Ja, die sind wohl ganz niedlich. Das heißt – entschuldige.«

»Wieso denn?«

»Weil du das Wort ›niedlich‹ doch bestimmt nicht ausstehen kannst.«

»Aber nein, dagegen habe ich überhaupt nichts. Warum sollte ich?«

»Nur so. Ich habe es mir einfach vorgestellt. Sollen wir über den Kirchhof gehen? Er ist noch offen. Oder lieber geradeaus?«

»Geradeaus. Lassen wir die Toten ruhen. Schildere mir doch bitte die Wirkung des Kirchturms vor dem Himmel.«

»Na ja, sehr englisch. Das, was man als dramatische Ruhe bezeichnen könnte. Der Kirchturm selber ist, wie du bestimmt noch weißt, länglich und recht klotzig. Nicht spitz. Nicht der steil aufragende Typ, der am Himmel zu schwanken scheint, wenn man ihn betrachtet. Er steht mit beiden Beinen fest auf der Erde, ihm geht jede, äh, jede gotische Anmaßung ab.«
»Kein Streben nach dem Erhabenen.«
»Genau. Und er maßt es sich auch gar nicht an. Und der Himmel ist irgendwie englisch. Er ist nicht grell, er ist nicht spektakulär. Und doch finde ich ihn in seiner schlichten Art ergreifend.«
»Farbe?«
»Des Himmels?«
»Ja.«
»Dunkelgrau. Bläulich-grau. Fast schon metallisch. Die Wolken – eine ganze Wolkenwand schwebt über der Kirche – die Wolken ziehen dahin, wenn auch nur ganz, ganz langsam. Wollte man sie dabei erwischen, wäre das, als wollte man einen Uhrzeiger erwischen, wie er voranschreitet.«
»Schön formuliert. Weißt du was, John, vielleicht wird aus dir eines Tages noch ein Schriftsteller.«
»Aus deinem Mund klingt das wie ein großes Kompliment.«
»Ich meine es ernst. Du hast ein echtes Auge, echte visuelle Phantasie. Vielleicht hast du sogar eine allzu blühende Phantasie. Wie Figura – beziehungsweise das Puzzle – zeigt.«
»Hör mal, Paul, nichts täte ich lieber, als mich noch einmal für das zu entschuldigen, was ich getan habe. Eigentlich deprimiert es mich, daß ich dir nicht ununterbrochen sagen kann, wie leid es mir tut – Randstein – dir sagen kann, wie leid es mir tut, bis mir vor lauter Entschuldigen und dir vor lauter Zuhören der Schädel brummt. Aber du hast darauf bestanden, daß wir wieder einmal ein neues Blatt aufschlagen, du verstehst schon, wie in einem dieser leeren Musterbücher, die man in Verlagen

benutzt, wie in einem Blindband. Und aus diesem Grund habe ich mir jetzt wohl jede weitere Bemerkung zu verkneifen.«

»Was hast du eben gesagt?«

»Ich sagte, ich hätte mir jede weitere Bemerkung zu verkneifen.«

»Nein, nein, nein, davor?«

»Davor?«

»Deine genauen Worte!«

»Ich sprach von den leeren Seiten in einem Blindband.«

»Blindband! Großartig! Das ist es!«

»Was denn?«

»Blindband, begreifst du denn nicht? Blindband!«

»Wie bitte?«

»Das Buch eines Blinden, ein Blindband! Der perfekte Titel für *mein* Buch!«

»Du meinst anstelle von *Die Wahrheit und ihre Folgen*?«

»Ach, eigentlich gefiel mir dieser Titel gar nie! *Die Wahrheit und ihre Folgen!* So gespreizt! Nein, nein, *Blindband* ist ideal. Das wird sich prächtig machen auf dem Umschlag. Stell dir das doch in den Buchhandlungen vor. *Blindband!* Überleg doch nur mal. Wer würde sich denn, wenn er bei ›Dillons‹ oder ›Waterstone's‹ herumstöbert und auf ein Buch mit diesem Titel stößt, wer würde sich nicht auf der Stelle überzeugen wollen, ob darin tatsächlich alle Seiten leer sind?«

»Ja, ich verstehe, was du meinst.«

»Schreib es auf, bitte, schreib es auf. Obwohl ich es auch sonst kaum vergessen würde.«

»Gut.«

»*Blindband* … Weißt du, John, das habe ich ganz allein dir zu verdanken. Ich weiß, wir haben geschworen, nicht mehr über ›du-weißt-schon-was‹ zu sprechen, aber dieser Titel, das muß ich dir einfach sagen, macht die Sache mehr als wett.«

»Hat er es dir tatsächlich so angetan?«
»Ich liebe ihn. Eigentlich – Oh! Verdammt! Aua!«
»Scheiße, Paul, das war meine Schuld. Tut mir schrecklich leid. Ich mußte gerade daran denken, wie … da habe ich den Randstein glatt vergessen. Alles in Ordnung?«
»Na ja …«
»Nein, ganz ehrlich, ich …«
»Schon gut, schon gut. Ein Blinder muß lernen, manchmal eine Beule oder Prellung zu verschmerzen.«
»Es tut mir *wirklich* leid.«
»Ehrlich gesagt bin ich so euphorisch, daß ich es kaum gemerkt habe. Den passenden Titel für ein Buch zu finden, das gehört zu den ganz seltenen privilegierten Momenten in der erbärmlichen Existenz eines Schriftstellers. Dafür darf man schon mal ein bißchen aus dem Tritt kommen.«
»Es ist unglaublich. Ich habe dich noch nie so glücklich gesehen.«
»Du kannst nicht bestreiten, daß heute ein ungewöhnlicher Tag war. Begonnen hat er katastrophal, nicht wahr? Doch arbeitsmäßig, wie man so schön sagt, arbeitsmäßig hat er sich äußerst zufriedenstellend entwickelt. Wie viele Zeichen haben wir heute zu Papier gebracht?«
»Du meinst auf den Bildschirm? Zehntausendirgendwas, oder?«
»Unsere bisherige Bestleistung. Und dann zum Abendessen deine köstlichen Lammkoteletts. Und jetzt das hier. *Blindband.* Bei Licht betrachtet ist es schon fast symbolisch.«
»Wie meinst du das?«
»Aber begreifst du denn nicht? Abgesehen davon, daß ich so den perfekten Titel für mein Buch gefunden habe, kann man den Ausdruck auch als Sinnbild für den unseligen kleinen Vorfall mit dem Puzzle betrachten.«
»Ja, Paul. Aber vergiß nicht, daß er genau in dem Zusammenhang aufgetaucht ist.«

»Hm?«
»Du weißt doch noch, daß ich den Ausdruck zum ersten Mal brauchte, als ich mich wegen des Puzzles entschuldigte.«
»Na, na, John, verdirb jetzt nicht alles.«

★

»IT'S A HEAVENLY DAY TODAY, TODAY!
WHAT A HEAVENLY DAY TODAY!
IT'S A HEAVENLY DAY FOR MAKIN' –
HEY!
WHAT DO YOU SAY?
GOIN' MY WAY?
WANNA MAKE HAY?
ON THIS HEAVENLY DAY, TODAY, TODAY,
THIS HEAVENLY DAY TODAY!«

★

Ein himmlischer Tag? Was für ein sonderbarer Tag dies vielmehr war! Und was für ein sonderbarer Mensch John ist. Und was für ein sonderbarer Mensch auch ich bin. Die Blindheit bringt aber nun mal sonderbare Gespanne hervor. Hätte mir je einer erzählt, ich würde einmal einen Menschen beherbergen, der tatsächlich die Frechheit, die abgefeimte Frechheit hätte, meine Blindheit auszunutzen, er wäre von mir als Kretin beschimpft worden. Und doch ist er hier, ein Mann, der ein Unrecht begangen hat, das ebenso schlimm ist, wie wenn man einem Baby seine Süßigkeiten stiehlt, da ist er und schläft gleich nebenan. Obschon er es war, der mir meinen großartigen Titel gegeben hat, kann ich nicht vergessen, daß John auch dies getan hat. Doch warum? Warum? Wollte er mir wirklich bloß eine Freude machen? Es ist denkbar, ja. Doch jedes vernunftbegabte Wesen hätte gemerkt, hätte sozusagen aus innerster Überzeugung gewußt, daß dies das Allerfalscheste, daß dies die Tat eines moralischen Barbaren war. Andererseits begehen wir alle zweifelsohne Taten, von denen wir genau wissen, daß sie dumm und gefühllos und falsch sind, von denen wir all dies schon in jenem

Augenblick wissen, in dem wir sie begehen. Dies nämlich nennt man die menschliche Natur. Irren ist menschlich. Und auch John ist ein Mensch.

★

»Was ist denn das für ein Krach?«

»John!«

»Was? Ach, du bist es, Paul. Verzeihung, was meinst du?«
»Kannst du das bitte abstellen, was immer es ist.«
»Oh. In Ordnung.«

»So. Du mußt entschuldigen.«
»Na Gott sei Dank! Woher ist denn das gekommen?«
»Aus meinem Radio. Ich habe ein kleines Kofferradio. Habe ich das nicht erwähnt?«
»Nein.«
»Ach so, ja, ich habe eins.«
»Und mußte es wirklich so grauenhaft laut sein?«
»Entschuldige. Ich habe geglaubt, du seist im Badezimmer. Ich habe nicht damit gerechnet, daß ich dich störe.«
»Gebadet habe ich gestern abend. Na, was ist es denn?«
»Die Musik?«
»Ja, John, die Musik.«
»The Who.«
»Wie bitte?«
»The Who. Das ist eine Rockgruppe. Heutzutage wohl etwas *passé,* aber …«
»Ich weiß schon, wer die Who sind, ich bin doch kein Höhlenbewohner. Nur zu deiner Information, Freddie Ashton gab mir einmal den Auftrag, das Handlungsgerüst für ein Ballett zu Musik von Pete Townshend zu schreiben. Gehörte der nicht zu den Who?«

»Doch. Und hast du es auch getan?«
»Ja. Es hieß *Rigmarole.*«
»*Rigmarole?* Davon habe ich leider noch nie etwas gehört.«
»So geht es den meisten.«
»Ein Reinfall?«
»Ein fürchterlicher Reinfall. Und völlig zu Recht, darf ich wohl behaupten, angesichts dieser kakophonischen Partitur. Trotzdem traf ich Townshend, was für uns beide eine, gelinde gesagt, schwindelerregende Erfahrung war.«
»Ihr habt euch auf Anhieb verstanden?«
»Unsere Begegnung war gewissermaßen ein halber Erfolg: Er lauschte gebannt jedem *zweiten* Wort, das ich sprach.«

»Diesmal kann ich dich ja gar nicht lächeln hören, John. Liegt das vielleicht daran, daß du glaubst, ich könnte dies schon einmal gesagt haben?«
»Nein, nein. Ich habe mir nur gerade Pete Townshend zusammen mit dir vorgestellt. Du mußt zugeben, daß einem da schon der Atem stocken kann.«
»Würdest du gern den Saum meines Morgenrocks berühren?«
»Nein, nein, vielen Dank, Paul. *So* ein großer Bewunderer bin ich nun auch wieder nicht. Aber beeindruckt schon. Kaffee?«
»Ja, bitte.«
»Bestimmt traf es dich hart, als du von seinem Tod erfuhrst.«
»Von wessen Tod denn?«
»Von Pete Townshends Tod natürlich.«
»Pete Townshend? Pete Townshend ist tot?«
»Aber ja. Ach, Paul, entschuldige. Du hast es also nicht gewußt?«
»Offensichtlich nicht. Pete Townshend tot? Armer Kerl, woran starb er denn?«
»Er fiel einem Anschlag zum Opfer.«
»Einem Anschlag? Du meinst wohl einem *Mord*?«

»Verzeihung, natürlich meine ich das. Entschuldige, Paul, ich bin gerade – es kommt mir einfach so seltsam vor, daß du – aber natürlich kann man nicht erwarten, daß du davon gehört hast. Es geschah vor, äh, zwei Jahren, vor etwas mehr als zwei Jahren. Er wurde von einem Fan niedergestreckt. Oder vielmehr von einem jungen Junkie, der behauptete, ein Fan zu sein. Vor dem ›Groucho Club‹. Es machte überall auf der Welt Schlagzeilen.«

»Aber du weißt doch, daß ich die Schlagzeilen nie zu Gesicht bekomme. Und andere Zeilen genausowenig.«

»Aber weißt du, John, wenn ich bedenke, was – nun, ich möchte sagen, ich glaube tatsächlich langsam, daß ich das vielleicht tun sollte.«

»Was denn?«

»Mich mehr für das Weltgeschehen interessieren.«

»Ich lese dir gern aus der Zeitung vor, wenn du willst.«

»Ja, das ist eine Idee – Ja, das könnte vielleicht – Pete Townshend tot – Irgendwie tut es mir fast leid, das zu hören. Nicht, daß ich – nicht, daß ich ihn näher gekannt hätte oder je – Ja, vielleicht könntest du tatsächlich anfangen, mir die Schlagzeilen vorzulesen. Man ist ja kein Heiliger, man ist kein Mönch. Auch wenn man blind ist, lebt man weiterhin in dieser Welt. Sag mal, John, du hast nicht zufällig eine Zeitung bei dir?«

»Doch. Ich habe heute morgen eine mitgenommen, als ich im Dorf Milch holte.«

»Was für eine ist es denn?«

»Der *Guardian.*«

»Der *Guardian?* Also schön, was soll's? Lies mir doch daraus vor, sei so gut. Pflück dir einfach die wichtigsten Meldungen raus.«

»Jetzt gleich?«

»Warum nicht?«

»Also gut. Hier hast du deinen Kaffee.«
»Vielen Dank.«
»Möchtest du dazu etwas essen?«
»Nein danke. Bloß ein paar Schlagzeilen.«
»Gut, mal schauen, was wir hier haben. Der Premierminister ist in Havanna eingetroffen. Zum ersten Mal seit Castros Machtantritt weilt ein britischer Staatschef in Kuba. Auf seinen Besuch angesprochen, legte Mr. Cook Wert darauf, klarzustellen, daß …«
»Mr. Wer?«
»Cook.«

»Damit wir uns recht verstehen: Wie heißt er? Mit Vornamen? Roger, nicht wahr?«
»Wer denn?«
»Cook! Cook!«
»Robin.«
»Robin Cook! Und Robin Cook ist Premierminister?«
»Ja, natürlich.«
»Aber – aber was ist denn mit Blair? Jetzt sag bloß nicht, der ist ebenfalls gestorben?«
»Blair ist zurückgetreten.«
»*Zurückgetreten?* Du behauptest, Blair ist *zurückgetreten?* Bereits jetzt? Wann denn? Und warum? Was geht hier vor, John? Um Himmels willen, was geschieht denn mit der Welt?«
»Die Dinge sind im Wandel, Paul. Die Dinge sind im Wandel.«
»Steck dir die Philosophie an den Hut. Sag mir einfach, wieso Blair zurückgetreten ist.«
»Eigentlich wollte man es ja geheimhalten, doch gewisse Geheimnisse bleiben einfach nicht geheim. Er hat Aids.«
»Aids? Tony Blair?«
»Ja, leider. Es stand in einem der Boulevardblätter, wahrscheinlich im *Mirror.* Und daraufhin sahen sich natürlich alle

anderen Zeitungen genötigt, es ebenfalls zu bringen. Gehörtest du etwa zu seinen Verehrern?«

»Werde nicht grotesk. Es ist nur so, daß – großer Gott, begreifst du denn nicht? Ich wußte es nicht! Ich wußte es nicht! Und jetzt, wo ich es weiß, komme ich mir nicht nur blind, sondern furchtbar *dumm* vor. Und ich weigere mich, ich weigere mich *kategorisch,* zu glauben, daß ein Blinder dumm sein muß.«

»Aber ich finde nicht ...«

»Ach, lies einfach weiter.«

»In Nordirland gab es ein schreckliches Massaker.«

»Nichts Neues unter der Sonne. Mich hätte es überrascht, wenn du gesagt hättest, in Nordirland habe es *kein* schreckliches Massaker gegeben.«

»Unter den Opfern befand sich auch Reverend Ian Paisley.«

»Und da sage noch einer, es gebe nie gute Nachrichten. Weiter.«

»Bill Gates hat sich dazu bekannt, ein wiedergeborener Christ zu sein. Er hat beschlossen, sein gesamtes Vermögen wohltätigen Zwecken zu vermachen.«

»Noch nie von ihm gehört. Weiter.«

»O.J. Simpson hat Selbstmord begangen.«

»Den wären wir los. Weiter.«

»Madonna hat die Absicht, den Schauspieler Michelangelo DiCaprio zu heiraten.«

»Von ihr hab' ich schon gehört, von ihm nicht. Weiter.«

»Prinzessin Diana ist in Bhutan gesichtet worden.«

»Was?«

»Prinzessin Diana ist in Bhutan gesichtet worden.«

»Du nimmst mich auf den Arm.«

»Nein, ganz ehrlich. Hier steht, eine Gruppe amerikanischer Touristen in Bhutan behaupte, eine Ephipanie von Diana erlebt zu haben.«

»Was bitte?«

»Eine Ephipanie, so steht es hier, das ist doch so eine Erscheinung, oder?«
»Ach so, eine Epiphanie! Du solltest das korrekt aussprechen. Epiphanie.«
»Epiphanie.«
»Lies weiter.«
»Jedenfalls soll sie bei dieser Epiphanie beide Arme flehentlich ausgestreckt haben. Danach ist sie offensichtlich entschwunden. So steht es wenigstens da.«
»Was für ein Quatsch! Was für ein grauenhafter, beschissener Müll! Wenn das aus der Welt geworden ist – und ich meine nicht Diana, ich meine nicht *nur* Diana, ich meine das, was der *Guardian* zur Vollkleisterung seiner Titelseite für würdig erachtet – wenn sich die Dinge auf diese Art und Weise gewandelt haben, kann ich nur sagen, Gott sei Dank gehöre ich da nicht mehr dazu.«

»Soll ich noch weiterlesen?«
»Nein danke.«

»Ach? Wer das nur sein kann?«
»Ich geh ran.«
»Ja, sei so gut.«

»Hallo?«

»Oh, guten Tag. Schon lange nicht mehr gesehen. Paul, es ist Mrs. Kilbride.«

»Ach, im Grunde gar nicht schlecht.«

»Mhm.«

»Ja, das haben wir tatsächlich, wenn ich das so sagen darf.«

»Nein, ich habe immer selbst gekocht.«
»John, sag ihr, daß wir *unglaublich* gut gegessen haben. Sag ihr, daß du dich bereits zum neuen Chefkoch gemausert hast.«
»Ich soll Ihnen von Sir Paul bestellen, daß wir *unglaublich* gut gegessen haben und ich mich bereits zum ...«

»Nein, natürlich nicht. Er hat Sie doch bloß aufziehen wollen.«

»Doch, ganz sicher!«

»Aber Mrs. Kilbride! Was ist denn nur aus Ihrem legendären Glasgower Humor geworden?«

»Ja, das habe ich.«

»Jawohl, das auch. Aber wie sieht es bei Ihnen aus? Wann dürfen wir denn wieder mit Ihnen rechnen?«

»Oh.«

»Oh, ich verstehe. Wann haben Sie ...«

»Nein, nein, natürlich nicht. Wie geht es ihm?«

»Schlagen Sie sich das gleich aus dem Kopf, Mrs. Kilbride. Nein, Joe braucht sie jetzt an seiner Seite. Aber ich bin sicher, es erweist sich als blinder Alarm.«

»Stimmt. Sie sagen es selbst, und trotzdem.«

»Ganz genau. Und …«

»Das ist mir durchaus klar, Mrs. Kilbride. Und ich möchte Ihnen jetzt auch nicht einreden, Sie sollen sich keine Sorgen machen, denn ich weiß, daß Sie das ohnehin tun. Aber bevor er die Tests gemacht hat, wäre es das Allerschlimmste, wenn Sie anfangen würden, Gespenster zu sehen.«

»Ja, schon, aber …«

»Mhm.«

»Klar.«

»Hören Sie. Nein, bitte – nein, nein, hören Sie mir doch zu.«

»Hören Sie mir zu. Ich bin sicher, Sir Paul teilt meine Meinung, daß Sie bei Joe bleiben sollen, solange das nötig ist. Er nickt jetzt tatsächlich, während ich mit Ihnen spreche.«
»Sag ihr, sie soll es mich wissen lassen, falls ich etwas für sie, für sie *beide* tun kann. Was sie auch brauchen. Geld, alles.«
»Haben Sie das gehört, Mrs. Kilbride?«

»Natürlich, natürlich, er hat ja nur gemeint, daß …«

»Ja. Was auch immer.«

»In Ordnung, ja. Und …«

»Und lassen Sie Joe herzlich grüßen.«
»Von mir ebenfalls, John.«
»Das war noch einmal Sir Paul. Er läßt Joe ebenfalls grüßen.«

»Also gut.«

»Also gut.«

»Tschüs.«

»Ja, in Ordnung, also tschüs. Bis bald. Tschüs.«

»Tschüs.«

»Großer Gott, John, was für eine Frau! Wieso kriegt man gewisse Leute einfach nicht von der Strippe weg?«
»Sie klingt schrecklich beunruhigt.«
»Habe ich das richtig verstanden? Joe ist schwer krank?«
»Offenbar hat er eine Art Lungenentzündung. Man hat ihm gesagt, er müsse bestimmte Tests machen.«
»Autsch. Das Schreckenswort.«
»Sie fürchtet, es könnte Krebs sein. Lungenkrebs.«
»Lungenkrebs. O Gott. Joe raucht drei Packungen pro Tag, seitdem ich ihn kenne.«
»Vorläufig spielt sich alles erst in ihrem Kopf ab. Das heißt jedoch, daß wir länger als beabsichtigt auf uns gestellt sind.«
»Hmh. Glaubst du, du schaffst die Kocherei allein? Oder soll ich nach einem Ersatz suchen? Obwohl nur der Himmel weiß, wer das sein könnte.«
»Aber selbstverständlich schaffe ich das. Es macht mir wirklich Spaß, für zwei zu kochen. Und bis jetzt hat es uns in der Arbeit doch auch nicht behindert, oder?«
»Nein, ehrlich gesagt überhaupt nicht. Trotzdem schade. Irgendwie wird mir Mrs. Kilbride fehlen. Meistens reizt sie mich ja bis aufs Blut. Trotzdem habe ich die alte Spinatwachtel recht gern bei mir im Haus. Weiß der Himmel, was aus mir würde, wenn du nicht da wärst.«

»Aber ich bin doch da, Paul.«
»Stimmt, das bist du.«
»Und sofern du keinen Kaffee mehr möchtest …«
»Nein danke. Nein, die Arbeit ruft. Wenn alles klappt, müßten wir das, womit wir im Moment beschäftigt sind, heute vormittag noch abschließen können.«
»Das hast du bereits gestern gesagt.«
»Hm, ja.«

»Ich wüßte zu gern, was du denkst, Paul.«
»Was ist denn heute für ein Tag?«
»Du meinst vom Wetter her?«
»Ja. Es kommt mir sonnig vor.«
»Stimmt, es ist ein wunderschöner Tag. Der Frühling liegt buchstäblich in der Luft. Als ich heute morgen im Dorf war, fielen mir auf der Gemeindewiese kleine Krokus- und Narzissenbüschel auf. Man hat das Gefühl, das neue Jahr kriegt seine Sache endlich in den Griff. Warum hast du gefragt?«
»Was denn?«
»Nach dem Wetter?«
»Ach so, weißt du, John, falls wir am Mittag wirklich fertig sind, wollen wir uns nicht gleich in einen vollkommen neuen Abschnitt stürzen, sondern ich werde dich eventuell bitten, einen deiner kleinen Ausflüge zu machen.«
»Nach London?«
»Nein, nein. Nach Oxford.«
»Nach Oxford?«
»Ja, ich hätte gern, daß du nach Oxford fährst und wieder einmal ein bißchen für mich rekognoszierst. Von hier ist es mit dem Auto keine Stunde. Nimm deinen Fotoapparat mit. Und das Notizbuch natürlich ebenfalls.«
»Eine bestimmte Gegend in Oxford?«
»Aber selbstverständlich eine bestimmte Gegend. Schließlich

schreibe ich keinen Reiseführer. Du sollst mein altes College aufsuchen. Hertford. Ich brauche eine gute, detaillierte Schilderung des Gebäudes und seiner Anlagen.«

»Dann wendest du dich also endlich deiner Vergangenheit zu?«

»Hm.«

»Und was ist mit deinem Leben vor und nach Oxford?«

»Was soll denn damit sein?«

»Hast du auch die Absicht, über deine Kindheit zu schreiben? Deine Jugendjahre? Ach, und hast du nicht auch einmal kurz an einer Schule unterrichtet?«

»Wer hat dir das erzählt?«

»Was denn?«

»Daß ich an einer Schule unterrichtet habe?«

»Tja, eigentlich niemand.«

»Niemand hat es dir erzählt? Das gehört für dich einfach zu den gesicherten Tatsachen, die man dir gar nicht zu erzählen braucht?«

»Ganz ehrlich, ich kann mich nicht erinnern, wo ...«

»Siehst du mich denn als Lehrer?«

»Ach, ich weiß nicht. Irgendwie kann ich mich an Lehrer erinnern, die dir nicht ganz unähnlich waren.«

»Ist das jetzt als Kompliment gemeint?«

»Im Ernst, Paul, ich habe damit nichts Besonderes sagen wollen. Stimmt was nicht?«

»Wechseln wir das Thema, einverstanden? Und was meine frühen Jahre angeht, habe ich dir schon einmal gesagt, daß meine Autobiographie keine konventionelle sein soll. In den seltenen, in den sehr seltenen Fällen, wo ich Autobiographien lese, überblättere ich die ersten Jahre stets – die Kindheit des Autors, seinen Stammbaum. Was soll's? Jede Kindheit ist mehr oder weniger dieselbe. Falls ich das Buch überhaupt lese, tue ich es deshalb, weil mich dessen Gegenstand erst interessiert, wenn er *aufhört*, ein Kind zu sein, wenn er bereits zu jener Person geworden ist, die eine Biographie grundsätzlich verdient. Dies ist jedenfalls *meine* Meinung. Und da es schon meine Meinung ist, will ich dem Leser gewiß nicht meine eigene Kindheit aufzwingen. In Ordnung?«

»Ja, Paul, das ist einigermaßen klar. Wann soll ich mich denn auf den Weg machen?«
»Wenn wir fertig sind mit dem, was wir noch zu tun haben. Oder nach dem Mittagessen. Was eben als erstes kommt.«
»Gut.«
»Ach, und John, schau doch, ob du irgendwo einen kleinen Führer über Oxfords Speier auftreiben kannst.«
»Worüber?«
»In Oxford gibt es eine Vielzahl von Wasserspeiern, groteske Fratzen, die meist auf den Dächern der Colleges angebracht sind. Und da du sie selber logischerweise nicht aus der Nähe betrachten kannst, mußt du einen Führer kaufen. Die gibt's bei jedem Zeitungshändler.«
»Ach, ich verstehe.«
»Macht es dir was aus?«
»Ganz und gar nicht. Dafür bin ich doch da. Abgesehen davon war ich schon ewig nicht mehr in Oxford.«
»Ich auch nicht.«

★

Er ist fort. Jetzt muß ich scharf nachdenken. Doch was genau soll ich denn denken? Bin ich nicht nur im wörtlichen, sondern auch im übertragenen Sinn blind geworden? Verblöde ich allmählich, wie ich es ja befürchtet habe? Oder verhält es sich vielmehr so, wie John es angedeutet hat? Verhält es sich vielleicht so, daß ich – obwohl ich an die Einsamkeit gewöhnt bin und daran, in meiner eigenen imaginierten Welt zu leben (wahrhaft wie ein Künstler!) –, daß ich also die latente Anomalie in jedem Ausdruck des manifesten Normalen erblicke – beziehungsweise höre oder spüre, welches Verb auch immer das passende sein mag? Objektiv betrachtet ist das Latente das einzige, was ich kenne. Wenn ich nicht mehr über die monotone menschliche Fähigkeit verfüge, das Latente mit dem Manifesten, das Ungewohnte mit dem Selbstverständlichen in Einklang, in harmonischen Einklang zu bringen, dann deshalb, weil es für mich, im Gegensatz zu den Menschen mit Augen, überhaupt nichts mehr gibt, was ich als selbstverständlich betrachten darf. Dank Johns Anwesenheit ist das Manifeste, das Selbstverständliche jedoch wieder in mein Leben getreten, und die Balance ist vorderhand noch so unausgeglichen, daß mich alles schief und krumm anmutet. John sitzt seelenruhig am Frühstückstisch, meinem Frühstückstisch, und beschreibt mir eine Welt, die der mir vertrauten so wenig ähnelt wie – jawohl! – wie Holbeins »Gesandte« einem Selbstbildnis Rembrandts. Die mir vertraute Welt, sage ich. Doch nach vier Jahren ohne jede Berührung mit dieser Welt, vier Jahren ohne Zeitungen, ohne Rundfunkgerät, ohne Fernsehen und vor allem ohne Neugierde, wie soll man da wissen, was mit ihr inzwischen geschehen ist? Immer wieder muß ich an jenen zopfigen alten Varietéscherz über die britische Xenophobie denken – »Nebel imÄrmelkanal. Kontinent isoliert.« Nebel in meinem Blickfeld (um es einmal vorsichtig auszudrücken). Welt isoliert. Dabei bist du es ja, der isoliert ist, du Arschloch! Du! Du! Du! Du bist es, der sich verändert hat. Die von John geschilderte Welt hat sich weniger, viel, viel weniger verändert als du. Ach, warum habe ich es zugelassen, daß aus mir ein solcher Eremit wurde? Warum habe ich nicht … »Nanu, wer das nur sein mag?«

»Ja?«
»Hallo?«

»Hallo, Sie da? Ist da jemand?«
»Aber natürlich ist hier jemand. Und wer sind Sie?«

»Ich bin von der …«
»Augenblick mal. Ich komme gleich an die Tür.«

»Und, und? Wer sind Sie denn?«

»Oh. Ich, äh … Wie gesagt, ich komme von der … äh …«
»So reden Sie schon! Noch nie einen Blinden gesehen?«
»Doch, doch, ich – das heißt, ich versichere Ihnen, es war bloß …«
»Herrgott nochmal, worum geht's denn? Was wollen Sie von mir?«
»Äh, ja, ich bin von der Ortssektion der Konservativen Partei. Wie Sie wissen – äh, wie Sie vermutlich wissen – finden in wenigen Tagen Wahlen – Kreiswahlen? – statt, und ich wollte, äh, ich wollte nur mal fragen, Sie wissen schon, ich wollte fragen, ob wir auf Ihre Unterstützung rechnen dürfen?«
»Sie holen mich also tatsächlich aus …«
»Ja, es tut – es tut mir furchtbar leid, daß ich Sie gestört habe. Ich – ich wußte ja nicht – äh, herzlichen Dank, daß Sie sich die Zeit genommen haben.«
»Warten Sie.«
»Wie bitte?«
»So warten Sie doch. Ja. Aber natürlich, da *wäre* etwas, was Sie für mich tun könnten. Wollen Sie nicht schnell reinkommen?«
»Nein, nein, wirklich, das geht nicht. Danke für Ihre – aber Sie haben bestimmt Verständnis dafür, daß ich noch andere …«
»Ich bin doch kein Unmensch, ich werde Sie nicht gleich fressen. Kommen Sie rein. Es dauert nur eine Minute.«
»Nein, wirklich nicht, ich sollte jetzt …«
»Was sagen Sie da? Sie können keine fünf Minuten erübrigen, um einem Blinden einen Gefallen zu tun?«
»Oh. Na ja, ich …«
»Sind die Konservativen so hochmütig, so schroff, so durch

und durch abgebrüht geworden, daß sie sich nicht mal mehr die Zeit nehmen, um einem vom Glück weniger verwöhnten Wähler behilflich zu sein?«

»Na ja, äh, wenn Sie es so ausdrücken. Ja, selbstverständlich muß ich da ...«

»Gut. Dann treten Sie doch ein. Wir holen uns noch beide einen Schnupfen, wenn wir vor der Tür weiterplaudern.«

»Danke. Aber wir verstehen uns doch richtig, nur ein paar Minuten?«

»Ja, ja, ich weiß. Seien Sie so gut und schließen Sie die Tür hinter sich.«

»Hier herein.«

»Aha. Jawohl. Das ist, äh ...«

»Hier arbeite ich. Das nennt sich Studierzimmer.«

»Ach so. Hier arbeiten Sie also?«

»Mit meinem Amanuensis.«

»Mit Ihrem ...«

»Hören Sie mir jetzt zu. Bei Ihnen in der Ortssektion der Konservativen?«

»Ja?«

»Da stehen doch Computer, nicht wahr?«

»Äh, ja, natürlich. Wir sind durchaus ...«

»Schön. Aber warten Sie mal, sind das auch Big Macs?«

»Wie bitte?«

»Big Macs. Benutzen Sie Big Macs oder – ach, verdammt, ich kann mich nicht mehr erinnern, wie die andere Marke hieß.«

»Ich verstehe leider nicht ganz, was Sie meinen. Big Macs sind ...«

»Schauen Sie. Schauen Sie sich diesen Computer an.«

»Ich schaue ja.«

»Erkennen Sie ihn?«

»Natürlich, das ist ein – ein Mac.«
»Ja, Herrgott, warum reden wir dann die ganze Zeit aneinander vorbei? Sie kennen ihn also?«
»Mhm.«
»Können Sie damit umgehen?«
»Ja. Das heißt, ich nehme es mal an. Das Modell ist nicht genau das gleiche wie ...«
»Aber Sie können damit umgehen?«
»Ja, ja, das kann ich. Was genau wollen Sie denn von mir?«
»Was ich von Ihnen will – Sie sollten wirklich einmal einen Arzt konsultieren wegen diesem Schnauben. Das kann doch nicht gesund sein, wenn man ständig so schnaubt wie Sie.«
»Na hören Sie mal, ich ...«
»Entschuldigung, Entschuldigung. Ein Blinder ist ganz Ohr, verstehen Sie, ganz Ohr. Doch um auf den Computer zurückzukommen, ich möchte von Ihnen, daß Sie ihn anschalten.«
»Anschalten? Einfach nur anschalten?«
«Ja, schalten Sie ihn einfach an. Ich kann das nämlich selber nicht. Wenn Sie das für mich erledigen könnten, wäre ich Ihnen sehr verbunden.«
»Soll ich ihn jetzt anschalten?«
»Ja, bitte.«

»Äh ja, also mal sehen. Ich vermute, hinten ist alles angeschlossen. Jawohl, sieht ganz danach aus. Eigentlich müßte er sich hier anschalten lassen. So.«

»Na also.«
»O ja. Wie gut ich diese Klänge kenne.«

»Nun, wenn ich mich nicht täusche, dauert es ein paar Sekunden, bis er aufleuchtet.«
»Genau. Jetzt startet er auf.«

»Gut, gut.«
»Also, Mr. äh – wenn das alles wäre, was Sie – mache ich – mache ich mich ...«
»Nein, nein, bleiben Sie. Ich brauche Sie noch für etwas.«
»Verzeihung, aber Sie tun mir weh.«
»Ach ja? Tut mir leid. Aber hören Sie jetzt. Setzen Sie sich doch hierhin, bitte schön.«
»Ganz ehrlich, ich habe wirklich keine ...«
»Unsinn. Ich habe doch gesagt, es handelt sich um wenige Minuten, und so wird es auch sein.«
»Äh ...«
»Bitte setzen Sie sich einfach.«
»Na ja, also schön.«
»Gut. Und jetzt sagen Sie mir, was Sie sehen.«
»Auf dem Bildschirm?«
»Auf dem Bildschirm.«
»Na ja, im Moment nicht viel. Bloß die üblichen Symbole. Festplatte. Dokumente. Startprogramm. Java. Und selbstverständlich den Papierkorb.«
»Um Himmels willen, was ist denn das alles?«
»Das sind Anwendungen. Sie gehören zum Computer. Soll ich jetzt auf die Festplatte zugreifen?«
»Tut man das normalerweise?«
»Ich habe es schon getan. Jetzt sehe ich die Liste der Ordner und Dokumente. Nicht, daß da viele wären. Dieser Computer wurde noch nicht sehr häufig benutzt, nicht wahr?«
»Ach ja? Dieses Gefühl habe ich aber gar nicht.«
»Nun, hier gibt es kaum ...«
»Nein, nein, wenn ich es mir genau überlege, haben Sie wohl recht. Sagen Sie mir eins, können Sie etwas sehen, das *Blindband* heißt?«
»Bildband? Nein, so was gibt's hier nicht.«
»Aber nein, nicht Bildband, Menschenskind, *Blindband!*

Blindband! Gibt es einen – einen Ordner oder ein Dokument namens *Blindband*?«

»Nein. Nichts dergleichen.«

»Überhaupt nichts? Sind Sie sicher?«

»Ganz sicher.«

»Es muß da sein. Schauen Sie doch nochmal nach.«

»Ich sage es Ihnen doch, nein. Es gibt einen einzigen Ordner. Und der heißt *Wahrheit*.«

»*Wahrheit?* Aber natürlich, ja, das muß er sein. Wie dumm von mir. John hat vergessen, ihn neu zu benennen.«

»Wie bitte?«

»Ach nichts. Können Sie das Dokument öffnen?«

»Nun, wenn Sie …«

»Tun Sie mir die Liebe.«

»Es ist offen.«

»Schön. Und jetzt lesen Sie es vor.«

»Was? Alles?«

»Bloß den ersten Absatz. Bitte.«

»›Ich bin blind. Ich habe das Augenlicht verloren. Ebenfalls verloren habe ich meine Augen. Somit bin ich ein‹ – äh …«

»Nur weiter, nur weiter.«

»›Somit bin ich ein Monstrum. Blindheit nämlich ist monströs, ist surreal. Noch surrealer als meine Blindheit selbst ist freilich die Tatsache, daß ich, nachdem ich nicht bloß meines Augenlichts, sondern meiner Augen beraubt wurde …‹«

»›Sondern *auch* meiner Augen …‹«

»›Sondern *auch* meiner Augen beraubt wurde, trotzdem noch immer „sehe". Was ich genau sehe, mag zwar „nichts" sein – schließlich bin ich blind –, doch dieses „Nichts" entzieht sich, so paradox das klingen mag, keineswegs meiner Beschreibungskraft. Ich sehe nichts und bin verblüffenderweise trotzdem in der Lage, dieses Nichts zu beschreiben.‹«

»Das genügt. Jawohl, sehr schön, sehr schön.«
»Oh. Nun, äh, ich kann gar nicht sagen, wie froh ich bin, daß ich – daß ich Ihnen ...«
»Haben Sie noch ein paar Sekunden Geduld. Sekunden, ich schwör's, nicht einmal Minuten.«
»Äh, also gut, aber ...«
»Gehen Sie doch einfach ans Ende.«
»Ans Ende? An welches Ende denn?«
»In den letzten Abschnitt des Dokuments. Das schaffen Sie doch, oder?«
»Ohhhh. Ja, ich glaube, das schaffe ich. Dann will ich mal – gut, ich bin da. Und nun?«
»Lesen Sie mir wieder vor. Beginnen Sie einfach an einer passenden Stelle und lesen Sie von dort weg. Bitte.«
»Also gut – Ich fange hier an, oder? Äh ... ›Vielleicht erscheint es paradox, daß ich mich in bezug auf mein Buch *Zu Füßen von Gespenstern* nicht etwa fragte, weshalb es bei Publikum und Kritik den (für mich) beispiellosen Erfolg hatte, den es bekanntlich hatte – offen gesagt war mir von Anfang an bewußt gewesen, daß es gefallen würde –, sondern daß ich mich vielmehr fragte, weshalb ich beschlossen hatte, es überhaupt zu schreiben. So keinerlei Ähnlichkeit hat es mit meinen anderen Romanen, so modisch und glamouros ...‹«
»›Glamourös ...‹«
»›So modisch und *glamourös* ist seine Oberfläche – ich denke etwa an den historischen Hintergrund, an Venedig, an das vorwiegend aristokratische Milieu –, daß es mir bis zum heutigen Tag schwerfällt, dieses Werk als mein eigenes zu erkennen. Lag es – und mit „es" meine ich meine ursprüngliche Motivation –, lag es bloß daran, daß ich mich, nachdem ich schon so lange als „writer's writer" tituliert worden war, danach sehnte, wenigstens einmal in meiner Laufbahn als „reader's writer" zu gelten? Schwerlich. Weder nehme ich für mich in Anspruch,

den großen unsichtbaren Kreis meiner Leser zu kennen, noch ihn zu verstehen.‹ Reicht das?«
»Nein, nein, noch nicht. Fahren Sie bitte fort.«
»›Oder hoffte ich andererseits, das kollektive Auge der bis dahin gleichgültigen Kritikerschar möge auf mich fallen? Abermals schwerlich. Es ist, wie ich schon immer wußte, unmöglich, im voraus das Urteil eines Kritikers zu beurteilen, es sei denn ...‹«
»Verzeihung, seien Sie doch so gut. ›Urteil‹ und ›beurteilen‹ im Abstand von drei Wörtern. Wie konnte mir das nur durchgehen? Ändern Sie ›beurteilen‹ doch bitte in ›bestimmen‹. Nein, halt. Ändern Sie das Ganze in ›vorauszusehen‹, ja, ›vorauszusehen‹. Tun Sie das bitte gleich jetzt.«
»Also wirklich, ich habe nicht ...«
»Tun Sie's einfach. Das geht doch im Nu.«

»Erledigt.«
»Lesen Sie weiter.«
»›Es ist, wie ich schon immer wußte, unmöglich, das Urteil eines Kritikers vorauszusehen, es sei denn, man kennt zufällig dessen Vorlieben; und aus Erfahrung weiß ich, daß sich die Mehrheit der Kritiker für nichts so erwärmen kann wie für Geld. Oder war es mir am Ende schlicht lieber, eine – eine Hure anstatt eine alte Jungfer zu sein? Hatte ich kurz und gut den dreisten Entschluß gefaßt, meine Haut zu Markte zu tragen, wie man so schön sagt? Zum dritten Mal: Schwerlich. Der Schriftsteller, der seine Haut zu Markte trägt, macht stets das bessere Geschäft, da sein Publikum zwangsläufig zuwenig Wechselgeld herausbekommt und das fragliche Werk nicht Bestand haben wird, es überhaupt nicht kann. Doch zweifellos sollte ich gar nicht erst versuchen, die phänomenale Popularität meines eigenen Romans zu begreifen. Wie kann ich denn ein Werk beurteilen, mit dem ich persönlich verquickt bin? Das wäre so, als würde die Polizei

beschließen, die Korruption in ihren Reihen gleich selbst zu untersuchen.‹ Hier ist der Text zu Ende.«

»Vielen Dank. Es scheint alles in Ordnung zu sein. Wenn ich mich richtig erinnere, entspricht es wortwörtlich dem, was ich diktiert habe.«

»Verzeihung, wie bitte?«

»Nichts. Bloß eine kleine quälende Sorge. Wirklich ganz idiotisch. Ja, nochmals vielen Dank. Sie haben das sehr schön vorgelesen.«

»Danke auch. Kann ich jetzt gehen? Ich meine, würde es Sie stören, wenn ich mich jetzt auf den Weg mache? Ich muß wirklich noch bei zahlreichen weiteren Wählern vorbeischauen.«

»Aber selbstverständlich dürfen Sie sich auf den Weg machen.«

»Vielen Dank. Übrigens, Sie wählen doch konservativ, oder?«

»Ich? Ich habe in meinem ganzen Leben noch nie gewählt.«

»Also wirklich, das hätten Sie mir doch …«

»Na, na, guter Freund. Sie haben einem armen alten Blinden einen Stein vom Herzen genommen. Damit haben Sie heute bereits Ihre gute Tat getan.«

»Wir sind doch keine Pfadfinder. Aber – ja, ich bin – ich bin wirklich froh, daß ich behilflich sein konnte. Ich mache mich jetzt also …«

»Schalten Sie das Gerät ab, bevor Sie gehen, so ist es brav.«

»Es ist jetzt ausgeschaltet. So. Dann darf ich also nicht auf Ihre Stimme zählen?«

»Durchaus nicht. Hier lang, hier lang.«

»Ich weiß schon. Sie kneifen mich schon wieder in den Arm. Lassen Sie das bitte.«

»Ich schaue nur, daß Sie nicht vom Weg abkommen. Hier lang.«

»Ja, ja, ich weiß. Aua! Ich sagte doch, lassen Sie das bitte.«

»Entschuldigung. Ach, wo Sie schon einmal hier sind, es *ist* doch Cook, oder? Der Premierminister?«
»Cook?«
»Roger Cook.«
»Roger Cook?«
»Sag ich doch. Roger Cook.«
»Sie meinen den Burschen im Fernsehen?«
»Na, das kann ich doch nicht wissen, oder? Mit denen da? Schauen Sie ruhig hin.«
»Ooooh, ich …«
»Sehen Sie, was ich meine? Aber er ist doch Premierminister, oder?«
»Wie? Wie? Ja, o ja, ganz wie Sie – ganz wie Sie meinen!«
»Und Blair hat Aids?«
»Oh, genau! Ganz genau! Aber natürlich hat Blair Aids! Ja, es ist – ah, Gott sei Dank, da ist ja die Tür. Ich meine – nein, nein, bemühen Sie sich nicht, ich mache mir selbst auf. Ich bin ja so froh – wie gesagt, ich bin ja so froh –, daß ich Ihnen behilflich sein konnte. Und, äh – nun ich – äh, auf Wiedersehen.«
»Wiedersehen, Wiedersehen. Schauen Sie wieder einmal vorbei.«

»Blödmann.«

★

Der Computer hat mich nicht belogen. Roger Cook ist Premierminister. Und es sieht auch ganz danach aus, als habe der arme Tony Blair tatsächlich Aids. Dann ist ja alles in Ordnung, nicht wahr? Und doch. Und doch. Wieso nur werde ich das Gefühl nicht los, daß trotzdem etwas faul ist? Ist mir ein Stein vom Herzen gefallen? Nein. Wird dies je geschehen? Das ist die Frage.

★

»Herrgott! Scheiße!«

»Was war denn das, verdammt nochmal?«

»Ein Buch? Es ist ein blödes Scheißbuch. Ich hätte mir das Genick brechen können! Wer war denn so hirnverbrannt und hat ein Buch auf dem Treppenabsatz liegenlassen, verdammt? Ein aufgeklapptes Buch! Oben auf dieser Scheißtreppe!«

»Ja, wer?«

★

»Bist du das?«
»Ja! Ich komme gleich! Ich hänge nur schnell den Mantel auf.«

»Na, grüß dich.«
»So früh habe ich dich gar nicht zurückerwartet.«
»Der Verkehr war angenehm, im Gegensatz zu allem anderen. Mensch, war das vielleicht ein Tag heute!«
»Gönn dir doch einen Whisky und entspann dich. Du könntest mir auch einen eingießen.«
»Gut, ich kann ihn brauchen.«

»Und bei dir, Paul, alles in Ordnung?«
»Ich kann nicht klagen.«
»Aha. Wie ich dich kenne, heißt das, du hast die größte Lust zu klagen.«
»Ach ja? So bin ich doch nicht, oder?«
»Aber selbstverständlich bist du so. Also sag es mir. Was gibt es denn zu klagen?«

»Na los, Paul. Wir wissen doch beide, daß du es mir irgendwann sagen wirst. Warum bringen wir's nicht hinter uns? Was habe ich nun schon wieder verbrochen?«
»Ich wäre beinahe die Treppe hinuntergestürzt.«
»Wie bitte?«

»Auf der obersten Stufe lag ein Buch. Dieses Buch hier.«
»Oje.«
»Was ist das für ein Buch?«
»Hier hast du deinen Whisky.«
»Danke.«
»Es gehört mir. *Wie Proust Ihr Leben verändern kann.* Alain de Botton. Ich habe es in meiner Freizeit gelesen. Ich dachte, du hättest nichts dagegen.«
»Selbstverständlich habe ich nichts dagegen. Ich habe aber etwas dagegen, die Treppe hinunterzustürzen. Und erinnere mich jetzt bitte nicht daran, daß ich gar nicht gestürzt bin. Das habe ich nicht dir zu verdanken. Wie Proust Ihr Leben verändern kann, was? *Du* hättest fast mein Leben verändert.«
»Das tut mir wirklich leid, Paul. Ich habe es dort liegenlassen, weil ich es nach Oxford mitnehmen wollte. Bei mir zu Hause lasse ich ständig Bücher und ähnliche Dinge auf der Treppe liegen. Aber es war natürlich dumm und gefährlich, das hier zu tun. Du mußt wirklich entschuldigen.«
»Tja – es ist ja wohl nichts Schlimmes passiert. Na dann prost.«
»Prost.«
»Und? Gefunden, was du in Oxford gesucht hast? Was *ich* in Oxford gesucht habe?«
»Ich glaube schon. Ich bin, wie du es verlangt hast, ins Hertford College gegangen und habe dort viele Fotos *und* auch viele Notizen gemacht, um ganz sicher zu sein.«
»Bist du ins College selbst hineingegangen?«
»Ich habe es versucht, doch der diensteifrige und dickschädelige Pförtner hat mich nicht durchgelassen. Ich fragte mich, ob ich ihn über den Grund meines Kommens – beziehungsweise über den Namen meines Auftraggebers – aufklären sollte, doch dann fiel mir ein, daß es dir wahrscheinlich lieber wäre, wenn ich das bleiben ließe.«
»So ist es. Geht ihn doch einen feuchten Kehricht an!«

»Wäre sowieso zwecklos gewesen. Es standen nämlich auch noch Touristen herum, vor allem Japaner, so etwas wie eine Busreisegruppe, und sie wurden alle miteinander schnöde abgewiesen.«
»Du hast doch wohl die Brücke fotografiert?«
»Natürlich.«
»Befindet sich in der Mitte nicht ein Schild, eine Art Schild, eine Art Wappen?«
»Mhm. Das habe ich alles in der Kamera.«
»Beschreib es mir.«
»Ich hol' nur schnell die Notizen.«

»Es war schwer zu erkennen zwischen all den Gerüsten und Planen – offensichtlich wird das College gerade renoviert.«
»Warum können sie das blöde Ding nicht in Ruhe lassen? In diesem Land grassiert ein richtiger Fimmel, öffentliche Gebäude zu verpacken. Als ich London das letzte Mal sah, ähnelte es einem dieser gräßlichen Konzeptkunstwerke von – zum Teufel, wie heißt er schon wieder – dieser ungarische oder bulgarische Objektkünstler – ständig verpackt er irgendwas? Ach, wie *heißt* er denn?«
»Christo?«
»Christo, ja. Sehr gut, John, sehr gut.«
»Danke schön – *entgegnete er trocken.*«
»Hör auf. So bin ich halt. Inzwischen solltest du mich doch kennen.«
»Tu ich ja. O ja, das tu ich.«
»Ja, ja, du brauchst mir gar nicht so genüßlich beizupflichten. Mach weiter.«
»Weiter?«
»Hertford. Das Wappen.«
»Darauf sind zwei Hirsche, zwei Hirschköpfe, die von Cherubinen gen Himmel gehoben werden, und es hat auch

eine – nennt man das nicht eine heraldische Lilie? – vor einem Zickzackmuster.«

»Ja. Ja, genau *so* habe ich es im Kopf. Weiter.«

»Der Innenhof des Colleges ist rechteckig, ja beinahe quadratisch, und der Rasen ist sehr gepflegt. Soweit ich sehen konnte, ist nichts davon aus architektonischer Sicht besonders aufregend, abgesehen vielleicht von den efeubewachsenen Mauern. Einen Brunnen gibt es – und – und was noch? Ja, die Treppe ins College liegt rechts, wenn man durch den Eingang tritt.«

»Rechts? Bist du ganz sicher, daß sie rechts liegt?«

»Ja, ich – Moment. Nein, halt. Ich habe ein grobes Kroki der ganzen Anlage gezeichnet. Nein, stimmt gar nicht. Sie liegt links. Ich habe es von der falschen Seite her angeschaut. Sie liegt links, wenn man hereinkommt.«

»Richtig, ja, sie *liegt* links! Ach, John, dir mag das ja ganz unerheblich vorkommen, aber für mich ist es ungeheuer wichtig. Es ist für mich wichtig, zu wissen, daß mich wenigstens in gewissen Dingen mein armes altes Gedächtnis nicht im Stich läßt.«

»Zumindest in bezug auf deine Zeit in Oxford scheint es noch tadellos zu funktionieren.«

»Ja, nicht wahr? Aber so sollte es ja auch sein. Ich habe vier Jahre dort gelebt. Und – und warte. Gleich nebenan?«

»Nebenan?«

»Neben dem College, gleich nach der Brücke, steht ein Haus, nicht wahr? Ein putziges Häuschen mit einem Messingschild. Darin wohnte einmal jemand, ein berühmter Mann. O Gott, damals ging ich tagtäglich an diesem Haus vorbei. Es war ein Naturwissenschaftler, ein – ein – ein – Edmond Halley! Edmond Halley hat dort gewohnt! Du weißt doch, der Gelehrte, der den Halleyschen Kometen entdeckt hat?«

»Oder etwa nicht?«
»Den Halleyschen Kometen mag er durchaus entdeckt haben, doch er hat nicht neben dem Hertford College gewohnt. Das Schild hängt allerdings tatsächlich dort, aber darauf steht Watt.«
»Ja wat steht denn drauf?«
»Eben Watt.«
»Wat wat?«
»Watt, James Watt, du weißt schon, der Erfinder der Dampfmaschine.«
»Ach so, aber Watt war doch Schotte. Bist du auch ganz sicher?«
»Ich habe ein Foto vom Schild gemacht.«
»Ach, John, ich gratuliere! Du mußt es mir unbedingt zeigen, wenn es entwickelt ist.«
»Hör mal, Paul, es tut mir ja leid, aber ich kann bloß – ich kann dir bloß berichten, was ...«
»Ja, ja, ja!«
»Hör doch mal, es ist ...«
»Ach, schon gut. Die Speier, wie steht es mit den Speiern?«
»O ja, ich habe tatsächlich einen Führer auftreiben können. Erstaunlich teuer.«
»Keine Sorge. Ich werde dich schon entschädigen.«
»Ja, Paul, ich weiß. Das hättest du wirklich nicht zu sagen brauchen.«
»Ach, tut mir leid. Es tut mir leid. Ich bin – aber wie heißt denn dieses Buch?«
»Wasserspeier und andere groteske Figuren in Oxford. Ein Rundgang.«
»*Wasserspeier und andere groteske Figuren in Oxford.* Nun, das ist von vortrefflicher Prägnanz und Sachbezogenheit. Wie sind sie?«
«Äh ...«

»Ich will sagen: Gibt es welche, die die geringste Ähnlichkeit mit mir haben?«
»Ach so, deshalb ...«
»Aber natürlich. Weshalb wohl sonst?«

»Na? Gibt es welche, die mir gleichen?«

»Denk dran, John, hier geht es um das Buch. Spitzfindigkeit wäre jetzt fehl am Platz.«
»Wenn ich es so durchblättere, muß ich zugeben, daß es ein bißchen enttäuschend ist.«
»Enttäuschend? Wieso denn?«
»Weil sie gar nicht besonders grotesk sind.«
»Gar nicht besonders grotesk, wie? Also gleicht mir keine der Figuren wirklich? Du hast ganz recht, das *ist* enttäuschend.«
»Hier ist eine an der, mal sehen, an der Bodleian Library. ›Dieser muntere Herr‹ – das ist der O-Ton des Stadtführers – ›dieser muntere Herr – ein Steingeist oder Lapid ...‹ Weißt du, was ein Lapid ist?«
»Ist doch egal. Weiter.«
»›Ein Steingeist oder Lapid, wie man ihn auch nennen könnte – scheint aus der Mauer herauszusteigen.«
»Na, siehst du? Klingt vielversprechend. Das könnte doch ich sein, wie ich in Sri Lanka aus dem Autowrack steige.«
»Eigentlich nicht.«
»Wieso denn nicht?«
»Er grinst.«
»Ach so. Versuch es weiter.«
»Da ist einer am Brasenose College. ›Ein Mönch beugt sich an einem Fensterpfosten hinunter und bohrt selbstvergessen in der Nase.‹«
»Nein danke.«
»Der da ist merkwürdig. Vom Magdalen College.«

»Die Aussprache lautet ›Maudlin‹.«
»›Maudlin‹. Darunter steht lediglich: ›Dieses Ungeheuer spottet jeder Interpretation.‹«
»Klingt nach Michael Jackson.«
»Du hast von Michael Jackson *gehört*?«
»Aber natürlich. Wer schon nicht?«
»Stimmt. Aber begegnet bist du ihm wohl nie?«
»Nein, das nicht. Aber bleiben wir doch beim Thema. Was glaubst du? Könnte dieser bestimmte Speier für das Buch nützlich sein? Ach, schenk mir doch bitte nach.«
»Oh. Klar.«

»Hier.«
»Danke. Wie steht es jetzt mit dem Speier?«
»Paul, ich weiß nicht, ob dich das nun freut oder ärgert, aber in meinen Augen hat er nicht die geringste Ähnlichkeit mit dir.«
»Schade. Oder wahrscheinlich auch nicht. Weiter.«
»Der nächste ist ebenfalls vom Magdalen College. Und da du darauf bestehst, muß ich wohl sagen, daß sich eine gewisse Ähnlichkeit nicht leugnen läßt. Wenn man ein Auge zudrückt.«
»Ja, schon gut. Worum genau handelt es sich?«
»Um ein – nein, ich lese dir wohl besser die Bildlegende vor. ›Menschenmonster und Alligator in symbiotischem Kampf, bei dem jeder die Zunge des anderen festhält.‹«
»Faszinierend. Du willst mir doch damit nicht irgend etwas sagen, John, oder?«
»Warum? Wie meinst du das?«
»Wenn du's nicht verstehst, brauche ich es dir auch nicht zu erklären. Weiter.«
»Komm schon, das ist nicht …«
»Ich habe gesagt, weiter.«
»Das ist es so ungefähr. Ach nein, hier gibt's noch etwas am

New College. Das könnte interessant sein. Eine Gruppe von sieben Speiern, stellvertretend für die Sieben Tugenden. Geduld, Großzügigkeit, Barmherzigkeit ...«

»Schon gut! Hat es am New College nicht auch Speier von den Sieben Todsünden?«

»Doch, die sind auf der folgenden Seite abgebildet.«

»Erinnert dich einer davon an ›du-weißt-schon-wen‹?«

»Äh ... allenfalls die Nummer fünf.«

»Die Nummer fünf?«

»Verzeihung, das ist die Nummer im Register. Die Nummer fünf steht für, Moment mal, ›Unzucht‹.«

»Ich bin dieses Spielchens überdrüssig. Überdrüssig, basta!«

»Oh. Also gut. Dann hast du wohl heute abend keine Lust auf einen Spaziergang?«

»Doch, doch. Ja, den wollen wir machen. Ich muß an die frische Luft. Schon den ganzen Tag fühle ich mich in meinem Kopf eingesperrt. Du kannst ja gar nicht wissen, welche Platzangst man bekommt, wenn man nie aus dem Inneren seines Kopfes fliehen kann. Ja, machen wir jetzt unseren Spaziergang. Früh. Solange es noch hell ist.«

★

Ein Mensch kann von einem unsichtbaren Aberglauben zerfressen werden. Zum Beispiel läßt sich durchaus vorstellen, daß ein solcher Mensch – welchem bewußt ist, wie töricht er anderen erscheinen muß, wenn er jeder einzelnen Leiter ausweicht, die auf der Straße steht – sich eines schönen Tages einredet, daß es nicht Pech, sondern Glück bringt, wenn man unter einer Leiter durchgeht, und daß es umgekehrt nicht Glück, sondern Pech bringt, wenn man unter einer Leiter nicht durchgeht. Und fortan wird er also durch die Straße schlendern und ganz lässig unter jeder Leiter durchgehen, auf die er trifft. Und jene Passanten, die ihn zufällig bemerken – und sich zweifellos sagen: Da geht einer, der frei von jedem Aberglauben ist –, erfassen nicht im entferntesten, daß er trotz allem immer noch in dessen Bann steht, im neurotischen Bann einer urpersönlichen Spielart des Aberglaubens, welche, mag jenen Passanten ihre Wirkung auch ganz verborgen bleiben, nicht minder irrational und störend ist als jene, deren Negation sie darstellt. Aus mir ist ein solcher Mensch geworden. Es scheint beinahe, als werde der Alltagstrott meines Zusammenlebens mit John – das nun schon fast einen Monat andauert! – durch eine unsichtbare Reihe von Geboten und Grundsätzen kontrolliert, denen ich hilflos ausgeliefert bin. Es scheint beinahe, als habe man mich dem Rand, ja der Kante eines Abgrunds entlanggeführt, ohne daß mir auch nur eine Sekunde lang bewußt gewesen wäre, daß ich auf dem ganzen Weg nichts anderes neben mir hatte als den Sprung ins Nichts.

★

»Paul, was *ist* das?«
»Was denn?«
»An deiner Stirn?«
»Ach, nichts.«
»Nichts? Du hast da aber eine hübsche Beule. Hier steht übrigens dein Toast.«
»Danke schön.«
»Butter links. Butter und Orangenmarmelade rechts.«
»Danke.«
»Und?«
»Und was?«
»Was ist passiert? Die Beule?«
»Ach, die. Das war wieder mal die Schranktür.«
»Was ist denn mit der Schranktür los?«
»Irgend etwas stimmt nicht mit dem Riegel, und deshalb bleibt die Tür nicht immer im Schloß. Hie und da, nicht häufig, aber hie und da schwingt sie ganz von alleine auf. Da ich das unmöglich wissen kann, renne ich natürlich glatt dagegen.«
»Und heute morgen bist du wieder dagegen gerannt?«

»Ja.«
»Verstehe ...«
»Das ist auch früher schon vorgekommen und wird auch in Zukunft wieder vorkommen. Ich habe mich damit abgefunden. Ein bißchen mehr Zucker, bitte. Im Moment trinke ich den Kaffee offensichtlich gern süß.«
»Hier bitte.«
»Danke.«
»Wie oft ist es schon vorgekommen?«
»Ach, wahrscheinlich fünf-, sechsmal.«
»*Fünf-, sechsmal?* Du bist verrückt.«
»Was hast du gesagt?«
»Ich habe gesagt, du bist verrückt, daß du nichts dagegen unternommen hast.«
»Blinde müssen halt manchmal eine kleine Blessur wegstecken.«
»Aber doch nicht, wenn es sich so leicht vermeiden läßt.«
»Charles hat es einmal zu reparieren versucht und nur noch schlimmer gemacht.«
»Ich habe keine Ahnung, was Charles angestellt hat, aber ich weiß, daß ich es reparieren kann.«
»Hör schon auf damit! Es ist nicht schlimm. Ich muß einfach besser aufpassen.«
»Eine Woche oder zwei. Dann hast du's wieder vergessen.«
»Und wenn schon. Es ist doch meine Stirn.«
»Hör mal, Paul. Nach dem Mittagessen fahre ich nach Chipping Campden. Du hast fürs Wochenende kaum mehr etwas im Kühlschrank. Und soviel ich weiß, befindet sich dort in der High Street ein Schlosser. Ich könnte also jetzt rasch nach oben gehen, die Schranktür ausmessen und dann eins dieser Dinger kaufen – ich glaube, man nennt sie Schließer, Türschließer. Sie sehen aus wie große Metallzirkel. Oder wie Winkelmesser. Erinnerst du dich? Von der Schule her? Jedenfalls wird es an

der Tür festgeschraubt, und diese schwingt dann immer zu. Und bleibt auch zu.«
»Ich möchte das lieber nicht.«
»Warum denn nicht? Es ist nicht teuer.«
»Du weißt genau, daß es mir nicht um die Kosten geht.«
»Um was denn sonst? In zwanzig Minuten hätte ich es montiert. Tipptopp.«
»Ich habe nein gesagt.«
»Das hat doch nicht etwa mit deiner Platzangst zu tun, oder?«
»Warum sagst du das?«
»Dein Kleiderschrank? Er ist sehr geräumig. Ich habe mir gerade überlegt, ob du dich fürchtest, darin eingesperrt zu werden.«
»John. Wie mal einer sagte: Lies es mir von den Lippen ab. Ich will das Schloß nicht ausgewechselt haben, Ende der Durchsage!«
»War bloß so ein Gedanke.«
»Machen wir uns doch an die Arbeit.«

★

»Lies es mir vor. Ich verspreche, daß ich nicht dazwischenrede.«
»Also gut. Ich fange an. ›Ich selbst erfuhr vom Tod der „Princess of Wales“ auf eine Art, die sich vermutlich landauf, landab ganz ähnlich vollzog. Am fraglichen Sonntagmorgen – früh, sehr früh, ich war gerade erst aus der Badewanne gestiegen – rief mich ein Freund an. Seine Stimme klang sonderbar kehlig.
„*Na*“, sprach er und verzichtete auf die sonst bei Telefongesprächen üblichen Einstiegsfloskeln, „und was hältst du von der Neuigkeit?“
„Neuigkeit? Von welcher Neuigkeit denn?“
„Hast du es denn noch nicht gehört?“ rief er mit gespieltem Unglauben. (Ich sage „gespielt“, denn angesichts meiner Frage

„von welcher Neuigkeit denn?“ konnte er kaum daran zweifeln, daß ich es noch nicht wußte.)
Die Neuigkeit brach sich in einem krachenden Feuerwerk aus Ausrufezeichen Bahn.
„Diana ist tot! Dodi Fayed ist tot! Sie sind in Paris von Paparazzi gejagt worden und mit ihrer Limousine in einem Tunnel verunglückt! Die Paparazzi hat man verhaftet!“
Wie das ganze Land war auch ich völlig überrumpelt. Schokkierend war gar nicht so sehr Dianas Tod als vielmehr die Tatsache, daß er wie ein Blitz aus heiterem Himmel einschlug. Doch schon zu diesem frühen Zeitpunkt wurde ich auf einen leisen Mißklang aufmerksam. Mein Bekannter war echt niedergeschmettert: Später sollte ich erfahren, daß er den Rest des Sonntags vor dem Fernseher verbrachte. Bei seinem ersten Anruf konnte ich jedoch aus seiner Stimme etwas heraushören, das ich bloß als *schreckliches Hochgefühl* bezeichnen kann, das Hochgefühl eines Menschen, der sich bewußt ist, daß er nicht einfach schlechte, sondern *umwerfend* schlechte Nachrichten überbringt. Er war wohl entgeistert, aber auch unüberhörbar erregt. Und obwohl er eine solche Unterstellung selber empört von sich weisen würde, bin ich überzeugt, daß er irgendwie frustriert, ja regelrecht enttäuscht gewesen wäre, hätte ich auf seine Eingangsfrage murmelnd geantwortet: „Ja, es ist furchtbar, nicht?“
Jeder weiß, was ich meine: die haarsträubende Erregung, die wir empfinden, wenn wir einem Menschen, der davon noch keine Kenntnis hat, verheerend schlechte Neuigkeiten über gemeinsame Freunde, Kollegen und selbstverständlich auch Personen mit Rang und Namen zutragen. Es handelt sich um einen Typus von Erregung, der nichts mit Schadenfreude zu tun hat, jener perversen Lust, die sich bei uns (einigen von uns) einstellt, wenn Freunde Rückschläge zu verkraften haben. Im Gegensatz dazu kann dieser Typus durchaus mit

authentischer Trauer einhergehen. Doch falls sich überhaupt etwas mit Gewißheit unter der Rubrik „menschliche Natur“ abbuchen läßt, dann bestimmt jener halbherzig unterdrückte Kitzel, den wir empfinden, wenn wir in die Lage versetzt werden, eine Meldung zu überbringen – eine Meldung, die wie Farbe sozusagen noch feucht ist –, welche die Entlassung oder Scheidung, den Unfall, die Verhaftung, den Selbstmord oder den unheilbaren Krebs eines Bekannten zum Inhalt hat.

Meines Wissens gibt es kein Wort für einen derartigen Kitzel, obwohl es ein solches geben müßte, gerade heute, wo dieser endgültig die Bühne der Weltpolitik erreicht hat. Nehmen wir als Beispiel gleich Diana selbst. Was sich darüber auch sonst noch sagen ließe, die weltweite Reaktion auf die Umstände ihres tödlichen Unfalls bestätigte McLuhans Theorie von der modernen Welt als globalem Dorf, in dem dank der allgegenwärtigen elektronischen Medien alles, was irgendwo geschieht, auch an sämtlichen anderen Orten und zur selben Zeit geschehen wird. Und wie sich in einem realen Dorf der jähe gewaltsame Tod seiner strahlendsten und elegantesten Bewohnerin wie ein Lauffeuer verbreiten würde, so schien auch das globale Dorf von der Raserei (ob ich sie wohl „heiter“ nennen darf?) verschlungen zu werden, die den Tod Dianas begleitete.

Nicht, daß sich irgend jemand diesen Tod herbeigewünscht hätte. Selbst ich, der ich den hirnlosen Prominentenzirkus zutiefst verabscheue, empfand Trauer darüber, daß eine so junge und schöne Person, die zudem ihr Leben ganz offensichtlich nicht vertrödeln wollte, ein solch entsetzliches Ende gefunden hatte. Doch kein Weg führt daran vorbei, daß Dianas Tod, ob man ihn nun tragisch, sinnlos, ironisch oder (schauerliches Wort) ikonisch nennen will, auch ein Phänomen war. Er war enorm *interessant.*

Doch er war keineswegs einzigartig, stand er doch in einer lan-

gen Reihe von Unglücksfällen, die in jüngster Zeit in die Schlagzeilen kamen und mithalfen, eine apathische Welt aus ihrem erstarrten ewigen Einerlei zu reißen. Für viele von uns war Pete Townshend nicht mehr als ein Name, und ein belangloser dazu, bis er in einer Straße von Soho ermordet wurde. Reverend Ian Paisley nicht mehr als ein widerwärtig lästerlicher *(sic!)* Demagoge, bis man ihn gleichfalls niederstreckte. Tony Blair nicht mehr als eine ausdruckslos grinsende Nullität, bis ihn das Giftgespenst Aids mit einem Heiligenschein umgab. Bei O.J. Simpson führte der Freispruch vor Gericht zu einem weltweiten Aufschrei der Empörung, obwohl sich in diesen Aufschrei (wer wollte es bestreiten?) auch ein herrlich elektrisierender Unterton des *Behagens* mischte, eines Behagens, das der Welt vorenthalten worden wäre, hätte man den Mann ins Gefängnis gesteckt. Daß er anschließend Selbstmord beging, war darum eine doppelte Genugtuung, tilgte es doch nicht nur das Ressentiment, das nach dem offenkundigen – ja, schreienden – Unrecht seines Prozesses noch nachwirken mochte, sondern lieferte auch eine weitere sensationelle Nachricht, in welcher das Kollektiv – wie immer begierig, aus Trott und Tristesse der eintönigen und eingleisigen eigenen Existenz auszubrechen – schwelgen konnte, ohne sich schuldig oder verantwortlich zu fühlen.
Was aber bedeutet es, wenn man, wie es mir selbst in beschränktem Ausmaß kurzfristig passierte, zum Blickfang, zum Brennpunkt solcher Aufmerksamkeit wird? Was bedeutet es, wenn man selbst zur Sensation, zum Eintagswunder wird? Ich habe des öfteren über den Abgrund an Wahrnehmung gerätselt, der zwischen dem nervösen Passagier – welcher angegurtet und in hodenstraffender Anspannung in einem Flugzeug sitzt – und einem weit unten auf der Erde dahinwandelnden Spaziergänger liegt, welcher ohne bestimmten Grund zum Himmel hochschaut und dort ein winziges,

stromlinienförmiges Objekt entdeckt, das diesen anmutig durchkreuzt. Und ich habe mich auch gefragt, ob der Tod womöglich eine gewisse Ähnlichkeit damit hat. Dem Menschen, der den Tod erlebt, dem Menschen, *dem er widerfährt,* muß es vorkommen, als befinde er sich *innerhalb* eines Flugzeugs, innerhalb eines gigantischen, ausgehöhlten Metallzylinders. Dem anwesenden Betrachter dagegen muß es vorkommen, als befinde er sich *außerhalb* eines Flugzeugs, welchem er zuschaut, wenn es über seinem Kopf vorbeizieht, so hoch, so unendlich hoch über seinem Kopf, und so winzig, so unendlich winzig, daß er sich fast unmöglich vorstellen kann, es sitze jemand darin. Dies ist vielleicht der Unterschied zwischen dem Tod, wie ihn ein Sterbender wahrnimmt, und dem Tod, wie ihn ein Mitmensch wahrnimmt, der betrachtet, wie jener stirbt. Und dies ist vielleicht auch der Unterschied zwischen demjenigen, der Inhalt einer sensationellen Meldung ist, und jenem anderen, der bloß in ihr schwelgt.‹«

»Fertig?«
»Fertig.«
»Wie viele Zeichen? Ich würde auf siebentausend tippen. Nein, siebentausenddreihundert.«
»7142.«
»Nicht schlecht, gar nicht schlecht. Für einen Vormittag ist das wirklich keine schlechte Leistung. Eine Wiederholung von ›Betrachter‹ und ›der betrachtet‹, aber das läßt sich beheben. Wie findest du es?«
»Ich finde es gut.«
»Du findest es gut?«
»Mhm.«
»Und warum glaube ich dann herauszuhören, daß sich am Ende dieses Satzes ein gespenstisches Fragezeichen in böswilliger Absicht herumtreibt, wie ein Polizist es ausdrücken würde?«

»Nein. Ich finde es wirklich gut. Sehr gut.«
»Na komm schon, John.«
»Wie bitte?«
»Was findest du wirklich?«
»Na schön, wenn's unbedingt sein muß. Ich hatte den Eindruck, es sei, äh – ich weiß nicht genau, wie ich es formulieren soll – irgendwie – irgendwie journalistischer als der Rest des Buches.«
»Worauf willst du hinaus?«
»Ich habe mich die ganze Zeit gefragt, ob …«
»Raus mit der Sprache!«
»Nun, ich habe mich die ganze Zeit gefragt – das heißt, während du diktiert hast –, ob du nun doch beschlossen hast, den Artikel zu rezyklieren, von dem wir gesprochen haben, du weißt schon? Den Artikel, den du einmal für die *Sunday Times* geschrieben hast? Den Artikel über Diana? Hier und dort natürlich dem neuen Kontext angepaßt, aber grundsätzlich derselbe. Habe ich recht?«
»Nein. Was gibt's zum Mittagessen?«

★

Warum bin ich so froh, warum bin ich erleichtert, daß John aus dem Haus ist? Woran liegt es nur, daß ich mich in seiner Gegenwart ständig so unwohl fühle? O Gott, was gäbe ich für einen alten Freund! Oh, gar nichtunbedingt für einen engen Freund, sondern für einen alten. Einen, für den ich nicht schon immer blind und entstellt gewesen bin.

★

»Mal sehen – wo – hier ist es ja. Also gut. Das dürfte doch nicht allzu kompliziert sein. Mal sehen – verdammt, aber natürlich, sie haben ja umgestellt auf diese idiotischen – wie heißen die Dinger schon wieder? – Na, na, na? Wie heißen sie? – Scheiße, sucht man nach einem Wort, das einem auf der Zunge liegt, ist das – ist das wie – ist das so, als warte man darauf, niesen zu können. Wie *heißen* die Scheißdinger nochmal? Ah, ah – Moment – tonfrequent, genau! Tonfrequente Tastentelefone … Früher war das Wählen so einfach und dem Telefonieren so – so eigentümlich. Aber nein, natürlich, natürlich können sie nichts einfach mal in Ruhe lassen, an allem müssen sie rumbasteln, selbst an den wenigen Dingen, die wie durch ein Wunder funktionieren. Also gut, fangen wir an. Andrews Nummer, Andrews Nummer, Andrews Nummer. Ach, das darf doch nicht wahr sein! Komm schon. Denk nach, denk nach! Ausgerechnet jetzt hast du's vergessen! Ohhhh, Moment, Moment, 631 irgendwas. Äh, 631 – 631 – 631 33 41! 631 33 41! Gut, und jetzt bloß nicht vergessen. 631 33 41. Mal sehen, hier ist die 1, und hier – hier ist die 3 – dann muß das da die 6 sein. Gut, damit hätte ich die 631. Und jetzt – 33 41 – also gut, also gut jetzt – die 3 ist hier – und noch einmal – und die 4 ist auf der anderen Seite – also hier – gut – gut – und dann ist die 1 direkt über der 4. Gut, schön. Spielen wir's einmal durch. 6 – 3 – 1 – ohhhhh, nein, das ist die 4 – nein, nein, es *ist* die 1, es *ist* die 1 – nochmal von vorn. 6 – 3 – 1, gut. Scheiße, was kommt nach der 1? 6 – 3 – 1 – 3 – 3 – 4 – 1. Also. 3 – 3 – 4 – 1. 3, 3, 4, 1. 3, 3, 4, 1. Gut. Also – los! 6 – 3 – 3 – verdammt, halt! Na schön, ruhig Blut, immer ruhig Blut – *und* – 6 – 3 – 1 – äh – 3 – und die zweite 3 – 4 – 1. *Et voilà.* Das läuft ja wie geschmiert.«

»Diese Rufnummer ist ungültig. Sehen Sie bitte im Telefonbuch nach.«
»Wie bitte?«
»Diese Rufnummer ist ungül…«
»Also gut, also gut. Schön, gehen wir's noch einmal durch. 6, ja – 3, ja – 1, ja – 3, ja – die zweite 3, ja – 4 – 1. Das scheint zu stimmen. Also 6 – 3 – 1 – 3 – 3 – 4 – 1.«

»Diese Rufnummer ist ungültig. Sehen …«
»Blöde Sau! *Warum* soll sie denn ungültig sein? Kennt ihr nicht mal eure eigenen Nummern? 631 33 41. Was zum Teufel soll daran nicht stimmen?«

»Ach so. London. London, aber natürlich. Das ist ja 0171! 0171 631 33 41! Also. O Gott, und wo haben wir jetzt wieder diese Scheißsieben? Moment. 1 – 2 – 3 – neue Zeile – 4 – 5 – 6 – und dann die 7. Zwei Reihen unter der 1. Gut. 0 – 1 – 7 – 1 – 6 – 3 – 1 – 3 – 3 – 4 – 1. Jetzt geht's los. 0 – 1 – 7 – 1, na, na, – 6 – 3 – 1 – 3 – 3 – 4 – 1.«

»Na endlich.«
»Bitte bleiben Sie am Apparat, wir versuchen Sie zu verbinden. Der angewählte Teilnehmer weiß, daß Sie warten.«
»Und jetzt?«
»Bitte bleiben Sie am Apparat, wir versuchen Sie zu verbinden. Der angewählte Teilnehmer weiß, daß Sie warten.«
»Ja, Schätzchen, ich hab's schon beim ersten Mal kapiert.«

»Moment mal. Ich glaube – ja, ich glaube, ich weiß, was das ist. Das ist – das ist – das ist dieses Anklopfdingsbums. Diese Anklopffunktion. Klar doch. Noch so ein nutzloser Krempel. Warum tun sie das nur? Und was würde wohl passieren, so frage ich mich, was würde passieren, wenn ich meine eigene Nummer wählte? Was? Mal überlegen. Zuerst würde ich die Mitteilung erhalten: ›Bitte bleiben Sie am Apparat, wir versuchen Sie zu verbinden. Der angewählte Teilnehmer weiß, daß Sie warten.‹ Und dann – ja, dann würde ich mich als der angewählte Teilnehmer einschalten. Und was dann? Würde ich zu mir selbst durchgestellt werden? Ha?«

»Aber Moment mal. Verdammt. Ich hätte am Apparat bleiben

sollen, dann wäre am Ende jemand rangegangen. Das soll man doch tun, oder? Am Apparat bleiben? Also, noch einmal. 6 – 3 – 1 – nein, nein, verdammt – noch einmal – 0 – 1 – 7 – 1 – 6 – 3 – 1 – 3 – 3 – 4 – 1.«

»Bitte bleiben Sie am Apparat, wir versuchen Sie zu verbinden. Der angewählte Teilnehmer weiß, daß Sie warten.«
»Mhm.«
»Bitte bleiben Sie am Apparat, wir versuchen Sie zu verbinden. Der angewählte Teilnehmer …«
»Hallo?«
»Ich möchte gern mit Andrew Boles sprechen.«
»Verzeihung, was für ein Andrew?«
»Andrew Boles.«
»Tut mir leid, hier ist niemand, der …«
»Reden Sie doch keinen Blödsinn. Er ist bei Ihnen ja auch nur der Chefagent.«
»Nein, ist er nicht.«
»Aber natürlich ist er das.«
»Ich sage doch, er ist es nicht. Und ich kann Ihnen auch sagen, wieso. Weil das hier eine Privatnummer ist. Und Sie – wer immer Sie sind – Sie sind ein Arschloch.«

»O Gott. Was habe ich denn je getan, um das zu verdienen?«

»Habe ich vielleicht die Nummer verwechselt? 631 33 41. 631 33 41.«

»Nein! 631 *4 – 3 – 3 – 1*. 631 4 – 3 – 3 – 1. Ja, jetzt hab' ich's. 631 43 31. O Gott, nach all dem, Andrew, nach all dem solltest du besser da sein, verdammt. Und los geht's. 0 – 1 – 7 – 1 – 6 – 3 – 1 – langsam, langsam – 4 – 3 – 3 – 1.«

»Boles and Whitmore, guten Tag. Was kann ich für Sie tun?«
»Ah. Ja, könnte ich bitte mit Andrew Boles sprechen.«
»Ich verbinde.«

»Sekretariat Mr. Boles, guten Tag.«
»Geben Sie mir Andrew, bitte.«
»Was ist der Grund Ihres Anrufs?«
»Etwas Privates. Verbinden Sie mich einfach.«
»Verzeihung, aber ich muß leider …«
»Wie gesagt, es ist eine private Angelegenheit. Keine Sorge, Andrew wird schon mit mir sprechen wollen.«
»Bevor ich Mr. Boles stören darf, muß ich aber …«
»Ich sag's Ihnen zum letzten Mal. Andrew wird das Gespräch entgegennehmen wollen. Tun Sie, was man Ihnen sagt, und stecken Sie Ihre Scheißnase nicht überall rein!«

»Und wen darf ich melden?«
»Achhhh. Na schön, sagen Sie ihm, es sei ein Gesicht aus seiner Vergangenheit. Nein, nein, warten Sie. Sagen sie ihm – sagen Sie ihm – es sei ein Gespenst, dem er einst zu Füßen saß.«

»Einen Moment. Ich schaue nach, ob er das Gespräch entgegennehmen kann.«

»Paul? Paul? Bist das wirklich du?«
»Hallo, Andrew.«
»Großer Gott, du bist es wirklich! Paul, wie geht's dir?«
»Ach ja, immer noch der alte, weißt du.«
»Paul, das ist ja phantastisch! Ich kann gar nicht glauben, daß du wirklich am anderen Ende bist! Mein Gott, ich meine, nach all den Jahren!«
»Vier Jahre, Andrew.«
»Vier Jahre. Hmh. Das ist doch eine lange Zeit, das ist eine

sehr lange Zeit. Und du hast dich auch nicht um ein Jota verändert, alter Teufel! Zumindest nicht in deinen Telefonmanieren. Bestimmt freut es dich, zu hören, daß ich eine sehr aufgebrachte Sekretärin bei mir habe. Ich kann mir nicht vorstellen, was du ihr gesagt hast. Das heißt, ich kann es mir nur zu gut vorstellen. Du Teufel!«

»Ich versichere dir, ich war wie immer nur lieb und besonnen.«

»Da möchte ich wetten. Aber das ist jetzt nicht wichtig. Wichtig ist nur, daß ich dich nach all den Jahren am Draht habe, als sei – ich kann es immer noch nicht fassen!«

»Es war ja auch eine lange Zeit, Andrew. Für mich wohl länger als für dich.«

«Wahrscheinlich, wahrscheinlich. Aber weißt du was, Paul, ich habe wirklich versucht, dich zu erreichen. Das weißt du doch hoffentlich. Daß ich mehrmals versucht habe, dich zu erreichen. Gleich nach …«

»Das weiß ich durchaus, Andrew, und – na ja, sagen wir einfach, daß ich zwar nicht mit dir sprechen wollte, von deinen Anrufen aber dennoch sehr gerührt war. Ich wäre in der Tat furchtbar gekränkt gewesen, hättest du nicht angerufen. Du kannst dir aber bestimmt denken, daß es mir damals …«

»Ja. Ja, das *kann* ich mir denken, alter Junge. Und ich will das jetzt auch gar nicht wieder aufwärmen, denn darüber möchtest du bestimmt zuallerletzt sprechen. Aber du sollst einfach wissen, daß ich – tja, was soll ich schon sagen? Ich habe in den vergangenen vier Jahren oft an dich gedacht. Und ich weiß, daß es Jane genau gleich gegangen ist.«

»Vielen Dank, Andrew, sehr nett von dir.«

»Entschuldige. Bleibst du schnell dran, Paul?«

»Ja, ja, ich weiß. Ach, notieren Sie doch seine Nummer und sagen Sie ihm, ich rufe zurück, sobald ich hier fertig bin. Ach, und Daria, nehmen Sie doch bitte all meine Anrufe entgegen. Entschuldige, Paul, wo waren wir?«

»Paul?«
»Ich habe gerade gesagt, wie nett es von dir ist, daß du mich nicht vergessen hast.«
»Und das ist die lautere Wahrheit. Und jetzt möchte ich dich natürlich gern sehen. Aber selbstverständlich – selbstverständlich weiß ich nicht, wie *du* darüber denkst?«
»Es wird dich überraschen, Andrew, wenn ich dir sage, daß auch ich dich gern sehen würde. Ja. Ich glaube tatsächlich, daß wir uns in Kürze treffen könnten, bloß wir beide. Versteh mich bitte nicht falsch. Ich schlage nicht vor, daß du jetzt gleich einen Termin festsetzt, blättere also gar nicht erst in deinem – in deinem ...«
»In meinem Filofax?«
»Wenn ich soweit bin, rufe ich dich an. Falls ich darf.«
»Falls du darfst? Du mußt! Du mußt! Ich bestehe geradewegs darauf, Kumpel! Jane ebenfalls. Ich weiß, daß Jane dich unbedingt wiedersehen möchte.«
»Tja, Andrew, das mag sie ja glauben. Aber weißt du, ich biete keinen besonders erfreulichen Anblick.«

»Das hast du noch nie, alter Knabe. Hör zu, Paul, ich respektiere, was du sagst. Ich kann das wirklich verstehen. Du mußt die Dinge langsam an dich herankommen lassen, und wenn du bereit bist – das heißt, wenn du dazu bereit bist, ein paar deiner alten engen Freunde wiederzusehen – du weißt schon, was ich meine – dann greif einfach zum Hörer. Übrigens ...«
»Ja?«
»Eben vorhin? Da hast du doch selbst zum Hörer gegriffen, oder? Ich meine, das warst doch du, der den Anruf gemacht hat, nicht wahr?«

»Ja. Nach diversen Fehlstarts.«
»Mensch, Paul, das ist ja toll! Das ist wirklich toll! Und es ist erst der Anfang, du wirst schon sehen! Wer weiß, was du sonst noch zustande bringst, wenn du es dir nur in den Kopf setzt!«
»Schon möglich. Du darfst aber nicht vergessen, daß die Augenlosigkeit sozusagen eine unheilbare Krankheit ist. Anders ausgedrückt, was immer ich erreiche, allem sind Grenzen gesetzt.«
»Die mögen aber in weiterer Ferne liegen, als du im Moment glaubst, alter Knabe.«
»Durchaus möglich. Jedenfalls brauchte ich jene gräßlichen Jahre der Einsamkeit wirklich, Andrew. Ich mußte sie hinter mich bringen, bevor ich auch nur im Traum daran denken konnte, mit meinem Leben etwas Neues anzufangen.«
»Ich weiß, ich weiß.«
»Es ist ein bißchen so, als würdest du im Tennis einen Satz gewinnen. Wie anstrengend das ist, diesen Satz zu gewinnen – doch dann gewinnst du ihn tatsächlich – und du machst reinen Tisch und – ich meine das nicht abwertend – aber dann kannst du wieder ganz von vorn anfangen. Verstehst du mich?«
»Aber natürlich, Paul. Und ich freue mich so, daß die – daß die Zeit der Umstellung sich offensichtlich dem Ende nähert. Ich sag's ganz offen, Paul, ich weiß ja wirklich nicht, wie du aussiehst, aber auf alle Fälle tönst du so, als seist du wieder in Hochform.«
»Danke. Und ich möchte mich bei dir auch dafür bedanken, Andrew, daß du mich nicht gönnerhaft behandelst. Obschon mir sehr wohl aufgefallen ist, daß du die Anspannung, mich *nicht* gönnerhaft zu behandeln, die Anspannung, so offen zu sein, so betont brutal, nicht ganz verbergen kannst, ein winziges bißchen Befangenheit ist schon im Spiel, stimmt's? Und trotzdem bin ich gerührt, sehr gerührt.«
»Gott, dir entgeht aber auch gar nichts. Offenbar reagierst du

auf Nuancen so hellhörig wie eh und je. Hast du den Schriftsteller nicht einmal genau so definiert? Als Entomologen der Nuancen?«

»Einmal? Etliche Male, Andrew, etliche Male.«

»Und damit wären wir zwanglos bei der Frage – ob ich sie wohl stellen darf?«

»Was für eine Frage denn?«

»Du trägst dich doch nicht etwa mit einem neuen Buch?«

»Nun, Andrew, da du die Frage schon stellst, kann ich auch gleich mit ja antworten.«

»Ja? Aber das ist ganz wunderbar, Paul! Das sind wunderbare Neuigkeiten! Ich kann dir gar nicht sagen, wie glücklich ich bin! Und wie aufgeregt! Glücklich wegen dir und aufgeregt wegen mir!«

»Es *ist* doch aufregend, nicht wahr?«

»Und wie! Aber wovon reden wir denn genau? In welcher Phase steckst du? Handelt es sich noch immer um ein reines Projekt? Noch immer um ein bloßes Funkeln in den Au… äh, in den …«

»Peinlich, nicht wahr, Andrew?«

»Wie dem auch sei, nein. Es handelt sich schon um bedeutend mehr als um ein bloßes Funkeln.«

»Gott, wie aufregend das ist! Ein Roman, nehme ich an?«

»Nein. Nein, eigentlich ist es kein Roman.«

»Nein?«

»Wir werden es wohl als eine autobiographische Erinnerung bezeichnen müssen.«

»Noch besser! Noch besser! Weißt du noch, Paul, wie ich dich schon vor Jahren zu überreden versucht habe, du sollest deine Autobiographie schreiben?«

»Ja, aber …«

»Ganz ehrlich, ich traue meinen Ohren nicht. Hat es schon einen Titel?«

»*Blindband.*«

»Sag das nochmal.«

»*Blindband.* Das Buch soll *Blindband* heißen.«

»Ach, Paul ...«

»Warum, gefällt dir der Titel nicht?«

»Und ob er mir gefällt! Ich *liebe* ihn! Ich. Liebe. Ihn. *Blindband,* das ist genial! Und ironisch dazu, denn zum ersten Mal in der Geschichte wird ein Blindband von seinem Verlag nicht bloß zu reinen Ausstellungszwecken verwendet, sondern der Leserschaft auch tatsächlich zum Kauf angeboten! Und hör zu – hör mir gut zu, Paul – weißt du was, ich sehe den Umschlag schon vor mir. Hör einfach zu. Sag mir, was du davon hältst. Auf dem Buch steht unten schwarz und fett ›Blindband‹, und darüber befindet sich als Illustration abermals ein Buch, auf dem ›Blindband‹ steht, nur diesmal etwas kleiner, und auf diesem wiederum ein Buch namens ›Blindband‹, und so weiter und so fort, so daß die immer schmaler und kleiner werdenden Titelschriften wie ein schwarzes Band ins Unendliche führen. *Ad infinitum*!«

»Aber nur theoretisch, Andrew.«

»Theoretisch?«

»Nur theoretisch *ad infinitum.*«

»Pedant! Du warst schon immer ein Pedant!«

»Und auch noch stolz darauf.«

»Aber glaubst du nicht, daß das ein wunderbarer Umschlag wäre?«

»Bleiben wir doch auf dem Teppich. Es muß noch so viel mehr geschrieben werden, als bereits geschrieben ist.«

»Bereits geschrieben?«

»Aber ja.«

»Du hast schon damit angefangen?«

»Ja, natürlich.«

»Paul, ich bin gekränkt.«

»Na komm schon.«
»Doch, Paul, ich bin wirklich gekränkt.«
»Herrgott nochmal, wovon sprichst du denn?«
»Wie kommt es, daß ich erst jetzt von diesem großartigen neuen Meisterwerk erfahre?«
»Na, na, Andrew, sei doch mal ehrlich. Du weißt sehr wohl, daß du dich erst dann für meine Bücher interessierst, wenn sie fertig sind. Wenn sich mit ihnen Geld verdienen läßt.«
»Eine Lüge, eine faustdicke Lüge. Ich interessiere mich für alles, was du tust, ob ich damit nun Geld verdienen kann oder nicht. Zufälligerweise ist es immer so.«
»Ha! Hoffentlich behauptest du jetzt nicht auch noch, du hättest je einen meiner Romane gelesen? Ich meine von Anfang bis Ende?«
»Wie bitte? Also wirklich, Paul, auf diese unverzeihliche Verleumdung werde ich gar nicht erst eingehen.«
»Ich kenne dich doch von früher. Du zwackst zehn Prozent meiner Tantiemen ab und liest zehn Prozent meiner Bücher. Wenn's hochkommt.«
»Schon wieder eine Lüge! Ha, du alter Teufel! Du hast dich auch nicht eine Spur verändert. Aber hör zu, hör zu. Selbst wenn ich deine Behauptung gelten ließe – was ich wohlgemerkt nicht tue, nicht eine Sekunde lang, aber schön, rein hypothetisch und damit unser Gespräch vom Fleck kommt – nun ja, du hättest mir trotzdem sagen können, was im Busch ist.«
»Andrew, ich habe doch vor ein paar Wochen versucht, dich zu erreichen.«
»Und warum haben wir dann nicht miteinander gesprochen?«
»Du warst fort.«
»Was heißt das? Nicht im Büro?«
»Nein, fort. Nicht im Land.«

»Nicht im Land? Wann, sagst du, hast du mich zu erreichen versucht?«
»Ach, vor zwei oder drei Wochen.«
»Paul, ich weiß nicht, mit wem du gesprochen hast oder was man dir erzählt hat. Gerade kürzlich bin ich ja noch einmal Vater geworden, und das bedeutet, daß ich nicht mehr im Ausland war seit – uff, bestimmt seit letztem Jahr in Frankfurt.«

»Und was ist mit deiner Weltreise?«
»Meiner was?«
»Deiner Weltreise?«
»Schön wär's, alter Knabe.«
»Wie bitte?«
»Paul, ich habe noch nie eine Weltreise gemacht. Kein einziges Mal.«
»Warst du nicht in Hongkong? Australien? San Francisco?«
»Ja, schon, ich *war* an all diesen Orten, aber nicht gleichzeitig und schon seit Jahren nicht mehr. In San Francisco war ich das letzte Mal mit dir, weißt du noch? Das war Neunzehn…, na, ich würde sagen Neunzehnneunzig.«

»Paul?«

»Paul? Was ist los?«

»Paul, was ist das für ein Geräusch?«
»Dieses Geräusch, Andrew, sind die Schuppen, die mir von den Augenhöhlen fallen.«
»Die dir von den …?«
»Ich lege jetzt auf, Andrew.«
»Paul? Paul, sag mir, was los ist. Du wirkst plötzlich so …«
»Entschuldige, ich muß jetzt wirklich Schluß machen. Und versuch bitte nicht, mich zu erreichen. Leb wohl, Andrew.«

»Paul?«
»Leb wohl.«

★

Wie konnte ich nur so blind sein! Ja, blind! Jetzt nämlich, und Gott sei mein Zeuge, wie ich Gottes Zeuge bin, jetzt spiele ich nicht länger mit Worten. Was für ein seichter, sentimentaler Mythos ist es doch, daß die intakten Sinne eines Blinden nach und nach den Verlust des Augenlichts wettmachen! Falls ein armes wildes Tier mit getrübtem Blick derart unachtsam auf die Zeichen reagieren sollte, mit denen man mich im letzten Monat bombardiert hat, würde es in diesem Tränental nicht lange überleben. Denn es gab so viele Zeichen, und ich war so leichtgläubig! O, John Ryder, John Ryder, JohnRyder! Ich habe dir mein Schicksal in die Hände gelegt, als wärst du mein Sohn, mein eigener verlorener Sohn. Niemand, der mit Augen gesegnet ist, hätte dir solche Befugnisse erteilt. Doch ich, ohne Augen, habe dir mein Heim geöffnet, und du hast mich mißbraucht, erniedrigt, entehrt. Einen blinden alten Mann! Warum? Um Gottes willen, warum? Wer bist du, John Ryder? Wer bist du? Was willst du denn von mir? Bist du ein Sadist ohne Motiv, dem es schon als Kind Spaß machte, den Fliegen die Flügel auszureißen, und der nun dazu übergegangen ist, Alte und Blinde und Behinderte zu quälen? Oder hast du es auf mein Geld abgesehen? Unmöglich, absurd, grotesk. Wie diese Geschichte auch enden mag, daran wirst du, wie du ganz bestimmt weißt, nie herankommen. Dann halt – auf mein Leben? Und abermals die Frage, warum? Was könntest du auch für einen Grund haben, einem einsamen, wehrlosen alten Mann den Garaus zu machen? O Gott, ich weiß es nicht! Ich weiß es nicht! Und es gibt niemanden, von dem ich eine Antwort erwarten könnte. Niemanden außer dir, niemanden außer dem Scheusal, das du bist und welchem es Freude bereitet, einem Blinden die Flügelauszureißen.
Sei's so, John Ryder. Wenn die Aufklärung einzig von dir kommt, dann sei's eben so. Man wird sehen, was man sehen wird.

★

»Ach, da bist du ja.«
»Mhm.«
»Hast du alles bekommen, was du haben wolltest?«
»Am Ende schon. Das ist eine ganz schöne Plackerei in Chipping Campden. Ich spreche vom Einkaufen.«
»Ach ja?«
»Und bei dir, alles in Butter?«
»Oh. Ganz ordentlich.«
»Warum sitzt du denn im Studierzimmer?«
»Das weiß ich eigentlich auch nicht. Wahrscheinlich warte ich auf dich.«
»Willst du, daß ich Kaffee mache?«
»Nein, es sei denn, du möchtest einen.«
»Ich habe in Chipping Campden einen getrunken.«
»Sollen wir uns also an die Arbeit machen?«

»Stimmt etwas nicht, Paul?«
»Was sollte denn nicht stimmen?«

»Gut. Ich schalte ihn an.«

»Soll ich dir sagen, wo wir aufgehört haben?«
»Bemüh dich nicht.«
»Nein?«
»Nein. Als du weg warst, kam mir nämlich eine Idee.«
»Ach.«
»Mit Verlaub, eine glänzende Idee. Ehrlich gesagt weiß ich noch nicht, an welcher Stelle im Buch sie sich einbauen läßt – was aber an sich keine Rolle spielt, so zerklüftet, wie die Struktur bisher ist. Ich bin sicher, sie wird ihren Platz im Ganzen schon noch finden. Jedenfalls bin ich der Meinung, wenn einem eine derart gute Idee zufliegt, sollte man sie möglichst schnell verwerten.«

»Klingt spannend.«
»Wir können nur hoffen.«
»Soll ich ein neues Dokument erstellen?«
»Warum nicht? Schließlich ist es ja ein Neubeginn.«
»Wie wollen wir es denn nennen?«
»Weißt du was, John, ich habe mir gedacht, ich könnte, bloß für diesen Abschnitt, den Titel neu beleben, den ich vor zwei Wochen fallenließ. Du weißt schon, den Titel, den ich ursprünglich für das ganze Buch vorsah? *Die Wahrheit und ihre Folgen*?«
»Gute Idee. Ich nenne es einfach *Folgen,* einverstanden? Es sei denn, du glaubst, daß du dem nicht gerecht werden kannst.«
»Nein. Nein, *Folgen* ist gut. Und auch recht passend, wie du feststellen wirst.«
»Schön. Ich habe es bereits hineingetippt. Von mir aus kann's losgehen.«

»Also gut. Ich beginne – *jetzt.* ›Es war Thomas Mann‹ – übrigens mit zwei n.«
»Ja, vielen Dank, Paul, ich bilde mir ein, das hätte ich auch selber noch gewußt.«
»›Es war Thomas Mann, der einst den Schriftsteller als einen Menschen definierte‹ – Zitat Anfang – ›„dem das Schreiben schwerer fällt als anderen"‹. Zitat Ende. ›Auch wer selber kein Schriftsteller ist, versteht, was er damit ausdrücken wollte. Gleichwohl bilden Definitionen, aphoristische Definitionen, gewissermaßen ein Genre, und es gehört zu den vollkommen unverrückbaren Merkmalen dieses Genres, daß jede entsprechende Definition sozusagen mit einem Lockmittel der Unwahrscheinlichkeit, ja der Paradoxie versetzt sein muß. Kurz und gut, sie muß vor den Kopf stoßen. Im Falle der Mann'schen Definition‹ – das schreibt sich ›Mann‹, Apostroph, ›schen‹.«

»Hm.«

»›Im Falle der Mann'schen Definition würde zum Beispiel, wie wir insgeheim alle wissen, eine weit vernünftigere Formulierung dahingehend lauten, daß ein Schriftsteller jemand ist, dem das Schreiben weniger schwer fällt als anderen.‹ Setz ›weniger‹ kursiv. ›Doch hätte Mann eine solche Behauptung wirklich aufgestellt, wäre es natürlich keinem Menschen je in den Sinn gekommen, sie zu zitieren.‹ Punkt. ›Und man könnte, da es von Natur aus schwieriger ist, ein passendes Paradox zutage zu fördern, als eine nahezu tautologische Platitüde nachzuplappern, wie ich es soeben getan habe, man könnte also behaupten, Manns Definition eines Schriftstellers sei selbst ein hübsches Beispiel für das, worauf sie abzielt.‹ Ach, eine Wiederholung. Ändere das frühere ›zum Beispiel‹ in ›beispielsweise‹ ab.«

»Erledigt.«

»Ich fahre fort. ›Jedenfalls kann ein Schriftsteller, wenn er einen Schriftsteller definiert, immer nur sich selbst definieren‹ – Gedankenstrich – ›und zwar nicht nur in einem allgemeinen, sondern auch in einem vollkommen subjektiven Sinn. Manns Definition läßt sich demzufolge nicht auf Henry James übertragen‹ – Strichpunkt – ›genausowenig paßt vermutlich jene von Henry James auf Ronald Firbank‹ – F-i-r-b-a-n-k – ›oder jene von Ronald Firbank auf mich.‹«

»Möchtest du einen zweiten Strichpunkt? Zwischen ›Firbank‹ und ›oder‹?«

»Ich sage schon, wenn ich einen Strichpunkt möchte.«

»Was soll ich dann für ein Satzzeichen setzen?«

»Ich habe nichts gesagt, und ich will auch nichts. Keinen Strichpunkt, keinen Doppelpunkt, kein Komma. Ist das klar?«

»Paul, habe ich …«

»Ich fahre fort. ›Nehmen wir meinen eigenen Fall. Ich bin

blind. Nicht nur blind bin ich, nein, ich habe auch keine Augen. Somit ...«

»Paul?«

»Was ist nun schon wieder?«

»Äh, es ist nur so, daß – ich dachte nur, ich sollte dich darauf hinweisen, daß der allererste Satz des Buches, den du mir diktiert hast, ›ich bin blind‹ lautete.«

»*Und? Und,* was meinst du damit?«

»Es ist bloß wegen der Wiederholung. Du bist doch bei Wiederholungen sonst so streng. Ich habe mich bloß gefragt, ob es dir aufgefallen ist? Oder vielleicht hast du es ja auch vergessen?«

»Du hast dich also gefragt, ob mir aufgefallen ist, daß ich blind bin? Ob ich vergessen habe, daß ich blind bin? Hast du dich *das* gefragt?«

»Antworte mir. Willst du *das* sagen?«

»Du weißt genau, daß ich das nicht sagen will.«

»Ich weiß nichts dergleichen.«

»Ich habe lediglich gesagt, daß du dich wiederholt hast. Ich mag ja kein großer Literaturkritiker sein, aber ich hatte einfach den Eindruck, ich müsse dich auf die Wiederholung hinweisen. Das ist alles.«

»Du hast recht.«

»Ach, vielen Dank.«

»Du bist kein großer Literaturkritiker.«

»Wie kannst du es wagen? Wie kannst du es wagen, mir Ratschläge darüber zu erteilen, auf welche Weise ich mein Buch zu schreiben oder nicht zu schreiben habe? Wie kannst du es wagen, mich – mich! – daran zu ›erinnern‹, daß ich mich wiederhole? Ich soll mich wiederholen? Als sei die Wiederholung, die vorsätzliche Wiederholung, nicht eines der ehrwürdigsten Stilmittel, auf die Schriftsteller zurückgreifen können. *My love is like a red, red rose* – streich dieses zweite *red* raus, Rabbie Burns, du blutiger Anfänger, du, du läppischer Dutzendmensch, siehst du denn nicht, daß du dich wiederholst? Du vergißt dich, Ryder. Ich weiß ehrlich gesagt nicht, in welchem Fernlerninstitut du einmal einen Schreibkurs belegt hast, aber ich lasse mich über die Nuancen und Feinheiten der Stilkunst nicht von einem Gebrauchtwagenhändler belehren.«

»Von einem *was*?«

»Oder was immer du sein magst. Kannst du dir tatsächlich vorstellen, daß ich mir irgendwas aus deinen Ansichten über meine Prosa mache? Ich schreibe den Satz ›ich bin blind‹ so oft, wie es mir geraten erscheint. Und du tippst ihn in deine Höllenmaschine und behältst deine Abendkursweisheiten für dich.«

»Also bitte. Also bitte, das werde ich tun.«

»Gut.«

»Aber vorher – vorher – gebe ich noch einen letzten Kommentar ab.«

»Wenn es sein muß.«

»Meines Erachtens machst du zuviel Aufhebens um deine Augen.«

»Wie bitte?«

»Du machst zuviel Aufhebens um deine Augen. Um deine Augenlosigkeit, wie du es nennst. Im Buch – und eigentlich auch im Leben.«

»Ich muß doch sehr …«

»Was ich jetzt sage, und mir ist bewußt, daß du damit nicht einverstanden sein wirst, und mir ist ebenfalls bewußt, daß es sich überheblich und scheinheilig anhören wird, doch was ich jetzt sage, sage ich, wie ich glaube, zu deinem eigenen Besten.

Und wenn du mich deswegen auf der Stelle entläßt, dann sei's so. Ich werde dann gesagt haben, was ich denke, und es wird mir nicht leid tun. Du machst zuviel Aufhebens um deine Augen, Paul. Du machst zu viele selbstverleugnerische Bonmots über deine Blindheit. Zu viele Wortspiele, zu viele Witze. Ja, natürlich, am Anfang ist das alles sehr beeindruckend, deine Fähigkeit, die eigene mißliche Lage mit einem Achselzucken abzutun. Da denkt man schon, mein Gott, wenn ich seine Probleme hätte, könnte ich dann auch so tapfer damit umgehen? Aber ich muß dir sagen, Paul, es nützt sich ab. Mensch, es nützt sich ja so ab! Es wird mühsam und mechanisch, und man fängt an, sich vor dem nächsten kleinen Zwinkern und dem nächsten kleinen Augenwitz zu fürchten, und allmählich denkt man, wenn er doch nur wirklich winseln würde. Das wäre wenigstens, ich weiß nicht, das wäre wenigstens normal. Gesund. Menschlich.«

»Gut. Das ist alles, was ich sagen wollte. Der Ball liegt wieder bei dir.«

»Ich fahre fort. Bereit?«

»Ja.«

»›Nehmen wir meinen eigenen Fall. Ich bin blind. Nicht nur blind bin ich, nein, ich habe auch keine Augen. Somit aber wird jede Einsicht‹ – Gedankenstrich – ›ein seltsames Wort angesichts der Umstände‹ – Gedankenstrich – ›die ich meinen Lesern bezüglich der Konstitution und Berufung des Schriftstellers anbieten könnte, notwendigerweise von diesem rundweg entsetzlichen Sachverhalt beeinflußt. Und da ich nun einmal in der stygischen Finsternis stecke‹ – s-t-y-g-i-s-c-h-e-n – ›in die mein Leben getaucht worden ist, konnte ich in aller Ruhe über die seltsam innige Beziehung nachdenken, die zwischen Blindheit und Belletristik besteht.‹ Punkt.«

»Mmh.«

»›Denn eines Tages‹ – Gedankenstrich – ›ja, genau an dem Tag, als ich die Passage schreibe oder vielmehr diktiere, die der geneigte Leser nun vor sich hat‹ – Gedankenstrich – ›eines Tages …‹«

»Die Wiederholung von ›eines Tages‹ ist gewiß Absicht?«

»›Eines Tages fiel mir ein, daß der Blinde zur Welt, die ihn umgibt, genau so Zugang hat, wie der Romanleser Zugang zur imaginären Welt hat, die vom Schriftsteller heraufbeschworen wird.‹ Punkt. ›Und das heißt im wesentlichen durch Dialog und Beschreibung.‹ Setz ›im wesentlichen durch Dialog und Beschreibung‹ kursiv.«

»Erledigt.«

»›Man bedenke.‹ Punkt. ›Der Leser kann das Milieu nicht kennen, in dem ein Roman spielt, abgesehen von jener klar umrissenen Zone, jener streng abgesteckten Bannmeile, jener kodifizierten Parzelle eines fiktiven Terrains, über welches ihn der Schriftsteller hochherzig unterrichtet. Falls der Schriftsteller, der vielleicht gute Gründe dafür hat, das Äußere von Schauplatz oder Figuren nur flüchtig andeuten will, bleibt der Leser auf ewig dazu verdammt, dies und allein dies darüber zu erfahren. Er kann nicht so über die Wörter auf der Seite hinwegspähen, wie er sich sonst vielleicht bemühen würde, über die wogenden Köpfe der Schaulustigen zu spähen, die eine vorbeiziehende Parade begaffen, um einen besseren Blick auf die Welt dahinter zu erhaschen, denn selbstverständlich gibt es eine solche Welt nicht.‹ Absatz. ›Ganz ähnlich steht es auch mit dem Dialog. Vielleicht ist es primär der Dialog, der dem Leser die Figuren in einem Prosastück nahebringt. Einzig dann, wenn der Autor seine Geschichte in der ersten Person und mit den Mitteln des inneren Monologs erzählt, erhält jener Leser privilegierten Zugang zum intimen Gemütszustand, zu den Launen und Motiven einer beliebigen Figur.‹ Lies mir bitte die letzten beiden Sätze noch einmal vor.«

»›Vielleicht ist es primär der Dialog, der dem Leser die Figuren in einem Prosastück nahebringt. Einzig dann, wenn der Autor seine Geschichte in der ersten Person und mit den Mitteln des inneren Monologs erzählt, erhält jener Leser privilegierten Zugang zum intimen Gemütszustand, zu den Launen und Motiven einer beliebigen Figur.‹«
»Absatz. ›Man bedenke nun den Blinden. Wie der Leser eines Romans ist auch er, soll er die sonst unzugängliche Welt, die ihn umgibt, überhaupt je richtig begreifen, vollkommen abhängig von den zwei wichtigsten stilistischen Parametern des traditionellen Romandiskurses‹ – Gedankenstrich – ›Beschreibung und Dialog. Unter Beschreibung verstehe ich den Kommentar, den der Blinde von einem leibhaftigen Erzähler erhält, zum Beispiel einem bezahlten oder auch unbezahlten Begleiter, der ihn am Arm nimmt, im übertragenen wie im wörtlichen Sinn, und dessen Aufgabe darin besteht, jenem das veränderliche Spektakel der Außenwelt genau so zu beschreiben, wie ein Reporter am Radio den Verlauf eines Cricketmatches beschreibt. Und beim Dialog beziehe ich mich auf folgende Tatsache: Der Blinde, genau wie der Leser konventioneller Prosa, begreift die Psychologie jener, mit denen er sich sozial und emotional verbündet hat, in erster Linie aufgrund dessen, was‹ – jawohl, ›aufgrund dessen, was‹ – ›sie ihm oder auch einander mitzuteilen haben.‹ Ende des Absatzes.«

»Hast du mir bis dahin folgen können, John?«
»Natürlich.«
»Eine Zeitlang hatte ich den Eindruck, du seist nicht mehr am Tippen.«
»Ich habe ständig vor mich hin getippt.«
»Schön. Dann fahre ich also fort. Habe ich schon gesagt, daß ein neuer Absatz kommt?«

»Ja.«

»›So verlassen sich also sowohl Leser wie Blinder vollkommen auf die Exaktheit und Aufrichtigkeit‹ – ›Aufrichtigkeit‹ hervorheben.«

»Du meinst in Kursivschrift?«

»Ja. Ich fahre fort. ›Die Exaktheit und *Aufrichtigkeit* der Informationen, die sie vom Schriftsteller oder vom bezahlten Begleiter erhalten. Sollte sich jedoch besagter Schriftsteller oder besagter bezahlter Begleiter als nicht hundertprozentig zuverlässig erweisen, tappen plötzlich beide, Leser und Blinder, im dunkeln.‹«

»John?«

»Ja?«

»Du *schreibst* doch mit, oder?«

»Ja doch. Mach weiter.«

»Ich muß wohl taub geworden sein. Oder sonst hast du dich zu einer unglaublich diskreten Schreibkraft gemausert.«

»Also schön, ich mache weiter. ›Die Frage ist keineswegs eine rein theoretische und dürfte deshalb nicht nur für Kritiker und Akademiker von Interesse sein. Es mag wie ein bizarres Paradox wirken, doch ein Schriftsteller kann in einem erzählenden Werk durchaus lügen‹ – ›lügen‹ hervorheben – ›kann in einem erzählenden Werk durchaus *lügen*‹ – Doppelpunkt – ›Die Beispiele sind Legion, gerade in der kurrenten‹ – k-u-r-r-e-n-t-e-n – ›Postmoderne. An diesem Punkt jedoch kommt meine Analogie mit dem Los des Blinden zum Erliegen, so könnte man wenigstens glauben. Gewiß läßt sich nur schwer – läßt sich nur schwer – läßt sich nur *sehr* schwer – denken, daß der von mir beschriebene imaginäre Begleiter den Entschluß fassen könnte, einen Blinden hinsichtlich der Realität jener Welt bewußt anzulügen‹ – ›anzulügen‹ hervorheben – ›*anzulügen,* die zu beschreiben von ihm erwartet wird und wofür er zweifelsohne großzügig honoriert worden ist. Was hielte man von einem …‹«

»Also John, du schreibst *wirklich* nicht mehr mit. Ich kann es hören. Das heißt, ich kann es nicht hören. Ich höre überhaupt kein Tippen mehr.«

»Was ist los? Hast du die Fingersperre?«

»Weißt du was, Paul, du kannst verblüffend plump sein.«
»Tatsächlich?«
»Ich meine ja nur, für einen bedeutenden Schriftsteller, Gewinner des Booker Prize, Großen Alten Mann der englischen Literatur, für all den Scheiß sind deine Methoden manchmal erstaunlich grobschlächtig.«
»Du, John Ryder, bist ein grobschlächtiger Kontrahent.«

»Darf ich fragen, wieso du lachst?«
»Ich lache, weil mir endlich der perfekte Titel für dein Buch eingefallen ist. *Der Bluff des Blinden.* Aber dafür könntest du dich wohl nicht erwärmen. Tönt allzusehr nach Jeffrey Archer.«
»Ich muß schon sagen, du bist eiskalt.«
»Tatsächlich?«
»Ja, du bist ein eiskaltes Schwein.«
»Und warum?«
»Was ich dir gerade diktiert habe. Hast du nie daran gedacht, daß dies meine echten Überlegungen zu gewissen Grundprinzipien literarischer Theorie und Praxis sein könnten?«
»Nein.«

»Nein. Du hast augenblicklich, *augenblicklich* angenommen, daß ein Zusammenhang mit den – mit den – offensichtlichen Spannungen zwischen uns besteht. Und damit nicht genug. Ohne weitere Bestätigung, ohne den Hauch eines erhärtenden Beweises hast du deinen Schleier gelüftet. Ja, das nenne ich eiskalt.«
»Warum Zeit vergeuden?«
»Du hättest dich vorschnell verraten können.«
»Ich habe gewußt, daß ich nichts verrate. Ich kenne dich zu gut. Aber aus reiner Neugier, Paul, wer oder was hat dich auf die Spur gebracht?«
»Ich habe mit Andrew gesprochen.«
»Mit wem?«
»Mit Andrew Boles. Meinem Agenten. Ich habe ihn angerufen, als du in Chipping Campden warst.«
»Ach, verstehe. Und er ...«
»Ich erkundigte mich natürlich nach seiner Weltreise.«
»Ach so. Ach so. Das war aber auch dumm von mir. Ich dachte einfach nicht daran, daß du imstande sein könntest, das Telefon zu benützen. Dann hast du ihm also von mir erzählt, nicht wahr?«
»Nein, hab' ich nicht. Ich hätte es tun können, aber aus irgendeinem Grund habe ich es bleiben lassen. Vermutlich, weil ich nicht wußte – und bis jetzt nicht weiß –, worum es hier eigentlich geht.«
»Das richtige Wort ist ›sollen‹, Paul, nicht ›können‹.«
»Wie bitte?«
»Du hättest ihm von mir erzählen *sollen,* du hättest ihm wirklich von mir erzählen sollen. Komisch. Ich habe schon fast Mitleid mit dir.«
»Ach, und wieso?«
»Weil es jetzt zu spät ist für dich, um noch irgend etwas zu unternehmen.«

»Wer bist du, John Ryder?«
»Wer ich bin? Aha. Seit einem Monat warte ich darauf, von dir diese Frage zu hören.«
»Das verstehe ich nicht.«
»Nein?«

»Oder vielleicht doch. Vielleicht beginne ich tatsächlich langsam zu verstehen.«

»Du *bist* doch jemand, oder?«

»Ich meine, du bist jemand, den ich kenne?«

»Jemand, den ich schon viel länger kenne als nur einen Monat?«

»Na? Ist es nicht so?«

»Antworte mir, Herrgott nochmal!«
»Ja, Paul, ich bin jemand, den du kennst.«
»Jemand, den ich kenne. Oder jemand, den ich früher gekannt habe?«
»Die Welt ist klein, Paul. Besonders dann, wenn man blind ist.«

»Also gut. Also schön. Ich will jetzt ganz ruhig bleiben. Ich mag zwar blind sein, aber ich kann immer noch denken und kann immer noch reden. *Wir* können reden, nicht wahr?«

»Ja. Ja, also schön, John. Hier geht etwas vor sich, das ich nicht ganz verstehe. Doch mein Verdacht – nun ja, mein Verdacht geht dahin, daß du jemand bist, der mir etwas nachträgt? Habe ich recht?«

»Falls dem so ist, falls dem *so* ist, John, können wir darüber reden. Wir können immer darüber reden. Du kannst mir sagen, was – was ich getan habe, falls ich tatsächlich etwas getan habe, und wir können darüber reden, nicht wahr? John?«

»Sag etwas! Irgendwas!«

»Ja, Paul. Wir werden darüber reden. Das heißt, ich werde darüber reden, während du dasitzt und zuhörst.«
»Ich bleibe lieber stehen, wenn es dir nichts ausmacht.«
»Du setzt dich hin, verdammte Scheiße! Setz dich, sonst werfe ich dich nieder!«
»Was?«
»Glaub bloß nicht, daß ich das nicht tun würde! Und sei es auch nur, um dir das Maul zu stopfen!«

»Na also. Gut. Gut. Gut, Paul, jetzt hörst du einmal mir zu.«

»Weißt du, Paul, du bist unglaublich. Ich kann immer noch nicht glauben, was ich von dir in diesem letzten Monat alles habe schlucken müssen. ›Fühl dich wie zu Hause, John.‹ ›Vergiß den Strichpunkt nicht, John.‹ ›Warum hast du über meinen kleinen Scherz nicht gelacht, John?‹ ›Um sieben wollen wir uns einen Cocktail genehmigen, John.‹ Verdammte Scheiße, für wen hältst du dich eigentlich?«
»Mußt du unbedingt so reden?«
»Schnauze! Ich kann deine Scheißstimme nicht mehr hören! Noch *ein* Scheißwort von deiner Seite und ich steck' dir, so wahr mir Gott helfe, die Faust in deinen Scheißrachen!«

»Gut. Ich erzähle dir jetzt eine Geschichte – zur Abwechslung *meine* Geschichte – und wenn du brav sitzen bleibst und zuhörst, ohne mich zu unterbrechen, werde ich versuchen, nicht allzu viele dieser scheußlichen Vulgärausdrücke zu gebrauchen, auf die du plötzlich so zartbesaitet reagierst. Abgemacht?«

»Eben vorhin, Paul, als dir der Geduldsfaden mit mir gerissen ist, hast du gesagt, ich zitiere: ›Du vergißt dich.‹ Aber jetzt erlaube *ich* mir mal einen kleinen Scherz, denn gewaltiger hättest du dich gar nicht täuschen können. Nein, Paul. Ich habe mich nicht vergessen. *Ich habe mich an mich erinnert.* Ich habe mich daran erinnert, wie ich als Elfjähriger war. Kannst du dich zufällig noch daran erinnern, wie ich als Elfjähriger war?«

»Du mußt dir dein brillantes, großes, aufgeblähtes Hirn nicht zermartern. Ich helfe dir gern auf die Sprünge.«

»Also. Ich war elf. Elf Jahre alt. Ein normales Schulkind. Aber nein, eigentlich war ich kein normales Schulkind. Ich ging in eine Sonderschule, eine Schule für schwierige Kinder, gewalttätige Kinder, Kinder, von denen keine andere Schule, keine ›anständige‹ Schule, etwas wissen wollte. Eine Schule für Jungs, die man sonst überall hinausgeworfen hatte.«

»Der Gerechtigkeit halber muß ich aber auch sagen, daß es auf ihre Art keine schlechte Schule war. Es gab einen Fußballplatz, einen Rugbyplatz, ein Hallenschwimmbad, viele hübsche große Schlafsäle. Direkt außerhalb von Chichester. Aha! Dämmert es langsam?«
»O Gott!«
»Mensch, Paul, du *erinnerst* dich ja an mich. Oder nicht? Waren wir etwa so viele, daß du dich nicht mehr an einen bestimmten Knaben erinnern kannst? Zumal das Ganze ja so lange her ist, zweiundzwanzig Jahre. Stell dir nur vor, Paul, zweiundzwanzig Jahre. Das gibt einem schon zu denken, nicht wahr? Du warst damals noch kein weltberühmter Autor, oder? Erst

zwei Romane, denen kein Mensch Beachtung geschenkt hatte. Stimmt's?«

»Ja, bloß einer unter zahllosen armen und schlecht bezahlten Lehrern. Englisch und Turnen. Wie viele Knaben befanden sich in deiner Obhut? Dreißig? Vierzig? Wir sollten einmal ein Klassentreffen abhalten, ich und die Jungs. Ein bißchen von alten Zeiten plaudern.«

»Aber weißt du was, Paul, noch heute schmeichelt es mir einfach, daß ich dein besonderer Liebling war. ›Mein kleiner Cherub‹, so nanntest du mich, ›mein süßer kleiner Engel‹. Lehrers Schätzchen, das war ich. Des Lehrers kleines Schätzchen, das jener Lehrer so gern streichelte und herzte und hätschelte und küßte, weißt du noch? *Weißt* du das noch, Paul?«

»O Gott, aufhören, bitte! Aufhören!«

»Ha! Die Welt ist wirklich klein. Weißt du, warum ich das sage, Paul? Weißt du, warum? Weil das haargenau die Worte waren, die ich vor so vielen Jahren schrie. ›Aufhören, bitte! Aufhören!‹ Ich kann mich noch heute hören, ich kann noch heute hören, wie diese Schreie an den Wänden der Turnhalle abprallten. Doch ansonsten konnte mich niemand hören, nicht wahr? Wie ja auch dich jetzt niemand hören kann.«

»Weißt du noch, Paul? Weißt du noch, was du am liebsten machtest?«

»Du zogst gern deinen Schwanz heraus, weißt du noch? Na? Und dann nahmst du meine beiden Hände, meine beiden kleinen Hände …«

»Aufhören! Um Gottes willen, aufhören!«

»Schnauze!«

»Du nahmst meine Hände und zwangst mich, ihn, deinen großen, fleischigen, roten Schwanz, er war damals ja noch ein richtiges Ungeheuer und nicht das jämmerliche tropfende Ding, das dir jetzt zwischen den Beinen baumelt, du zwangst mich, ihn mir in den Mund zu führen, und ich konnte diesen kaum weit genug aufsperren. War das nicht niedlich? Dir kam das damals so verdammt niedlich vor. Du mochtest das Wort ›niedlich‹, das weiß ich noch, dieses Wort brauchtest du oft. Und dann, und dann, wenn dein Schwanz erst mal in meinem Mund war und ich fast aufgehört hatte zu atmen – ich wollte mich nämlich übergeben –, zogst du mir die Unterhose runter, meinen feuchten, grauen kleinen Slip. Oh, auch der war niedlich, war er nicht verdammt niedlich, mein kleiner grauer Slip? So niedlich, daß du deine Nase darin vergrubst, weißt du noch? Und dann packtest du mit beiden Händen meine Eier, meine niedlichen kleinen Eier, und quetschtest sie so fest zusammen, daß ich mir die Lunge aus dem Leib schreien wollte, aber das konnte ich ja nicht, denn dein Schwanz steckte mir bis hinten im Hals, dein großer, sabbernder, roter, roher Schwanz, und du quetschtest meine Eier immer fester zusammen, bis du in meinem Mund kamst.«

»Und weißt du noch, was du dann machtest? Na? Oh, das war großartig, das war das Allerbeste. Du zogst deinen Schwanz blitzschnell aus meinem Mund, und nun übergab ich mich tatsächlich, ich konnte nicht anders, niemals, und ich sah dein Gesicht, wenn du mich dazu gebracht hattest, deinen Schwanz vollzukotzen, da sah ich es, Paul, und ich kann dir versichern, in jenem Moment war dein Gesicht noch abscheulicher als heute.«

»O Gott, o Gott, o Gott.«
»Es ist deplaziert, ich weiß. Für einen verschwiegenen, ver-

schlossenen *Blindband* meine ich. Das Thema ist vollkommen deplaziert. Nach deinem ganzen hochtrabenden Gedröhne über Augen und Blindheit und Augenlosigkeit würde es dem Leser zu sehr an die Nieren gehen. Jawohl, Paul, aber so ist das Leben nun mal. Du hast es selbst gesagt, weißt du noch? Das Leben hält sich nicht an Gesetze. Es überrumpelt dich mit einer Wende, auf die du nicht gefaßt bist.«

»Großer Gott, was wirst du bloß tun?«

»Zuerst einmal, Paul, erzähle ich meine Geschichte weiter. Bestimmt hast du nicht gewußt, daß ich mich umbringen wollte, oder? Mit einer Rasierklinge. Nein, natürlich nicht. Damals hattest du die Schule bereits verlassen. Hattest deine Stellung aufgegeben. *Zu Füßen von Gespenstern*, nicht wahr? Ein überwältigender Erfolg. Der Booker Prize. Gott weiß wie viele Auflagen. Eine kostspielige Hollywoodproduktion. Du brauchtest mich nicht mehr. Du brauchtest uns alle nicht mehr. Außerdem ... außerdem warst du inzwischen zu bekannt, nicht wahr? Du standest zu sehr im Rampenlicht. Wenn du wolltest, daß dir irgendein Lausebengel über den Schwanz reiherte, mußtest du schon auf Reisen gehen und in der Gegend herumkommen. Zum Beispiel – zum Beispiel in Sri Lanka, oder?«

»Auch ich kam in der Gegend herum. Auf meine Art. Wurde in so manches Erziehungsheim gesteckt und schlief auf der Straße, auf diese Art eben kam ich in der Gegend herum. Ständig allein, ständig. Denn ich konnte nie jemandem trauen. Nie.«

»Wie? Kein Kommentar, Paul? Hat es dir plötzlich die Sprache verschlagen? Laß nur, ich erzähle sowieso weiter. Und bestimmt überrascht es dich, wenn du hörst, daß sich die

Geschichte jetzt ein bißchen aufheitert. Du würdest das wohl nicht für möglich halten, aber es ist so. Ich lernte nämlich diesen Burschen kennen. Überhaupt nichts Besonderes, bloß ein ganz netter Bursche namens Chris, der wie ich auf der Straße lebte. Wir nächtigten nun oft zusammen. Und dann, eines Tages, riß sich Chris einen Job unter den Nagel, halleluja! Als Englischlehrer. Genau wie du. Wenn das nicht eigenartig ist! Als Englischlehrer in einer miesen Sprachschule unweit der Regent Street, seinen Schilderungen zufolge eine Art drittklassige Berlitz School, der totale Nepp. Es stellte sich heraus, daß Chris eine wirklich gute Schulbildung genossen hatte, ich weiß auch nicht, wieso er auf der Straße gelandet war, ich fragte ihn nie danach, und er erzählte es mir auch nie, jedenfalls bekam er diesen Job und mietete eine Wohnung, in die dann auch ich einzog. Eine Sozialwohnung im East End.«

»Vorübergehend lebten wir zusammen dort. Und eines Tages, als ich allein in Chris' Wohnung war, sagte ich mir – sagte ich mir – wenn er es schafft, schaff' ich es auch. Verstehst du? Auch ich kann mein Leben in den Griff kriegen. Und das war genau die Zeit, als ich einen neuen Namen annahm – nämlich John Ryder. Aber weißt du was, das war keine Vorsichtsmaßnahme, denn ich wußte damals noch nicht, daß ich heute so vor dir stehen würde. Ich war einfach im Begriff, mich neu zu positionieren, mich neu zu definieren, und da tat es eben gut, für mein neues Ich auch einen neuen Namen zu haben.«

»Wie gesagt, ich suchte einen Job, alle erdenklichen Jobs, was ich gerade kriegen konnte, in einer Videothek oder auf einem Wettbüro, als Gemüseverkäufer auf einem Straßenmarkt in Bermondsey, was es auch war, ich machte es, das kannst du mir glauben. Kurz und gut, schließlich heuerte mich eine

Maklerfirma in der Londoner City als Bote an. Eigentlich bloß ein Laufbursche, aber ich war schlauer als die meisten anderen und trieb sogar selbst ein bißchen Handel, bloß mit winzigen Aktienpaketen, aber ich war wirklich sehr gut, so gut, daß mir klar wurde, wieviel höher meine Einkünfte wären, wenn ich auf eigene Faust zu Hause arbeitete. Und genau das habe ich in den letzten acht Jahren getan. Bis ich vor deiner Tür stand.«

»Noch immer nichts zu sagen? Nee, wohl keine der Geschichten, die dich ansprechen. Nicht das, was du als ›postmodern‹ bezeichnen würdest, oder? Zu viel rauher Realismus. Ein Touch von Irving Welsh. Überhaupt nicht deine Kragenweite.«

»Du hättest wohl nicht gedacht, daß ich ein schickes Wort wie ›postmodern‹ kenne, wie? Aber weißt du, Paul, das verdanke ich allein dir. Du hast zwar mich vergessen, ich aber nicht dich. Ich habe dich *nie* vergessen. Ich las deine Romane. Ich las deine Interviews. Ich sah den Film. Ich schaute mir am Fernsehen sogar die Verleihung der Oscars an. So ein Pech, Paul. Beste Kostüme. Wohl immer noch besser als ein Tritt in den Hintern.«

»Ich war eine Art Prominentenjäger – ein unsichtbarer Prominentenjäger. Denn heutzutage kann man das sein, wie ich herausgefunden habe, ohne die eigenen vier Wände verlassen zu müssen. So jagte ich dir hinterher – am Fernsehbildschirm und durch die Zeitungen und Zeitschriften. Es war leicht. Es war ein Kinderspiel. Du warst so berühmt, Paul, du warst ja so omnipräsent, verdammt nochmal. Sagt man dem nicht so? Omnipräsent?«

»Booker Prize. Whitbread Book of the Year. Zum Ritter

geschlagen. Was du auch anstelltest, ich schaute dir zu. Wo du auch hingingst, ich ging mit. Selbst unsichtbar war ich stets an deiner Seite. Und dann, eines Tages, eines Tages – wumm! – Bookerpreisträger bei Autounfall in Sri Lanka knapp am Tod vorbei.«

»Und nun, Paul, kommt das Komische. Denn man hätte annehmen können, ich sei hocherfreut über deinen Unfall. Doch dem war nicht so. Nein, nein, nein, nein, nein! *So* hatte ich mir die Rache nicht vorgestellt. Vielleicht war das ja Gottes Rache. Vielleicht reichte das Gott. Mir aber reichte es nicht.«

»Nein, nein, dein Unfall war für mich eine schlechte Nachricht. Denn plötzlich war da nichts mehr. Nichts mehr über dich, nirgends. Nichts, wodurch ich erfahren hätte, ob du immer noch in Sri Lanka warst oder wieder hier oder irgendwo sonst. Es gab eine Zeit, Paul, da glaubte ich, ich hätte deine Spur endgültig verloren. Ich dachte tatsächlich, für mich sei alles vorbei. Bis zu jenem Tag, ah, und es war der prächtigste, der köstlichste Tag in meinem ganzen Leben, bis zu jenem Tag, als ich die *Times* aufschlug und sie sah – ich sah sie ganz zufällig, Paul, es fehlte *ganz* wenig, und ich hätte sie nicht gesehen – bis zu jenem Tag, als ich deine Annonce erblickte.«

»Ach, sie war ja so zurückhaltend. Kein Name. Keine Identifikation. Nichts als die beiden Wörter ›blinder Autor‹. Nein, nein, nein, das stimmt ja gar nicht. Du schriebst ›erblindeter Autor‹, nicht wahr? ›Erblindeter Autor sucht Amanuensis.‹ Und ich wußte, ich *wußte* einfach, daß das du sein mußtest. Und ich dachte, jetzt hab' ich ihn! Jetzt hab' ich ihn! Jetzt werde ich sein Amanuscheißensis!«

»Was wirst du mit mir anstellen?«

»Warte, warte, warte. Es ist noch nicht fertig. Das Beste habe ich mir bis zuletzt aufgespart.«

»Wir haben hart an deinem Buch gearbeitet, nicht wahr? Wie nennst du es gerne? Dein Testament? Tja, Paul, ich will dir etwas verraten, du weißt ja gar nicht, wie recht du damit hast. Es wird tatsächlich dein Testament sein. Aber kennst du auch schon den Allerbesten, Paul? Ja, nicht wahr? Todsicher bist du inzwischen selbst drauf gekommen, oder?«

»Die Idee habe ich von Chris. Erinnerst du dich an Chris? Unterrichtete an einer Sprachschule Englisch für Fremdsprachige.«

»Er erzählte mir oft davon. Daß er eine Klasse von Schülern aus aller Herren Länder unterrichte, deutsche Geschäftsleute, japanische Studenten, was weiß ich, brasilianische Dolmetscherinnen, den ganzen multinationalen Mischmasch, und die einzige Sprache, die sie sprechen durften, war Englisch. Von Anfang an, von der ersten Lektion an. Superintensivkurs, so nannte sich das. Und dies sogar schon in der Anfängerklasse, einer Schar von vierzig Schülerinnen und Schülern, die allesamt nicht ein einziges englisches Wort beherrschten, abgesehen vielleicht von *yes, no, okay* oder *Coca-Cola,* und er mußte ihnen die Sprache von Grund auf beibringen. Und weißt du, was er mir erzählte? Er erzählte mir, manchmal, wenn er diese Anfängergruppe unterrichte, hänge er der Phantasie nach, diesen Leuten keineswegs Englisch, sondern eine *frei erfundene Sprache* beizubringen! Verstehst du? Er phantasierte darüber, sich am Vorabend Vokabeln auszudenken, Vokabeln für ›ich‹ und ›du‹ und ›kommen‹ und ›gehen‹ und ›Tisch‹ und ›Stuhl‹, und ihnen dann genau diese Wörter beizubringen, und keiner würde es durchschauen, und am Ende des Kurses würden sie untereinander frischfröhlich drauflosplappern, so richtig fließend, wenn auch in einer nicht existierenden Sprache! Wäre das nicht ein starkes Stück gewesen? Er stellte sich vor, wie sie alle in ihre Heimat zurückkehrten, nach Deutschland oder Japan, vollkommen zufrieden mit dem Kurs, und schon am nächsten Tag würden sie in einer Besprechung mit äußerst wichtigen Geschäftspartnern ihr großes Maul aufreißen und diese frei erfundene Sprache ausspucken! Gott, haben wir gelacht!«

»Ich lächle auch jetzt darüber. Kannst du mich hören, Paul? Kannst du mich lächeln hören?«

»Für Chris allerdings war es nichts als eine Phantasie. Aber mir ging sie nie mehr aus dem Kopf. Und als ich hierherkam, dachte ich, ich könnte die Probe aufs Exempel machen. Und deshalb ist dein Buch auch ein Witz, Paul. Denn alles darin, und ich meine wirklich alles, ist dummes Geschwätz.«

»Ich kann die Kritiker schon hören. Ein tragischer Fall – frühzeitige Senilität – Alzheimer – dieser schreckliche Unfall hat sein Hirn zerstört. Der Rembrandt – die Diana-Statue – Hertford College – St. Paul's Cathedral – der Millennium Dome – der Burger King mitten in Hampstead Heath. Ach, ich könnte unendlich fortfahren. Isaiah Berlin ist tot und nicht am Leben, Pete Townshend ist am Leben und nicht tot, Tony Blair, Saddam Hussein, O. J. Simpson, Salman Rushdie, Martin Amis – dein Buch, Paul, dein Buch ist eine Ungeheuerlichkeit, eine Narretei, ein Witz, es ist eine ebenso große Spottgeburt wie du selbst, nichts als die inkontinenten Phantastereien eines vertrottelten, brabbelnden alten Sacks!«
»O Gott, bitte!«

»Warum tust du nicht so, als hättest du einen Albtraum, Paul? Hast du mir früher nicht genau das gesagt? Weißt du noch? ›Tu einfach so, als hättest du einen Albtraum, mein Engel.‹«

»Hör zu, John, hör mir zu. O Gott, hör mir jetzt bitte zu. Ich weiß, ich habe dir unrecht getan. Was ich mit dir angestellt habe, war ganz, ganz schrecklich, ich kann es nicht ungeschehen machen, niemals, aber – aber hör mal, du bist – ich meine, ich bin reich, John, ich bin ein wohlhabender, ein sehr wohlhabender Mann, ich kann es wiedergutmachen, nein, nein, nein, natürlich kann ich das nicht, das wird mir nie möglich sein, aber – aber du bist jung, du hast das Leben noch vor dir, und ich kann dafür sorgen, daß sich dieses Leben wirklich lohnt, im Ernst, John, ich gebe dir – ich überschreibe dir mein ganzes Vermögen, alles, alles wird dir gehören, nur – John, hörst du zu? John, hörst du mir zu?«

»John?«

»John? Wo bist du?«

»Bitte, John, tu mir das nicht an, bitte. Nicht einem armen alten Blinden.«

»Was machst du da, John? O Gott, bitte nichpffffhm …«

»Na, na, Paul! Hoffentlich ist es auch nicht zu straff. Aber nein, so scheint es zu gehen.«

»Keine Sorge. Du hast es nicht lange an.«

»Hoppla. Ach, das tut mir aber leid. Jetzt habe ich dir doch tatsächlich die Brille runtergeschlagen und – herrje, jetzt bin ich auch noch draufgestanden. Ts ts. Zwei linke Hände. Aber nein, eher schon zwei linke Füße.«

»Ist ja auch egal. In der Hölle brauchst du die dunkle Brille sowieso nicht mehr.«

»Also, Paul, ich will dir jetzt erklären, warum du dieses Klebeband auf dem Mund hast. Es handelt sich bloß um eine kurzfristige Maßnahme, verstehst du, du bist es wieder los, bevor du auf drei zählen kannst. Ich habe nicht das Bedürfnis, irgendeinen verräterischen Hinweis auf unseren, wie soll ich sagen, kleinen Zwist zu hinterlassen. Und glaub jetzt bloß nicht, ich hätte Angst, jemand könnte dich hören. In deinem einsamen alten Haus gibt es, wie dir klar ist, Paul, keine Menschenseele, die dich hören kann.«

»Ich möchte einfach, daß du genau weißt, was auf dich zukommt, und wenn du herumschreien würdest, könntest du vielleicht nicht hören, was ich zu sagen habe.«

»Merkwürdig. Dein Mund ist geknebelt. Und du hast auch keine Augen. Dennoch kann ich die Angst in deinem Gesicht erkennen.«

»Oh, aber ich darf hier nicht Wurzeln schlagen und dich bestaunen, so reizvoll ich das auch fände. Wie ich gerade sagen wollte, hatte ich selbstverständlich von Anfang an – von unserem allerersten Treffen an – die Absicht, dich zu töten. Das hast du dir aber bestimmt schon selbst ausgerechnet. Das Problem bestand jedoch darin, eine Methode zu finden. Ich wollte mir nämlich unbedingt eine Strafe ausdenken, die zum Verbrechen paßt. Oder wenigstens zum Verbrecher. Und du kannst dich darauf verlassen, daß ich keine Lust habe, selbst bestraft zu werden.

Es handelt sich also um eine Sache, die ich mir lange und gründlich überlegen mußte. Und dann stieß ich plötzlich darauf. Das war damals, als wir in deinem Schlafzimmer die Krawatten durchmusterten. Ach, und übrigens, Paul, du erinnerst dich doch noch an die Krawatte mit dem Fleck, die Krawatte, von der du geglaubt hast, es sei eine Cerruti? Na ja – aber bestimmt weißt du schon, was ich gleich sagen werde, oder?«

»Ich sage es trotzdem, sicher ist sicher. Es *war* die Cerruti, und es *war* kein Fleck darauf. Einfach einer meiner kleinen Scherze.«

»Ich weiß, ich weiß, du brauchst es mir gar nicht zu sagen, es war idiotisch, es war infantil. Wie die meisten meiner kleinen Scherze. Doch solange er andauerte, hatte ich großen Spaß daran, und man muß sich dem Höhepunkt bekanntlich Schritt für Schritt nähern.«

»Jedenfalls standen wir beide da, du und ich, und wühlten in deinen Krawatten, und plötzlich dachte ich, Mensch, was für ein geräumiger Schrank. So geräumig, dachte ich, daß man ganz hineinsteigen könnte. Selbstverständlich würde man sich darin nicht richtig bewegen können. Und man müßte auch mit dem Atmen etwas haushalten. Trotzdem …«

»Na, na, na, Paul! Böser, böser Junge! Jetzt aber Schluß mit dem Geraufe. Bleib gefälligst sitzen, sonst werde ich wirklich ungemütlich.«

»Das einzige Problem bestand nun darin, daß sogar du, sollte ich dich denn in diesen Schrank einsperren, ausbrechen könntest. Und aus naheliegenden Gründen kam es auch nicht in Frage, die Tür von außen zu verriegeln. Trotzdem hatte es mir die Idee angetan, und ich wollte nicht mehr davon lassen und grübelte und grübelte ständig darüber nach, bis ich schließlich, und zufälligerweise genau heute morgen, auf die Antwort stieß. Die Tür. Die Tür, die immer wieder aufschwingt. Heute morgen bist du wieder einmal dagegen gerannt, wie es dir auch früher schon passiert ist, selbst Mrs. Kilbride weiß das, was übrigens von Vorteil sein wird, wenn die Polizei anfängt, hier herumzuschnüffeln. Ach, Paul, noch eine kleine Bemerkung am Rande, ich finde, du mußt das wissen, damit du auch wirklich auf dem neuesten Stand bist, der alte Joe Kilbride ist *echt* krank. Ob du's glaubst oder nicht, das war keine meiner Lügen. Da lächelte mir das Glück, ein reiner Zufall. Einen wenigstens habe ich verdient, findest du nicht auch?«

»Doch kommen wir zur Sache. Meine Geschichte – ich meine gegenüber der Polizei – wird so aussehen, daß du mich gebeten hast, das Schloß an dieser Tür auszuwechseln, und genau das werde ich heute noch tun. Ich habe nämlich tatsächlich einen dieser Schließmechanismen gekauft – du erinnerst dich, ich habe dir davon erzählt, sie lassen die Tür ins Schloß fallen, wenn man sie losläßt, und heute morgen habe ich also in Chipping Campden einen solchen Schließer gekauft, den ich nun an die Innenseite der Schranktür montieren werde. Dafür sollte ich nicht mehr als eine halbe Stunde brauchen. Und darauf wirst du an diesem Wochenende, während ich nach London zurückfahre und du ganz allein bist, in diesem Schrank nach einer Krawatte suchen, nach einer deiner eleganten Charvet-Krawatten – und dann, heda, heda, was ist denn das, der Krawattenbügel scheint ganz nach hinten gerutscht zu sein. Verdammte Scheiße, höre ich dich in deinem unnachahmlichen Tonfall rufen, verdammte Scheiße, wer hat denn bloß meine Krawatten rumgeschoben? Und dann – denn du mußt deine Krawatte einfach haben, du wärst schließlich nicht du, wenn du keine Krawatte umgebunden hättest, und in deiner Zerstreutheit vergißt du ganz, daß das Schloß inzwischen ersetzt worden ist –, dann also steigst du in den Schrank, um deine Krawatte zu holen, und schwuppdiwupp! schnappt die Tür hinter dir zu!«

»In der Küche werde ich dir etwas zum Essen hingestellt haben. Einen Teller Aufschnitt vermutlich und eine Flasche Rioja. Es wird kein Mensch vorbeikommen. Kein Mensch wird dich schreien hören. Kein Mensch außer dir. Und die Dunkelheit. Und die Stille.«

»Du wirst in diesen Schrank eingesperrt sein, Paul, genau wie du in ein Buch eingesperrt sein könntest. Wie ein unbeschriebenes Blatt in einem Blindband.«

»Ich werde dich nicht allzulange drin lassen. Um auf Nummer Sicher zu gehen, komme ich schon am Sonntagmorgen zurück. Das müßte zeitlich hinkommen. Und um auf Nummer *Extrasicher* zu gehen, habe ich vor, den Schrank außen mit diesem festen Klebeband abzudichten. Eigentlich rechne ich damit, daß deine Platzangst allein schon den gewünschten Effekt hat, aber falls nicht, schneide ich dir als zusätzliche Vorsichtsmaßnahme die Luft ganz ab. Fast ganz, absolut luftdicht wird es wohl nicht sein.«

»Dann, am Sonntagmorgen, löse ich das Band wieder ab, öffne die Tür und – tja, weiß der Himmel, welcher Anblick sich mir bieten wird. Vermutlich kein schöner. Doch für mich, Paul, für mich wird es ein Meisterwerk sein.«

»Da wären wir also, am Ende meiner kleinen Geschichte. Von der Seele geredet habe ich sie mir schon, jetzt muß ich mich nur noch endgültig davon befreien.«

»Und nun, Paul, möchte ich, daß du mich nach oben begleitest. Verstehst du? Ich hätte dich gern an meiner Seite, wenn ich die Tür repariere, ich würde dich gern im Auge behalten. Ja, ja, ja, ich weiß schon, was du sagen willst. Ein Blinder kann allein nicht viel ausrichten. Das stimmt schon. Aber so bin ich nun mal, übertrieben vorsichtig.«

»Also – gib mir doch einfach deinen Arm – so ist es gut – und wehr dich jetzt nicht, Paul, bitte wehr dich nicht – es passiert sowieso, was du auch tust. So ist es gut – laß einfach ganz locker, genau – gut – gut – gut – damit machst du es uns beiden leichter. Schön, und jetzt einen Fuß vor den anderen – den rechten zuerst – und nun den linken – so ist brav – *so* ist brav – wenn wir so weitermachen, sind wir in Null Komma nix bei der Treppe – nein, nein, nein, keine Panik – ich halte dich schon – ich halte dich schon – ich lasse dich nicht fallen, versprochen – versuch dich einfach geradezuhalten – genau so – *genau* so – gut, sehr gut – und jetzt das andere Bein – gut – du machst das ganz prima – gut – gut – gut – genau so – gut, Paul, sehr, sehr gut …«

★

»Mr. Ryder? Mr. John Ryder?«
»Ja?«
»Ich bin Inspektor Truex. Sie sind doch bestimmt über mein Kommen unterrichtet worden?«
»O ja. Ja, natürlich. Kommen Sie doch rein.«
»Danke. Wir wollen Ihre Zeit nicht über Gebühr in Anspruch nehmen.«
»Aber nicht doch. Ich verstehe schon. Hier lang, bitte. Ja, man hat mich tatsächlich informiert. Ja. Am besten gehen wir wohl hier rein.«
»Ah, vielen Dank.«

»Hmh. Ein interessantes Zimmer, oder? Eine richtige Dichterklause.«
»Tja, wahrscheinlich schon. Obwohl das eigentliche Schreiben meistens im Nebenzimmer vonstatten ging. Im Studierzimmer. Sir Pauls Studierzimmer. Aber bitte, bitte, nehmen Sie doch Platz. Sie natürlich auch …?«
»Ach, Verzeihung. Das ist Sergeant Gillespie.«
»Guten Tag, Sergeant.«
»Guten Tag, Sir.«
»Sie auch, Sergeant, nehmen Sie doch bitte Platz. Also. Darf ich Ihnen etwas anbieten, einen Drink zum Beispiel?«
»Das ist wirklich sehr freundlich, Sir, aber lieber nicht, vielen Dank. Sie wissen doch, wie es im Fernsehen jeweils heißt? Nicht im Dienst.«
»Ach, dann sind Sie also im Dienst?«
»Aber ja, selbstverständlich. Sie brauchen aber keine Angst zu haben. Reine Routine.«
»So heißt es im Fernsehen auch immer.«
»Ganz genau, Sir, ganz genau. Nun schön, da wären ein paar Fragen, die immer zu stellen sind in so – in so unglücklichen Fällen. Wir hätten diese Unterhaltung auch auf dem Revier führen können, aber ich habe mir gedacht, daß es Ihnen zu Hause bestimmt lieber ist. Hoffentlich haben Sie nichts dagegen?«
»Durchaus nicht. Ich bin sogar sehr dankbar. Aber Sie sollten dieses Cottage wirklich nicht als mein Zuhause bezeichnen. Ich war lediglich Sir Pauls Angestellter. Hier gehört mir nichts.«
»Sind Sie deshalb am Packen, Sir?«

»Woher wissen Sie denn, daß ich packe?«
»Die Fensterbank? Der kleine Stoß mit den sauber zusammengelegten Hemden?«
»Gut beobachtet, Inspektor. Es stimmt, ich packe tatsächlich

meine Sachen, das meiste steht noch oben. Jetzt, da Sir Paul – wie gesagt, hier ist nichts, was mich noch einen Tag halten könnte.«

»Sie gehören nicht zu den Begünstigten?«

»Ich? Großer Gott, nein!«

»Soll alles schon vorgekommen sein.«

»Nein, nein. Sir Paul hat mich im Monatslohn bezahlt. Übrigens sehr gut. Aber es konnte keine Rede davon sein, daß er mir etwas vermachen würde. So etwas habe ich keinen Augenblick in Betracht gezogen.«

»Wie lange sind Sie schon bei ihm? Waren Sie bei ihm, sollte ich wohl besser sagen.«

»Einen guten Monat. Und ich habe meinen Lohn auch bis zum letzten Tag erhalten. In dieser Hinsicht kann ich mich überhaupt nicht beklagen.«

»Und wohin gehen Sie …?«

»Gehen?«

»Darf ich fragen, wohin Sie gehen? Ich meine jetzt?«

»Ach so. Zurück nach London in mein Haus. Wissen Sie, Inspektor, ich habe der Polizei meine Londoner Adresse bereits mitgeteilt.«

»Bitte, Mr. Ryder, das ist gar kein Problem. Bloß meine angeborene Neugier.«

»Ich darf doch fortgehen, oder? Ich meine, ich brauche mich nirgendwo zu melden, nicht wahr?«

»Keineswegs. Nein, nein, nein. Sie dürfen gehen, wann immer Sie wollen.«

»Und wie kann ich Ihnen nun helfen?«

»Tja, Mr. Ryder, das will ich Ihnen gern sagen. Es scheint zweifelsfrei festzustehen, was passiert ist. Es ist wirklich ein schlimmer Fall. Tod durch Unfall – ganz offensichtlich durch Ersticken. Doch wie in allen so gelagerten Fällen, und ins-

besondere bei einem so prominenten Mitbürger wie Sir Paul, müssen wir uns strikt an die Vorschriften halten. Selbstverständlich wird eine Obduktion stattfinden. Doch Sie können sich bestimmt vorstellen, daß es meine Aufgabe ist, abzuklären, ob auch nichts übersehen wurde.«
»Ich werde mir alle Mühe geben, Ihre Fragen zu beantworten.«

»Na schön, Sie waren also derjenige, der Sir Pauls Leiche entdeckt hat, stimmt's?«
»Ja. Ich fand ihn oben. Im Schrank in seinem Schlafzimmer.«
»Verzeihung, Mr. Ryder, aber wie konnten – äh, wie konnten Sie wissen, daß er dort war? Er hatte sich doch im Schrank eingeschlossen, oder?«
»Genau.«
»Und er war schon seit mehreren Stunden tot?«
»Ja.«
»Was sagte Ihnen also, wo Sie nachschauen mußten?«
»Der Geruch, fürchte ich.«
»Der Geruch?«
»Hören Sie, Inspektor, alles, was ich weiß, habe ich bereits dem Polizeibeamten erzählt, der – Sie wissen doch, als ich die Polizei gerufen habe?«
»Seien Sie doch so gut, Sir.«
»Also schön. Nun, als ich zurückkam – ich hatte das Wochenende in London verbracht –, suchte ich überall nach ihm, und er konnte ja auch nicht weggelaufen sein – ohne Hilfe, meine ich – und deshalb ging ich auch in sein Schlafzimmer und kam zufällig am Schrank vorbei, wo ich es dann plötzlich roch … Der Ärmste hatte sich vollgemacht.«
»Hm. Ziemlich gräßlich für Sie.«
»Inspektor, das war noch das wenigste. Sein Gesicht – niemals, in meinem ganzen Leben nicht, werde ich den Ausdruck von

reinstem – den Ausdruck von erstarrtem – sozusagen *erfrorenem* – Entsetzen in seinen Zügen vergessen. Und seine Hände ...«

»Was war mit seinen Händen?«

»Offensichtlich hatte er ununterbrochen an der Tür gekratzt. Seine Nägel waren vollkommen abgeschürft, seine Finger blutverkrustet – alle zehn – die Haut bis auf die Knochen weggescheuert – nichts als rotes Fleisch. Es war grauenvoll.«

»Hmh.«

»Und Sie waren also fortgegangen?«

»Äh, ja. Wie gesagt, es war das Wochenende. Und die meisten Wochenenden verbringe ich nicht hier. Ich fahre nach London und kehre – kehrte – meist am Sonntagabend zurück. Manchmal auch sehr früh am Montagmorgen.«

»Aber die Leiche fanden Sie doch am Sonntagmorgen?«

»Richtig. Ich kam aus irgendeinem Grund früher zurück.«

»Aus irgendeinem Grund? Gab es denn einen Grund?«

»Nein, eigentlich nicht. Mir war es ein bißchen langweilig in London, ich wußte nichts Gescheites mit meiner Zeit anzufangen, da dachte ich, ich könnte ebensogut zurückfahren. Wahrscheinlich kann man sagen, daß ich mich hier immer mehr zu Hause fühlte. Ein Monat ist eine ziemlich lange Zeit. Mein Leben ging vollkommen in dem von Sir Paul auf.«

»Sie halfen ihm, ein Buch zu schreiben, so war es doch?«

»Ja. Er hatte beschlossen, sein Testament zu schreiben, wie er es nannte. Sein literarisches Testament. Aber angesichts seines Zustands ...«

»Er hatte keine Augen?«

»Er verlor sie, alle beide, als er in Sri Lanka einen scheußlichen Autounfall hatte. Vor vier Jahren.«

»Dann konnte er also überhaupt nichts sehen?«

»Er hatte keine Augen, Sergeant.«
»Aha. Klar.«
»Hören Sie, Gillespie, warum schauen Sie sich nicht ein bißchen um hier im Häuschen? Wer weiß, vielleicht stoßen Sie ja auf etwas, das uns Aufschluß über Sir Pauls Verfassung gibt. Das heißt, falls Sie nichts einzuwenden haben, Mr. Ryder?«
»Wie gesagt, Inspektor, ich habe überhaupt nicht das Recht, etwas einzuwenden. Das ist nicht mein Haus. Ich weiß wirklich nicht, wem es nun, wo Sir Paul nicht mehr unter uns weilt, gehört, aber ich kann Sie ganz bestimmt nicht davon abhalten, sich umzusehen. Nicht, daß ich das sonst tun würde.«
»Wissen Sie zufällig, ob er ohne Testament gestorben ist?«
»Wohl kaum. Aber genaugenommen habe ich keine Ahnung.«
»Irgendwelche Verwandten, von denen Sie wüßten?«
»Wir haben nie über seine Familie gesprochen.«
»Aha, aha. Nun, Sergeant, fangen Sie an. Nehmen Sie diskret einen Augenschein.«
»Verstanden, Sir.«

»Mir ist klar, daß Ihnen das Ganze unverständlich erscheinen muß, Mr. Ryder, aber – äh, man kann nie wissen.«
»Ich habe darauf geachtet, daß ich möglichst wenig anfasse. So wird es doch von einem erwartet, nicht wahr?«
»Bei Mordfällen, ja, dort schon. Aber bei einem Unfall wie diesem, puh! Aber fahren Sie doch fort. Sie haben etwas sagen wollen?«
»Verzeihung, wovon haben wir gerade gesprochen?«
»Sir Paul suchte jemanden, der ihm half, sein Buch zu schreiben.«
»Richtig. Einen Amanuensis. Jemanden, der niederschrieb, was er diktierte. Er gab in der *Times* eine Annonce auf, ich sah sie, antwortete darauf, und er, offen gesagt zu meiner völligen Überraschung – denn eigentlich glaubte ich nicht, daß ich die

leiseste Chance hätte –, er schien also Gefallen an mir zu finden, und seither habe ich mehr oder weniger hier gelebt.«

»Eine angenehme Arbeit, wie?«

»Sie sind Sir Paul nie begegnet?«

»Nein, ich hatte leider nie das Vergnügen.«

»Ich weiß nicht, ob ›angenehm‹ das Wort ist, das ich verwenden würde. Nein, das ist nicht fair. Nein, ich muß sagen, eigentlich war es sehr lohnend.«

»Lohnend?«

»Ja, lohnend. Zu spüren, wie das Buch allmählich Gestalt annimmt, und zu merken, daß man Teil dieses gestalterischen Prozesses ist. Ja, für jemanden wie mich war das sehr aufregend.«

»Ja. Ja, das kann ich mir durchaus vorstellen. Ich will ganz ehrlich sein, ich habe noch nie einen seiner Romane gelesen. Stephen King liegt da schon mehr auf meiner Linie. Hatten Sie den Eindruck, daß dieses Buch gut werden würde?«

»Es handelte sich nicht um einen Roman. Es sollte eine Art autobiographische Erinnerung werden.«

»Ach ja, natürlich. Das sagten Sie ja schon.«

»Und Sie dürfen nicht vergessen, daß nur ein kleiner Teil je geschrieben wurde.«

»Trotzdem. Sie haben sich bestimmt eine Meinung gebildet?«

»Nun … zumindest kann ich sagen, daß merkwürdige Dinge Eingang ins Buch fanden, Dinge, die Sir Paul unbedingt drin haben wollte, obwohl ich sie in Abrede stellte. Nicht, daß ich mich je ernsthaft mit ihm stritt – das hätte ich mich nicht getraut –, aber ich muß sagen, daß ich nie wirklich begriff, worauf das Ganze hinauslaufen sollte.«

»Ich kann Ihnen nicht ganz folgen, Sir. Was für Dinge meinen Sie denn?«

»Er konnte sich gewisse Sachen in den Kopf setzen, verstiegene Ideen, die ohne jeden Bezug zur Realität waren und die er trotzdem in seinem Buch drin haben wollte. Als Symbole sozusagen.«

»Zum Beispiel?«

»Ach Gott, es ist immer schwierig, konkrete Beispiele zu nennen. Nein, warten Sie, eins fällt mir ein. Die leere Statue, der leere Sockel auf dem Trafalgar Square. Ich weiß noch, daß wir darüber ziemlich hitzig diskutierten.«

»Das müssen Sie mir schon erklären, Sir.«

»Sie wissen doch bestimmt – oder vielleicht wissen Sie es auch nicht, da Sie nicht aus London kommen –, daß auf dem Trafalgar Square vier monumentale Sockel stehen, in jeder der vier Ecken einer. In Wirklichkeit aber gibt es bloß drei Statuen. Der vierte Sockel ist unbesetzt. Und das seit Jahrzehnten. Sir Paul hatte nun aber munkeln hören, daß möglicherweise eine Statue von Diana aufgestellt würde – Sie verstehen schon, nach ihrem Autounfall –, und obwohl es nicht soweit gekommen ist und auch nie kommen wird, wenn Sie mich fragen, wollte er unbedingt so darüber schreiben, als sei es bereits geschehen. Es gibt im Buch einen Abschnitt über den Trafalgar Square und die ›National Gallery‹, fragen Sie nicht, weshalb. Jedenfalls wollte er unbedingt so darüber schreiben, als sei es bereits passiert. Als ob die Statue bereits oben stehe. Ich will nicht behaupten, daß ich versucht hätte, ihn umzustimmen – es war nicht an mir, mit einem großen Schriftsteller zu streiten –, doch ich erlaubte mir, gewisse, äh – gewisse Bedenken hinsichtlich der ganzen Idee anzumelden, und Paul reagierte darauf ausgesprochen unwirsch. Beinahe hätte er mich aufgefordert, die Koffer zu packen.«

»Aber dazu kam es dann nicht?«

»Nein, er überlegte es sich offensichtlich anders. Doch die Sache mit der Statue blieb drin. Und im Buch, beziehungsweise in jenem Teil, den wir schrieben, gibt es zahlreiche andere kleine – kleine Anomalien, um es einmal so zu nennen.

Ich erhob nie wieder Einwände, wie Sie sich bestimmt denken können. Und falls wir es fertiggeschrieben hätten und es veröffentlicht worden wäre, hätten sich die Kritiker wohl genau über diese Dinge am meisten aufgehalten.«

»Mhm. Ein komischer Haufen, diese Kritiker. Ich persönlich lese sie nie. Irgendwie weiß ich immer schon im voraus, was mir gefallen wird, ohne daß es mir jemand empfehlen müßte, wenn Sie mich verstehen.«

»Ich verstehe Sie genau.«

»Also. Sir Paul war ein bißchen mürrisch, wie?«

»Das konnte er sein, ja, durchaus. Einmal mußte ich aber lachen.«

»Worüber denn?«

»Nun, er erzählte mir, daß er sich wegen seiner Blindheit in das ›Salz der Erde‹ verwandelt habe, wic er es gern nannte. Sie verstehen schon, immer freundlich zu allen, auch wenn er gar keine Lust dazu hatte, da er so abhängig war und Angst hatte, die Leute würden ihm nicht helfen, wenn er nicht sehr freundlich zu ihnen war. Das Salz der Erde. Können Sie sich das vorstellen? Wenn das Salz der Erde für ihn so aussah, wie wird er dann wohl vor seinem Unfall gewesen sein.«

»So schwierig war er also?«

»Nun ja, zuweilen schon. Manchmal, wenn er in Form war, konnte er aber auch sehr geistreich sein.«

»Ein begnadeter Erzähler?«

»Bis zu einem gewissen Grad schon. Er hatte allerdings den Hang, sich zu wiederholen. Ich lauschte gebannt jedem *zweiten* Wort, das er sprach, um es einmal so auszudrücken.«

»Haha, ja. Dann sagte er also mal hü und mal hott?«

»Genau. Aber wissen Sie, wenn man bedenkt, was ihm zugestoßen ist, darf man nicht allzu streng sein. Ich persönlich hätte versucht, mich umzubringen.«

»Selbstmord? Gar nicht so einfach ohne Augen.«
»Stimmt. Aber ich hätte einen Weg gefunden.«

»Sie sind nie auf die Idee gekommen, daß es vielleicht tatsächlich Selbstmord war?«
»Was? Sir Pauls Tod?«
»Mhm.«
»Ausgeschlossen. Auf gar keinen Fall.«
»Aber überlegen Sie doch mal, Sir. Keine der herkömmlichen Methoden steht ihm offen – er gerät in Verzweiflung ...«
»Sie müssen mir glauben, Inspektor. Er hat nicht Selbstmord begangen.«
»Wie können Sie da so sicher sein?«
»Weil ich ihn kannte. Eines der ersten Dinge, die er von sich preisgab, war, daß er sich entsetzlich vor der Dunkelheit fürchte.«
»Vor der Dunkelheit? Ein Blinder, der sich vor der Dunkelheit fürchtet?«
»Ich weiß. Doch genau das erzählte mir Sir Paul. Er litt unter enormer Platzangst. ›Ich habe Platzangst im Universum‹, das waren seine Worte. Natürlich war das typisch für ihn. Eine seiner Übertreibungen. Wissen Sie, viele Dinge sagte er bloß, um Eindruck zu schinden. Aber da ich ihn nun mal so gut kennengelernt habe, ist mir schließlich klargeworden, daß dies näher an die Wahrheit herankam, als man meinen könnte.«
»Schön, schön.«

»Aber dann fällt mir doch etwas auf, Mr. Ryder.«
»Ja?«
»Gemessen an dem, was Sie eben gesagt haben, wirkt es doch sonderbar, daß er ein dermaßen starkes Schloß an seiner Schranktür hatte.«
»Sonderbar?«

»Oh, sonderbar, daß jemand, der so fest unter Platzangst litt, wie Sie das schildern, auch nur das kleinste Risiko eingehen sollte, daß ihm zustoßen könnte, was ihm dann tatsächlich zustieß. Ich spreche davon, daß die Tür zuschnappte und er eingesperrt wurde.«

»Ja, da haben Sie recht ... Ja, darüber habe ich gar nie nachgedacht.«

»Er vermutlich auch nicht. Sie wären überrascht, wie unbekümmert und leichtsinnig die Leute sein können, wenn es darum geht, daß ihnen der größte Schrecken ihres Lebens droht. Es sah übrigens ziemlich neu aus?«

»Was denn?«

»Das Schloß an der Schranktür. Es sah aus, als sei es gerade erst ausgewechselt worden. Obschon etwas Blut daran klebte, konnte man sehen, daß es neu war.«

»Es war ja auch neu. Tatsächlich war ich derjenige, der es auswechselte.«

»Ach ja?«

»So ist es.«

»Auf Sir Pauls Wunsch hin?«

»Selbstverständlich.«

»Aber warum wollte er es denn ausgewechselt haben?«

»Vermutlich funktionierte der Riegel seit jeher nicht einwandfrei. Die Tür schloß nicht richtig, und Sir Paul rannte ein- oder zweimal dagegen. Er merkte nicht, daß die Tür aufgegangen war, und tat sich dabei ziemlich weh. Übrigens passierte ihm das gerade kürzlich wieder. Er lief frontal in die Tür und trug eine große schwarz-blaue Beule davon. Soviel ich weiß, war diese noch auf seiner Stirn zu sehen.«

»Ja, die ist uns auch aufgefallen.«

»Jedenfalls erzählte er mir, was passiert war, und ich sagte, falls er dies wünsche, würde ich ein neues Schloß samt Türschließer montieren. Solche Kleinigkeiten gehen mir leicht von der Hand.«

»Er hat diesen bestimmten Typ ausdrücklich erwähnt, nicht wahr?«
»Ja. Das weiß ich noch genau.«
»Verstehe. Und wieso ist er dann Ihrer Meinung nach tatsächlich in den Schrank gestiegen, wo der doch so eng war und er selbst dermaßen Platzangst hatte?«
»Da bin ich nun wirklich überfragt, Inspektor. Obwohl ...«
»Ja?«
»Wie Sie sich selbst überzeugen können, besaß Sir Paul eine Menge Kleider. Einen ganzen Schrank voll. Ich hatte den Eindruck, daß er sich früher recht – recht adrett gekleidet haben muß, bevor das Schicksal zuschlug. Allerdings lief er während unserer gemeinsamen Zeit immer nur in einem schlampigen alten Morgenrock herum. Genau jenem Morgenrock, in dem er dann auch starb. Trotzdem konnte man sehen, daß dieser einst teuer gewesen war. Feine Seide und so weiter. Er hatte sich gehen lassen, und wer wollte ihm das verdenken? Jedenfalls besaß er eine Menge Kleider, eine Menge Anzüge und Jacketts, alles maßgeschneidert, und er hatte sich sogar die Mühe gemacht, exakt auswendig zu lernen, in welcher Reihenfolge sie im Schrank hingen. Ich kann also bloß spekulieren, daß er in das Ding hineinstieg, um ein Jackett oder vielleicht auch eine Krawatte herauszuholen – er war sehr stolz auf seine Krawattenkollektion –, vielleicht eine Krawatte, die hinten an der Wand hing.«
»Klingt einleuchtend. Sie behaupten allerdings, er habe immer nur einen schäbigen alten Morgenrock getragen, weshalb also sollte er die Anstrengung auf sich nehmen, etwas Spezielles hervorzukramen? Für wen denn?«
»Er trug immer eine Krawatte. Immer. Selbst wenn er sich zwei Tage lang nicht rasierte, konnte man darauf zählen, daß er eine seiner Seidenkrawatten anhatte.«
«Bekam er je Besuch?«

»Nein.«
»Wie denn, nie?«
»Im ganzen Monat, in dem ich hier war, schaute nicht eine Person vorbei. Für die Wochenenden kann ich selbstverständlich nicht bürgen, aber ich halte es für äußerst unwahrscheinlich.«
»Verstehe ich Sie richtig, er hatte keinerlei Kontakt zur Außenwelt?«
»Sporadisch kam ein Anruf. Äußerst sporadisch.«
»Was für ein seltsamer Lebenswandel!«
»Aber genau diesen Lebenswandel wünschte er sich doch. Er sonderte sich ja selbst ab, Inspektor. Er konnte es nicht ertragen, daß seine alten Freunde ihn sahen. Sahen, was aus ihm geworden war. An manchen Abenden spazierten wir durchs Dorf, und die Passanten blieben tatsächlich stehen und starrten ihn an. Sir Paul wußte das. Und trotz aller Großsprecherei schmerzte es ihn.«
»Er konnte das doch bestimmt nicht wissen?«
»Er wollte es *unbedingt* wissen. Er quetschte mich nach jeder Begegnung aus. Haben sie gestarrt? Haben sie geglotzt? Sind sie bleich geworden? Was haben sie gesagt? Er mußte es einfach wissen. Er mußte den bitteren Kelch bis zur Neige leeren.«
»Brrrr, ein bißchen zu gruselig für meinen Geschmack.«
»Wenn bereits Ihnen so zumute ist, Inspektor, denken Sie erst, wie ihm zumute war.«
»Stimmt. Wirklich ein trauriger Fall.«

»Dann lebten also Sie und er ganz allein in diesem einsamen alten Haus?«
»Mhm. Das heißt, eigentlich nein, als ich hier einzog, kam noch jeden Tag eine Haushälterin vorbei. Eine gewisse Mrs. Kilbride aus dem Dorf. Doch ungefähr eine Woche nach

meiner Ankunft bekam sie Probleme mit ihrem Mann. Das heißt, *er* bekam Probleme, gesundheitliche Probleme. Er hatte eine schwere Grippe und anschließend so eine Art Lungenentzündung, und jetzt ist er womöglich, obwohl ich das nicht sicher weiß, schwer krank geworden. Lungenkrebs, glaube ich. Wie auch immer, wir bekamen sie immer seltener zu Gesicht, und schließlich verschwand sie ganz aus unserem Leben.«

»Und wer kochte und, äh, staubte ab und führte den Haushalt?«

»Ich.«

»Sie sind ja ein richtiger Tausendsassa, Mr. Ryder.«

»Ich habe schon immer allein gewohnt. Wenn ich es nicht tue, tut es niemand. Bei mir zu Hause, meine ich.«

»Ich verstehe ... Ach, Willie, da sind Sie ja. Ich wollte Sie schon rufen. Ich glaube, Mr. Ryder hat mir alles erzählt, was er weiß.«

»Das war wohl leider nicht allzuviel.«

»Habe ich auch gar nicht erwartet. Na? Irgendwas Spannendes gefunden?«

»Vielleicht schon, Sir. Vielleicht auch nicht.«

»Was ist es denn?«

»Ein Tagebuch.«

»Ein Tagebuch!«

»Wo haben Sie es gefunden?«

»In Sir Pauls Schlafzimmer. Versteckt in einer Schublade unter einer Beige alter Zeitungen. Sie war zwar abgeschlossen, aber ich, äh, ich habe sie dann doch aufgekriegt. Und tatsächlich bin ich darin auf eine ganze Reihe dieser Notizbücher gestoßen. Aber dieses hier ist offensichtlich das jüngste. Und das Spannende dabei ist nun ...«

»Aber das ist unmöglich!«

»Einen Augenblick, Mr. Ryder. Was haben Sie gesagt, Sergeant, sei das Spannende dabei?«
»Aber, Inspektor, ich sage Ihnen doch, es kann kein Tagebuch geben. Nicht von Sir Paul. Der Mann war blind, er hatte keine Augen! Wie hätte er da ein Tagebuch führen können!«
»Sergeant?«
»Es hat ihm gehört, keine Frage. Auf dem Umschlag steht sein Name.«
»Aber er konnte doch nicht schreiben! Wozu wäre ich sonst hier gewesen?«
»Aber das ist es ja, Mr. Ryder, sehen Sie doch nur! Wie nicht anders zu erwarten, ist alles von Hand geschrieben. Und die Schrift ist wirklich scheußlich. Die Buchstaben stehen ganz schief wie – o Gott, wie nennt man die schon wieder?«
»Was denn?«
»Diese Schrift, die schief steht. Sie wissen schon, wie in einem Buch?«

»Kursivschrift?«
»Kursivschrift. Ganz genau, Inspektor, das ist das Wort. Es sieht aus, als sei alles kursiv geschrieben. Seite um Seite.«
»Schön und gut, Willie, aber was war denn nun das Spannende, von dem Sie eben sprechen wollten?«
»Daß das hier, dieses bestimmte Notizbuch, offensichtlich genau mit der Ankunft von Mr. Ryder beginnt.«
»Tatsächlich?«
»Ja. Hören Sie zu. ›Schon wieder schlägt die Jalousie gegen das Fenster. Sage man mir, was man will, aber hier zieht es einfach.‹ Blablablablabla. Dann fährt er fort: ›Und zudem müßte Ryder eigentlich jeden Moment klingeln, das hoffe ich jedenfalls. Verspätet ist er schon. Zwar erst ganz knapp, aber nichtsdestotrotz verspätet.‹ Das nächste Wort kann ich nicht recht lesen. Fängt mit einem V oder eventuell auch mit einem U an.«

»Lesen Sie einfach weiter.«

»›Wie hat doch gleich jemand gesagt? Das Problem mit der – mit der – Pünktlichkeit‹ – Pünktlichkeit, genau – und, jawohl, jetzt sehe ich auch, daß das Wort im vorhergehenden Satz ›Unpünktlichkeit‹ war. ›Unpünktlichkeit kann ich nicht leiden. Wie hat doch gleich jemand gesagt? Das Problem mit der Pünktlichkeit sei, daß nie jemand da ist, der sie zu schätzen weiß. Nun, ich wäre hier gewesen und hätte sie zu schätzen gewußt! Aber ich will nicht ungerecht sein, denn falls er mit dem Auto aus London kommt, wäre es denkbar, daß er in den Wochenen – in den Wochenendstau geraten ist.‹«

»Ist das alles?«

»Nein, es geht noch weiter. ›So, Mr. Ryder. Da sind Sie, und da bin ich. Man wird sehen, was man sehen wird.‹ ›Man wird sehen, was man sehen wird.‹ Merkwürdige Formulierung für einen Blinden.«

»Hmh. Obwohl man seltsamerweise spürt, was für ein Mensch er gewesen sein muß, auch wenn man ihn nicht persönlich gekannt hat. Gibt es noch viele dieser Einträge?«

»Mhm. Offenbar hat er recht regelmäßig hineingeschrieben. Da steht etwas über Sie, Mr. Ryder. ›Etwas farblos, wenigstens bislang, aber das ist gar nicht schlecht, und – und – und …‹«

»Wo liegt das Problem, Sergeant?«

»Zusammengeschriebene Wörter. Ach, jetzt hab ich's. Es heißt ›vermutlich taut‹ – ›vermutlich taut er ja auf‹. Aber geschrieben ist es wie ein einziges Wort – ›vermutlichtaut‹. Da steht noch eines – ›allesinallem‹, alles ineinandergequetscht. Wohl ganz natürlich. Der arme Kerl konnte schließlich nicht sehen, was er schrieb.«

»Gut. Lesen Sie weiter.«

»›Und vermutlich taut er ja auf, sobald wir uns näher kennenlernen. Ganz unvermeidlich, wenn er hier wohnt, und da ist – da ist – Respekt keine schlechte Grundlage. Auch nicht allzu dumm – was mir entgegenkommt. Nein, alles in allem habe ich wohl eine gute und passende Wahl getroffen. Weiß Gott, es hätte schlimmer kommen können.‹ Na ja, das ist eine eher zwiespältige Notiz, Mr. Ryder. Aber im großen ganzen wohl doch positiv.«

»Sind bestimmte Einträge datiert?«

»Sieht nicht danach aus, Sir. Moment mal – nein – nein, ist nicht der Fall. ›Jetzt weiß ich, daß ich mir nichts beigebracht, mir nichts eingeprägt habe. All die Jahre waren für die Katz. Ich bin hilflos, hilflos – und abgesehen von John mutterseelenallein auf dieser Welt. Blind, ohne Augen oder Antlitz undallein – und allein‹ – keine Ahnung, was das hier heißen soll – ›au‹ – ›auf‹ – nein, es sieht nach einem ›t‹ aus. Ob es wohl ›autistisch‹ heißt?«

»Nehmen wir mal an, es heißt ›autistisch‹.«

»›Blind, ohne Augen oder Antlitz und allein, autistisch, visuell autistisch, ausgestoßen aus dem – aus dem – eintönigen – dem eintönigen – dem eintönigen Vibrieren der Welt. Ach, ist schon jemals ein Mensch in größerer Not gewesen? Was ist für mich heute die Welt außer einem leeren Blatt, einem leeren schwarzen Blatt, auf dem sich jede – jede – jede Textspur in Windeseile verwischt. Was würde ich nur geben – meinen rechten Arm, meinen linken Arm, meine Beine, meine Nase, meine Finger, meinen‹ – äh, Sir, da steht es – ›meinen Schwanz, alles! –, um diese Welt noch einmal kurz zu sehen!‹ Ojemine. Der war wirklich in miserabler Verfassung.«

»Na, na, Willie, ein bißchen mehr Respekt. Es geht doch noch weiter, oder?«

»Ja, Sir. Fast das ganze Buch ist vollgeschrieben.«

»Gut. Also, Mr. Ryder, wenn Sie nichts dagegen haben, nehmen wir das wohl besser mit.«

»Ich …«

»Wie gesagt, es könnte uns einen Einblick in den Gemütszustand des armen Mannes an seinem Lebensende verschaffen. Wer weiß?«

»Und ich bin Ihnen wirklich dankbar, daß Sie sich für uns so viel Zeit genommen haben. Sergeant?«

»Bemühen Sie sich nicht, wir finden selbst hinaus. Und nochmals herzlichen Dank. Falls wir Sie brauchen, wissen wir ja, wo Sie zu erreichen sind. Auf Wiedersehen, Mr. Ryder.«

»Auf Wiedersehen.«

Bücher aus der Edition Epoca

Gilbert Adair: Der Schlüssel zum Turm
Roman
Aus dem Englischen von Thomas Schlachter

176 Seiten, DM 38 / sFr 36.50 / ÖS 277
ISBN 3-905513-18-8

«Suspense und Souplesse»
Ulrike Rode, Tages-Anzeiger

Gilbert Adair: Wenn die Postmoderne zweimal klingelt
Variationen ohne Thema
Essays

207 Seiten, DM 39,50 / sFr 38 / ÖS 288
ISBN 3-905513-19-6

«Adair ist auch in seinen Essays ein frappierender Erzähler.»
Hermann Wallmann, Südddeutsche Zeitung

P.G. Wodehouse: Jetzt oder nie!
Roman
Mit einem Nachwort von Evelyn Waugh
Aus dem Englischen von Thomas Schlachter

224 Seiten, DM 38 / sFr 36.50 / ÖS 263
ISBN 3-905513-21-8

«Dieses Buch ist vielleicht unwichtig, aber man muß es lesen.»
Claus Philipp, Der Standard

Hans Pleschinski: Zerstreuung
Spanische Novelle
Mit einem Nachwort von Matthias Politycki

127 Seiten, DM 33 / sFr 32 / ÖS 234
ISBN 3-905513-22-6

«Der Reiz dieses teilweise noch unausgegorenen, die Schlacken des Zeitgeistes mitführenden Textes liegt darin, daß er selbst das ist, was sein Held sucht: der leichte, schwebende Film, den der Erzähler nicht dreht.»
Manfred Papst, Neue Zürcher Zeitung